almost **TRUE CRIME**

RUTH STILLER

SOLANGE DU ATMEST, KANN ICH NICHT LEBEN

THIENEMANN

Adam erkannte Eva, seine Frau; sie wurde schwanger und gebar Kain. Da sagte sie: Ich habe einen Mann vom Herrn erworben.

Sie gebar ein zweites Mal, nämlich Abel, seinen Bruder. Abel wurde Schafhirt und Kain Ackerbauer.

Nach einiger Zeit brachte Kain dem Herrn ein Opfer von den Früchten des Feldes dar; auch Abel brachte eines dar von den Erstlingen seiner Herde und von ihrem Fett. Der Herr schaute auf Abel und sein Opfer, aber auf Kain und sein Opfer schaute er nicht. Da überlief es Kain ganz heiß und sein Blick senkte sich ... Kain sagte zu seinem Bruder Abel: gehen wir aufs Feld. Als sie auf dem Feld waren, griff Kain seinen Bruder Abel an und erschlug ihn.

Genesis 4

PROTOKOLL

»In der Nacht war die Hölle los, ich weiß nicht, Vollmond oder so. Keiner hat wirklich geschlafen, kaum war ich aus dem einen Zimmer raus, hat's aus dem anderen schon wieder geklingelt. Sie haben ja sicher gelesen, wie es bei uns in den Krankenhäusern zugeht. Früher waren wir in den Nachtschichten immer zu zweit, da war es möglich, sich zwischendurch mal hinzusetzen. Wenn du allein bist – keine Chance. Als es endlich auf sechs zuging und die Tagler im Anmarsch waren, konnte ich eigentlich schon nicht mehr Piep sagen vor lauter Müdigkeit. Da bist du echt in so einem Film drin, du denkst nur schlafen, schlafen, schlafen, aber wenn du dann durch die Luft nach Hause gelaufen bist – topfit. Nein, ich mache keine Nachtschichten mehr, vor allem jetzt, nach dem, was passiert ist. Hab ich dem Chef schon gesagt, nicht mit mir, da bin ich dann die Nächste. Aber genug ... also, ich war auf dem Weg nach Hause, schon Jacke an und Straßenschuhe, musste nur noch einmal den Gang runter an den Zimmern vorbei. Da war es still, jetzt schlafen sie alle, hab ich noch gedacht. Es war so still, dass mir das Knarren von meinem rechten Schuh laut vorgekommen ist. Der knarrt schon von Anfang an, kann der Schuster auch nichts machen, nur der Rechte, ist doch komisch, oder? Also, der Kleine war am Abend gekommen. Bein gebrochen, ziemlich heftige Gelenkfraktur. Die Eltern total aufgelöst, wie immer, aber da ging es nur um irgend so ein Fußballinternat, und wie das jetzt alles gehen sollte, Katastrophe, Katastrophe. Und der Junge? Gestrahlt wie die helle Sonne, alles nicht so schlimm, dann geht's eben nicht, und auf dem Kopf eine rote Mütze, auch zum Schlafen, nee, nur zum Schlafen, hat er noch gesagt und mir zugezwinkert wie so ein Alter. Aufgefallen ist mir, dass er sehr klein war für seine vierzehn, wie ein Kind noch, aber tapferer als der stärkste Bär. Ich meine, der muss doch Schmerzen gehabt haben in seinem gebrochenen Bein. Der hat nicht geklingelt, als Einziger, das sage ich Ihnen, nicht ein Mal. Vielleicht liegt's am Asthma, dass die so tapfer sind, die wissen es ja schon, wie es ist zu leiden, na ja, wo war ich? Als ich den Gang lang bin, stand seine Zimmertür einen Spalt offen, die 202. Ich mache die Tür immer zu, ganz sicher, ist ja in meinem eigenen Interesse, und der Kleine konnte nicht aufstehen, das ganze Bein in Gips. Deswegen war es verdächtig. Ich wollte erst vorbeigehen, gebe ich zu, ich war einfach viel zu kaputt. Aber es war so komisch, die Stille, anders als sonst, kann ich nicht erklären, ich hatte Gänsehaut auf den Armen, Alarm irgendwie. Und da bin ich dann doch rein.«

Simone Theill, Krankenschwester

1. KAPITEL

Jonas war immer der Sonnenschein, schon bei der Geburt lachte ihm der Himmelskörper aus dem Arsch. So jedenfalls die Erzählung. »Kam auf die Welt und lachte, mein Kleiner!« Wenn Mama davon sprach, musste sie auch immer lächeln. Adrian hatte keine Erinnerung daran, vielleicht ein Gefühl, den merkwürdigen Geschmack von Veränderung im Mund. Als Jonas dazukam, war er nicht mehr der Einzige.

Jetzt, 14 Jahre später, saß der immer noch Kleine mit aufgeregten, roten Wangen am Frühstückstisch, fuchtelte mit der Gabel, auf die er sein Brötchen gespießt hatte, in der Luft herum und plapperte mit vollem Mund ohne Unterlass. »Du schaffst das, Adi, ich bin ganz sicher, du bist doch voll die Wand in der Verteidigung, Endstation für jeden Stürmer, ha!« Das Brötchen flog in hohem Bogen durchs Zimmer, prallte an die Schrankwand und verendete auf dem Boden. »Beweis!«, brüllte er, lachte sich halb tot und Mama mit ihm, fand immer lustig, was für ihn lustig war.

»So, und jetzt komm du mal runter«, sagte Papa grinsend und legte ihm die große Hand auf den Arm. »Dein Bruder muss sich konzentrieren.« Er trug schon sein Traineroutfit, *Coach Bellmer* stand in Neonbuchstaben hinten drauf. Papa wusste wahrscheinlich, dass er bei seinen Schützlingen nur der Beller hieß. Er konnte sich wahnsinnig aufregen, wenn etwas nicht klappte, wenn er Sachen zweimal sagen musste, wenn die Jungs nicht in den Tritt kamen oder herumalberten. »Fußball ist eine ernste Angelegenheit«, pflegte er zu predigen, »wir sind ein Team, keiner lässt den anderen im Stich und keiner macht was anderes als die anderen!« Fußball war Papas Leben.

Adrian rührte sein Frühstück nicht an. Er wollte ja, Mama hatte sich mächtig ins Zeug gelegt, Haferflocken und Banane und lauter so Proteinsachen, aber allein die Vorstellung, irgendetwas runterzuschlucken – unmöglich. Heute war es so weit. Heute würde der Scout kommen. Er hatte noch keinen Namen, einfach der Scout vom FC Bayern. Vor vier Wochen hatte Papa Adrian zur Seite genommen, es verkündet und ihm erklärt, was das bedeutete. Als ob er das nicht selbst wusste. Der Scout, Adrian stellte ihn sich im schwarzen Trenchcoat vor, den Schlapphut so tief ins Gesicht gezogen, dass man nie seine Augen sah, die wiederum aber alles scharf im Blick hatten, den ganzen Platz, jeden Spieler. Der Scout suchte neue Talente, die dann in die Schmiede geholt und geformt wurden. Um wenig später Stars beim erfolgreichsten Fußballverein in Deutschland zu werden und noch später in der Welt.

Es kam nicht oft vor, dass sich so ein Scout zu ihnen verirrte, Adrian hatte es noch nie erlebt, Papa einmal. Ohne Erfolg damals. Was wäre es doch für eine Krönung seiner langjährigen Arbeit, einen seiner Jungs weiter befördern zu können. Und noch mehr Krönung sicherlich, wenn es dann auch noch Adrian wäre. Also hatten sie trainiert. Ganz normal montags, mittwochs und freitags mit der Mannschaft, aber an den anderen Tagen nur sie beide. Ausdauer war Adrians Thema auf der einen Seite. Dranbleiben, immer weiter, über Grenzen gehen, sich nicht kleinkriegen lassen vom eigenen Körper. Auf der anderen Beherrschung. Wie sein Vater konnte auch er von jetzt auf gleich aus der Haut fahren. Dann sah er nur noch weiß, ein grelles Licht, keine Chance mehr, klar zu denken, sich zu kontrollieren. Gut für einen Verteidiger an sich, aber schlecht, wenn man jedes Mal nach 15 Minuten vom Platz musste, weil man dem Gegner ein Ohr abgebissen hatte. Nein, das natürlich nicht. Aber Adrian war gefürchtet und fehlte dann oft in der entscheidenden zweiten Halbzeit. Sie übten Ausdauer und Kontrolle. Papa kannte da alle möglichen Tricks, hatte er doch selbst sein ganzes Leben lang mit dem Thema zu tun, und bei ihm ging es schon viel besser. Fand er. Den Gedankenkreis unterbrechen, den Fokus erweitern, an was anderes denken, von hundert runter zählen, nicht gleich antworten, einfach umdrehen und gehen. Sachen in dieser Art. Anstrengende, aber auch schöne vier Wochen. Adrian konnte sich nicht erinnern, wann er das letzte Mal so viel Zeit mit seinem Vater allein verbracht hatte. Immerhin hatte Jonas das Talent, nicht er. So wie der alles hatte und konnte und wusste. Einfach so.

Als Jonas das erste Mal mit zum Fußball durfte, alt genug war, um bei den Minis mitzutrainieren, war es wie eine Offenbarung für den Beller. Als hätte sein Kleiner sein Leben lang nichts anderes gemacht, als einen Ball vor sich herzuschieben. Natürlich war Jonas oft dabei gewesen, oder Adrian hatte mit ihm in den Auen gekickt. Er hatte ihn immer mitgenommen, seinen kleinen Bruder. Nicht, weil er musste, Mama behielt ihn auch liebend gerne bei sich, ihren Sonnenschein, sondern weil Jonas wollte. »Joni will mit, Joni will mit Adi mit!« Also war er dabei, als Adrian mit seinem besten Freund Moritz die Playstation entdeckte, als sie den Dschungel hinter gepflegter Landschaft durchkämmten, um ein geheimes unterirdisches Lager zu entdecken, und auch im Freibad. Jonas konnte wie von selbst schwimmen. Er war nicht lästig, Adrian musste nicht aufpassen, Jonas war dabei, gliederte sich ein und konnte immer etwas beitragen. Bis er seinen ersten Asthmaanfall bekam.

Plötzlich, wie aus heiterem Himmel, hatten sie Mama erzählt, aber das stimmte natürlich nicht ganz. Moritz hatte eine Schachtel Zigaretten ins Lager mitgebracht. Sie waren zehn oder so, aber Moritz war schon immer neugierig und abenteuerlustig. Er hatte vor nichts Angst, probierte alles aus und brauchte schnell wieder neuen Input. Adrian mochte ihn dafür, folgte ihm, obwohl wenigstens er gelegentlich Bedenken vortrug, nur, um etwas gesagt zu haben, half eh nichts. Also rauchten sie und Jonas saß dabei. Natürlich hatte Moritz ihm auch eine angeboten, aber Jonas wollte nicht. Das war nichts für Sonnenscheine, er begab sich nicht in unnötige Gefahr, warum auch. Als er dann einen Hustenanfall bekam, lachten sie ihn aus, aber es wurde immer schlimmer, Jonas lief blau an und gab nur noch Pfeifen und Röcheln von sich. Sie schleppten ihn an die frische Luft, kühlten seinen Kopf mit Wasser aus einer schlammigen Pfütze, klopften ihm auf den Rücken. »Atmen, du musst atmen, Joni!« Damals wusste Adrian noch nicht, dass man nicht aufgeregt sein durfte, sondern Ruhe in die Situation bringen musste. Obwohl ihm das auch später nicht wirklich gelang, wie auch, wenn da einer vor deinen Augen um Luft ringt. Kurz bevor er tatsächlich erstickte, war es vorbei. Jonas konnte wieder atmen.

»Wir sagen das nicht Mama, okay?«, schlug er leise und erschöpft vor, aber das kam für Adrian nicht infrage. Jonas musste zum Arzt, das war doch kein gewöhnlicher Husten gewesen, das musste auf jeden Fall untersucht werden. »Wir könnten die Zigaretten in der Erzählung weglassen.« Er grinste und strich seinem Bruder über die schweißnasse Stirn. Jonas nickte, *okay*, aber er wusste eben auch, wie Mama war. Jetzt würde sie noch mehr auf ihn aufpassen, mit ihm zu allen Lungenspezialisten der Stadt laufen und statt mit Moritz und Adrian Abenteuer erleben zu können, musste er zu Hause bleiben. Da konnte sie ein Auge auf ihn haben und ihm bei Wiederholung einen der hundert Asthma-Inhalatoren bringen, die sie im ganzen Haus bereitgelegt hatte. Papa bestand trotzdem darauf, ihn mit zum Fußball zu nehmen. Er war eher der Vertreter der Herausforderung, nicht der Schonung. »Was plötzlich kommt, das geht auch wieder. Das muss man gepflegt ignorieren!« Jonas war so glücklich. In seinem Trikot und den Fußballschuhen neben Adi, mit Adi, zum Training. Er strahlte sein Sonnenscheinlächeln, strahlte Mamas Besorgnis weg. Und legte los. Einen Inhalator in der Hosentasche, einen in der Jacke, einen im Strumpf und im Rucksack zwei.

»Das kennt man doch aus den Krimis«, hatte Mama erklärt. »Da wird zum Beispiel einer entführt und dann hat er so einen Anfall und sein Spray nicht dabei ... zack, das war's!« Adrian versprach ihr aufzupassen, dass Jonas nicht entführt wurde, und dann, als er sah, wie sein kleiner Bruder Fußball spielte, wie er rennen konnte, ohne zu husten, sich in die Mannschaft einfügte, genau wusste, wo er hinlaufen sollte, voll den Überblick und schon im ersten Fußballspiel seines Lebens zwei Tore machte, wollte er einen winzigen Moment lang lieber doch nicht aufpassen.

Moritz musterte ihn aufmerksam von der Seite. Sie saßen auf den Holztribünen am Spielfeld und waren gekommen, um die Kleinen anzufeuern, so wie es die Großen damals bei ihnen auch gemacht hatten. Und das taten sie. Sprangen bei jeder Aktion auf, brüllten und streckten die Siegerfäuste in die Luft, tanzten, sangen, übten Sprechchöre. Moritz stieß Adrian in die Seite. »Der ist gut.« Adrian nickte nur, und Moritz kaute auf seiner Lippe, wie immer, wenn er kurz überlegen musste, was als Nächstes zu tun war. »Bist du eifersüchtig?«

»Quatsch. Das ist mein Bruder.«

»Hat das was damit zu tun? Ich glaube, gerade weil es dein Bruder ist.«

Moritz hatte keine Ahnung. Weil keinen Bruder. Aber reden konnte er immer viel. Vielleicht war Adrian eifersüchtig, natürlich, aber das war so ein grundsätzliches Gefühl, das er schon immer hatte, seit der Sonnenschein auf die Welt gekommen war. Möglich, dass er kurz die Hoffnung gehabt hatte, dass Jonas eben nicht Fußball spielen konnte, dass es das Einzige sein könnte, in dem Adrian ihm voraus war, das er wenigstens üben oder lernen musste. Aber nein. Dann eben nicht.

Moritz rückte näher zu ihm. »Soll ich dir was sagen?«

»Sag was.«

»Es gibt die Talentierten und die Fleißigen. Beide haben eine Chance!« Moritz gehörte übrigens zu keiner der beiden Kategorien, weswegen er diese sehr anstrengende Körperertüchtigung dann irgendwann an den Nagel hing. Er hatte Besseres zu tun, als einem Ball hinterherzulaufen. Oder seinem Vater zu gefallen. Der war nämlich schon lange weg.

»Adrian, iss doch bitte wenigstens die Banane!« Mama beugte sich über den Frühstückstisch zu ihrem Ältesten und wollte schon anfangen, ihm die Banane zu schälen, als wäre er drei, da schnappte Adrian sie sich, stopfte sie in seine Sporttasche und stand auf. »Ich esse sie dort. Kann gerade nicht ... wollen wir los?«

Es war noch viel zu früh, aber dann waren sie schon mal da, konnten auf keinen Fall zu spät kommen und sich noch aufwärmen, trainieren, letzte Schwachpunkte bearbeiten.

Papa nickte und Joni sprang so entschlossen auf, dass sein Stuhl nach hinten kippte. »Joni will mit!«, klar. Und es tat irgendwie auch gut, der kleine Bruder, rein aus Solidarität auch im Fußballdress neben ihm im Auto, plapperte, was ihm einfiel, und war so sicher, dass Adrian in die Schmiede aufgenommen würde, dass er schon die Wochenenden plante, an denen er ihn besuchen kommen konnte. »Dann zeigst du mir alles, was du gelernt hast, und ich gebe hier mächtig an!« Adrian und Papa blieben wortkarg. Sie hingen beide Träumen und Gedanken nach. Adrian wusste, dass sein Vater und Trainer noch viel mehr aus ihm hatte rausholen wollen, aber an die Grenzen gestoßen war. Die Zeit viel zu knapp, und sosehr Adrian sich auch anstrengte, jede freie Minute aufwandte, mehr war nicht drin. Er ballte die Fäuste, wild entschlossen, es allen zu beweisen. Sich, dem Scout und vor allem seinem Vater. Der Sieg gehört den Fleißigen!

Der Fußballplatz lag leer in der Morgensonne, noch glitzerte Tau auf dem Rasen und Jonas machte sich einen Spaß daraus, Bilder hineinzurennen, während Adrian sich dehnte und aufwärmte, locker um den Platz lief. Sein Bruder kam ihm vor wie ein kleines Kind, nicht wie ein fast Vierzehnjähriger. Dabei war er viel klüger als die meisten seines Alters und konnte, wenn er wollte, wahre Sachen über komplexe Sachverhalte äußern, aber dann wieder: Fußspuren in Tauwiesen rennen, Brötchen schleudern, »Joni will mit« sagen. Vielleicht das Asthma. Nicht genug Luft, um groß zu werden.

Adrian pfiff ihn auf zwei Fingern zu sich. »He, du Arschkeks, lauf ein bisschen mit.«

Einträchtig trabten sie um den Platz, der kleine Bruder mit Doppelschritten, Adrian, die Kante, weit ausholend. Ihr Atem spielte in der frühen Sonne und fügte sich zu einer Wolke zusammen.

»Ich denke, du wirst mir fehlen«, schnaufte Jonas. Und das meinte er ernst und erwachsen, die Kinderstimme war ausgeschaltet.

»Abwarten.«

»Unnötig. Wenn du nicht mehr hier bist, wirst du mir fehlen. Das ist nicht zu diskutieren.«

»Ach komm, du hast so viele Freunde hier und die Schule, Fußball. Gibt genug zu tun.«

Jonas grinste ihn von der Seite an. »Männer vermissen nicht, was?«

»Arschkeks!«

»Selber!«

Beim Beller trudelte langsam die Mannschaft ein, klatschte sich ab, zog die Jacken aus, trat ihre Runde an, der Trainer machte mit.

Als Adrian und Jonas bei der Bank ankamen, stand da ein lässiger Typ im Trainingsanzug, Schnäuzer, und rieb sich die Hände warm.

»Hey Jungs, gibt's hier irgendwo Kaffee?«

Adrian war außer Atem, stützte sich auf seine Knie und versuchte pulsmäßig runterzukommen.

»Unser Vereinsheim hat leider seit drei Monaten geschlossen«, redete Jonas drauflos, als wäre er nicht gerade mehrere Runden um den Platz gelaufen. »Babette ist krank, also Babette ist die Frau, die den Kaffee machen würde, wenn sie geöffnet hätte, und der ist richtig gut, sagen alle, ich kann's nicht beurteilen, ich trinke keinen Kaffee ...« Der Typ zog die Augenbrauen hoch, schien mittelmäßig interessiert. »Aber Sie können von uns einen haben. Mama hat ihn gekocht, damit wir fit sind.« Jonas lief zu Papas Tasche, holte die große Thermoskanne raus und schüttete dem Mann Kaffee in den Deckelbecher, wie er ihn nannte, nachdem er tagelang darüber nachgedacht hatte und Adrian damit auf die Nerven gegangen war: »Deckelbecher oder Becherdeckel?«

Jetzt überreichte er ihn sonnenscheinstrahlend und beugte sich vertrauensvoll zu dem Mann. »Heute kommt nämlich ein Scout, um meinen Bruder auszuwählen.« Er deutete mit dem Kopf Richtung Adrian, und auch der Typ schaute interessiert zu ihm rüber.

»Du bist Adrian Bellmer?«

Adrian nickte und warf seinem Bruder einen eindeutigen Blick zu, *halt verdammt noch mal dein Plappermaul.* »Und Sie?«

In diesem Moment kam der Vater schnaufend an, lief vor der Bank aus und streckte dem Mann seine Hand hin. »Bellmer, ich grüße Sie. Herr Nägele?« Okay, das war er, der Scout. Jonas hielt sich kichernd eine Hand vor den Mund, während Adrian nervös von einem Fuß auf den anderen trat und darüber nachdachte, ob das jetzt peinlich gewesen war oder nicht. »Ich sehe, meine Jungs haben Ihnen schon Kaffee angeboten. Unser Vereinsheim hat nämlich ...«

»Ich wurde bereits aufgeklärt.« Nägele trank den Kaffee in einem Rutsch und schaute dann auf seine Uhr.

»Geht gleich los«, murmelte Papa, wandte sich dem Feld zu und trillerte die Mannschaft zusammen. »Und Joni, du gehst bitte nach nebenan zu deinen Leuten ... ich hab ihnen genau gesagt, was zu tun ist.« Jonas schüttelte beide Fäuste mit gedrückten Daumen in Adrians Richtung und lief zu dem kleinen Trainingsfeld. »Setzen Sie sich doch gerne!«

Aber Nägele wollte lieber stehen, dann konnte er besser sehen und sich auch ein bisschen mit den Spielern bewegen. Adrian versuchte noch, seinen Blick zu fangen, ein Lächeln, etwas Mut Machendes, aber der Scout beachtete ihn nicht. Er merkte die Anspannung im ganzen Körper, und obwohl Papa alles so machte, als wäre Nägele eben nicht da, und als wäre es einfach nur irgendein Spiel, wie immer, konnte Adrian den Mann spüren, Stiche wie Nägel in die Haut, und Jonas hätte jetzt drüber nachgedacht, ob der Scout deswegen so hieß. Aber Adrian hatte keinen Sinn und keine Zeit für solche Dinge. Er musste gut sein, mehr als gut, konzentriert und auf den Punkt. Keine krausen Gedanken jetzt.

Anpfiff und los ging die Partie. Nicht elf gegen elf, so viele hatte Papa nicht zusammengekriegt, aber genug, um zeigen zu können, was man so draufhatte. Adrian, die Kante, spielte in der Verteidigung. Nicht gerade der beliebteste Job in einer Fußballmannschaft, eher der für die Fleißigen. Die Talentierten wurden Stürmerstars, schossen Tore und fuhren die dicken Autos. Das Spiel verlief schnell und rau. Alle hängten sich rein, jeder wollte gesehen werden von dem Mann vom Profiverein, jeder von ihnen träumte davon, Fußballer zu werden. Es gab keinen Moment, sich die Kraft einzuteilen, auszuatmen oder kurz Luft zu holen. Sie spielten alle am Limit. Und Adrian hielt durch, den Torraum sauber und die Fäuste geballt.

Bis Moritz auf den Holztribünen auftauchte, sein alter Freund, der so ganz andere Wege ging. Man sah ihn selten in der Schule, hörte dafür oft von nächtlichen Eskapaden. Illegal Auto gefahren und dann noch an die Wand, laut singende Horden durch die Nacht, Moritz vorne weg, solche Sachen. Was machte er hier? Grüßte in seine Richtung, Adrian hörte nur noch das Bellen seines Vaters, »Adrian, schlaf nicht!«, da war der Ball an ihm vorbei und im Tor. Fuck! So ein Scheiß! Er trat wütend in den Rasen und holte sich in der Halbzeit eine gehörige Standpauke ab. Der Scout hatte sich jetzt doch hingesetzt und Adrian versuchte sich zu kontrollieren, den Impuls, gleich nach Hause zu gehen, zu unterdrücken. Alles Scheiße, Looser er selbst.

»Nix da. Du hältst jetzt durch. Fehler machen selbst die Profis mal. Und die gehen dann nicht beleidigt vom Platz, sondern machen es wieder gut. Woran erkennt man einen Profi? Daran erkennt man einen Profi!«, brüllte der Trainer und Adrian lief wieder auf. Er vermied den Blick zur Tribüne, nicht über Moritz nachdenken, der ja wohl nur wegen ihm hier aufgekreuzt war. Überhaupt immer an Adrian drangeblieben, der ihm aber nicht folgen wollte. Er hatte keinen Bock auf Alkohol und Drogen und Mädchen und Prügeleien und verbotenes, sinnloses Zeug.

Sein Ehrgeiz war auf Leben gerichtet. Manchmal trafen sie sich zufällig, vielleicht auch extra herbeigeführt von Moritz, jedenfalls hatte er immer zwei Bier dabei, setzten sich auf irgendeine Mauer oder Treppen und erzählten sich, was so abging. Aber Adrian wusste genau, dass er den Scout nicht erwähnt hatte. Extra nicht, bloß nicht noch mehr Druck. Moritz konnte das eigentlich nicht wissen. Natürlich hatte er sofort Joni in Verdacht, Plappermaul elendes, Joni, der gerade auf dem Nebenfeld Stürmerqualitäten bewies und wie ein junger Fußballgott vollkommen unbehelligt durch die Abwehr bis ins Tor lief.

Anpfiff. Adrian fokussierte sich, versuchte ganz bei sich zu sein und noch mal alles zu geben. Aus den Augenwinkeln konnte er sehen, dass der Scout wieder aufgestanden war und die Hände in den Taschen alles beobachtete. Als der schnelle Friedel mit dem Ball am Fuß alle anderen hinter und neben sich stehen ließ, war Adrians ganzer Einsatz gefragt. Nein, an ihm durfte er nicht vorbeikommen. Er nahm die Verfolgung auf, stellte sich ihm in den Weg, aber Friedel wischte vorbei, wendig wie ein Karnickel. Wut stieg in Adrian hoch, nein, mein Lieber, du wirst hier meine Karriere und mein Leben nicht versauen, du nicht. Blitze erschienen vor seinen Augen, das alte Muster, er kannte es schon, die Wut, sein steter Begleiter. Er musste Friedel aufhalten, allerdings ohne in ihn reinzugrätschen oder zu treten, das kommt nicht gut, und das hatten Papa und er so intensiv trainiert. Adrian schloss kurz die Augen, um sich zu beruhigen und das Wutweiß zu verscheuchen, dann legte er den Spurt seines Lebens hin, konnte Friedel noch einholen und sich zwischen ihn und den Torwart werfen. Mit voller Wucht prallte der Ball an seine Beine und flog ins Aus. Nicht ins Tor. Seine Mannschaft versammelte sich um ihn, wollte ihn feiern und hochleben lassen, das war Rettung in letzter Sekunde. Adrians Beine brannten wie Feuer und er rappelte sich hoch, um sich ein anerkennendes Nicken des Scouts abzuholen, positive Nägel sozusagen. Aber der hatte die Aktion nicht einmal gesehen. Er stand ganz am Ende des Platzes, um einen besseren Blick auf das Nebenfeld zu haben, hatte jemand anderen mit blitzenden, aufmerksamen Augen im Visier.

Sie machten noch zwei Tore und gewannen das Spiel. Moritz jubelte auf der Tribüne und schüttelte die Faust in Adrians Richtung. Er hatte wirklich gut gespielt. Die Mannschaften gingen vom Platz Richtung Kabine und Duschen, nur Adrian blieb in der Mitte stehen und beobachtete seinen Vater, Jonas und den Scout des FC Bayern. Die beiden Männer diskutierten heftig, Papa hatte den Arm um Jonas gelegt und ihn zu sich gezogen.

Adrian spürte, dass er sich selbst belog, dass er sich Hoffnung machte, die gerade lautlos zerbröselte. Er wollte es aber nicht wahrhaben, bildete sich ein, sie redeten über ihn, wie es alles gehen sollte mit dem Internat, dem Abi und dem Training in der Bayern-Schmiede. Langsam setzte er sich in Bewegung, kam dem Trio immer näher, hörte erste Wortfetzen wie ... ist noch zu jung ... je früher, desto besser ... außergewöhnliches Talent ... und sah Jonas' Blick in seine Richtung. Kleinlaut, ängstlich, voll des schlechten Gewissens.

»Adrian«, rief ihn der Vater dazu und konnte ihn nicht anschauen. »Herr Nägele möchte Jonas ins Internat holen, er glaubt, er kann es weit bringen.«

»Ich möchte aber nicht«, sagte Jonas leise, und Herr Nägele ging vor ihm in die Hocke, Kinnkniff.

»Natürlich möchtest du, Jonas. Alle Jungs möchten das und nur sehr, sehr wenige bekommen diese Chance. Ist doch klar, dass man da erst mal bisschen Muffe kriegt, aber glaub mir, wir passen sehr, sehr gut auf unsere Talente auf.«

Adrian hatte das Gefühl, unter Wasser zu liegen. Er musste sich unglaublich anstrengen, um die Worte, die wie Blasen aus den Mündern der anderen stiegen, zu verstehen, ihren Sinn zu begreifen.

»Adrian?« Der Vater schüttelte ihn an der Schulter.

Adrian starrte Jonas an, und der konnte nicht mehr an sich halten, lief zu ihm und umschlang ihn mit seinen langen Bruderarmen.

»Adi, das wollte ich nicht. Ich hab da nur so gespielt mit dem Ball und dir die ganze Zeit die Daumen gedrückt, ehrlich, den linken außen, den rechten in der Faust, so wie wir es immer machen.«

Der Vater schaute ihn ungeduldig an. *Los, nimm deinem Bruder das schlechte Gewissen, und tu wenigstens so, als würdest du dich für ihn freuen.*

Adrian konnte nicht. Da war es schon wieder. Er hatte etwas mit aller Kraft gewollt. Er hatte alles gegeben, was ihm zur Verfügung stand, und es war mal wieder nicht genug gewesen. Während Jonas noch nicht mal einen Funken seiner Ressourcen aktiviert hatte, nein, einfach nur so gespielt. Das war nicht gerecht, das konnte einfach nicht die Wahrheit sein.

»Haben Sie mich denn auch gesehen?« Adrian wandte sich direkt an den Nägele, der gerade irgendwas über sein Handy absetzte, wahrscheinlich: *Supertalent gefunden! Macht alles bereit! Wir haben den nächsten Bayernstar!*

»Hm?«

»Haben Sie gesehen, wie ich das eine Tor verhindert habe?«

»Ja ... ja, ja klar.« Adrian sprühte Funken, und der Scout schien das zu spüren. Jedenfalls ließ er von seinen Angelegenheiten ab und schenkte dem Jungen kurz seine Aufmerksamkeit.

»Ich hab dich gesehen. Du bist wirklich gut, wirklich, man merkt, dass du sehr viel an dir arbeitest, sehr fleißig bist. Aber das reicht eben nicht. Da fehlt dieser eine Tick, diese Sicherheit durch Freiheit, die einen flexibel und kreativ hält, ohne große Anstrengung.« Er legte Adrian eine Hand auf die Schulter. »Dein Bruder hat das. Da kann weder er was dafür noch du, das kommt von oben ...« Er lachte. »Oder woher auch immer. Und es ist gut, dass du diese Nachricht jetzt bekommst. So kannst du dich auf andere Sachen konzentrieren, deine wirklichen Talente.«

Adrian entzog sich wütend der Hand des Scouts, ging ein paar Schritte zurück, starrte den Typen an und wandte sich dann an seinen Vater. »Du weißt, wie wichtig mir das war. Du hast doch auch an mich geglaubt, sonst hättest du doch nicht so viel mit mir trainiert. Sag es ihm, Papa, sag ihm, wie gut ich bin.«

Sein Vater schien ratlos. Er fand keine Worte, zuckte mit den Schultern und strich sich zu oft durch die lockigen Haare auf seinem Kopf, die seit einiger Zeit immer weniger wurden.

»Ich hab das nicht gewollt, Adi«, jammerte Jonas, da fiel ihm etwas ein, das ihn sofort wieder zum Strahlen brachte. »Asthma. Ich kann kein Profi werden – leider, ich hab Asthma!«

Der Scout packte seine Sachen zusammen, für ihn war der Fall erledigt. »Davon habe ich aber die letzten anderthalb Stunden nichts gesehen, Junge. Glaube mir, viele haben Asthma. Das kriegen wir in den Griff. Wir sehen uns nach den Sommerferien, ich freue mich schon sehr auf dich.« Er wandte sich zum Gehen, aber Jonas stellte sich ihm in den Weg.

»Ich komme nicht, bitte, Sie müssen Adrian nehmen!«

»Jonas. Auch wenn du nicht kommst, werden wir deinen Bruder nicht aufnehmen. Du entscheidest über deine Karriere. Und Adrian wird es verstehen, er ist jetzt nur ein bisschen enttäuscht. Das ist doch ganz normal!« Jonas schaute verzweifelt zu Adrian, der wie versteinert mit finsterem Gesicht einfach nur dastand.

»Adrian!« Der Vater schien seine Stimme wiedergefunden zu haben. »Würdest du bitte deinen Bruder beruhigen?« Als von Adrian nichts kam, schnappte er sich Jonas und die beiden begleiteten den Scout zum Auto. »Natürlich wird Jonas kommen!«, hörte Adrian seinen Vater noch sagen und wusste absolut nichts anzufangen, spürte sich nicht, spürte die Wiese nicht, auf der er mit beiden Füßen stand, befand sich im luftleeren Raum.

»Hey, Bro!« Moritz hatte wieder zwei Flaschen Bier dabei, schob Adrian vor sich her und unter die Holztribüne, wo sie schon als Kinder immer gesessen hatten, wenn es keinen etwas anging, was sie besprachen. Er machte die eine Flasche mit der anderen auf und die andere mit der einen, setzte sich neben seinen alten Freund und sagte erst mal nichts. Das Bier floss Adrian kühl in den Körper, der Alkohol ging ihm sofort ins Blut und brachte ihn watteweich zurück in die Wirklichkeit.

Jonas würde ins Fußballinternat gehen und er nicht. Weil er nicht gut genug war. Er schüttelte fassungslos den Kopf.

»Ist echt bitter.« Moritz nahm die Bewegung zum Anlass zu sprechen. »Kann mir vorstellen, wie es dir geht.«

»Bin ich wirklich so schlecht? Und wenn, warum hat Papa mich dann ins Messer laufen lassen, anstatt mich zu beschützen? Ein Vater sollte einen beschützen.«

»Erstens bist du nicht schlecht, sondern supergut. So 'n Fuzzi kann sich ja auch mal irren. Weißt du, wie viele berühmte Leute nach Ansicht von anderen nicht das Zeug dazu hatten und dann trotzdem berühmt geworden sind? Und wenn dein Vater dich gewarnt hätte, jetzt mal ehrlich, Bro, dann hättest du doch trotzdem nicht auf ihn gehört. Hättest trainiert wie ein Besessener, um es allen zu zeigen.«

Adrian starrte mürrisch in den Staub unter der Tribüne. Hier saßen sie zwischen alten Popcorntüten und labberigen Wurstpappen, während sein Bruder der goldenen Zukunft entgegenschritt.

»Jonas wollte das gar nicht. Der könnte mit allem Karriere machen, wenn der will, wird er sogar Mau-Mau-Weltmeister, muss ja nur sein verschissenes Strahlen aufsetzen und alle lecken ihm die Füße ab.«

»Mau-Mau-mit-Füßen-Weltmeisterschaft. Wow!« Adrian kickte eine leere Colaflasche weg. »Ich kann nur Fußball. Warum muss er mir das nehmen?«

»Macht er ja nicht mit Absicht.«

»Noch nicht mal das, verdammte Scheiße. Er zerstört mich, er steht mir im Weg, seit er auf die Welt gekommen ist, und dann ist er noch nicht einmal schuld daran. Wandelt mit seinem Heiligenschein herum und hinterlässt verbrannte Erde.« Adrian ließ sich nach hinten fallen. Durch die Ritzen zwischen den Holzsitzen konnte er den Himmel sehen. Und der tat auch nur so, als wäre er blau. Alles Lüge.

Moritz' Kopf landete neben seinem. »Als ich klein war, wollte ich Sänger werden.«

Adrian wandte sich ihm zu. »Du?«

»Ja, ich. Und ich kann echt keinen Ton richtig halten. Aber je lauter meine Mum gelacht hat und je öfter ich mich blamiert habe, und glaub mir, Bro, das war oft, umso mehr wollte ich es.«

»Mir hast du nie was vorgesungen.«

»Ha, und da kommen wir zum Punkt. Ich wollte nämlich nicht, dass du mich auslachst, ausgerechnet du. Deine Meinung war mir wichtig, und dein Lachen hätte mich sicher von meinem großen Traum abgebracht. Und in Wirklichkeit wusste ich, dass es Blödsinn ist. Ich hab für nix ein Talent.«

»Da hab ich anderes gehört.«

»Saufen zählt nicht zu den ersten zehn Toptalenten.«

»Ist aber das Einzige, was du wirklich durchhältst.«

»Jo, Bro!« Er setzte sich auf. »Dein Vater sucht dich.«

Tatsächlich lief er über den Platz und rief nach Adrian. Hatte wohl sein Geschäft mit dem Scout erfolgreich abgeschlossen, da fiel ihm der Ältere wieder ein.

Jonas stand genau in der Mitte und rührte sich nicht. Seine Arme hingen an ihm herunter, sein ganzer Körper drückte Niedergeschlagenheit aus. Er wusste genau, wo Adrian war, war ja immer dabei gewesen.

»Lass ihn suchen!« Auf einmal war die Wut verflogen. »Hey Mo!«

»Hm?«

»Wann hast du aufgehört zu singen?«

»Nie. Ich lass mich doch von euch nicht von der Schaufel kippen!«

2. KAPITEL

An diesem Abend kam Adrian spät, betrunken und mit der Erkenntnis, dass Moritz immer noch sein bester Freund war und er sich nicht unterkriegen lassen würde, nach Hause. Das kleine Reihenmittelhaus war schon dunkel, so wie auch die anderen End- und Anfangshäuser in dieser ordentlichen, kinderfreundlichen und friedliebenden Siedlung. Der richtige Ort für perfekte Familien, verkehrsberuhigt und immer unter Kontrolle. Die Kleinen konnten sich in einer aufgesetzten Freiheit bewegen und sich zumindest unbeobachtet fühlen. Jetzt waren die Kinder der Anfangsgeneration fast erwachsen, und aus Familien würden in naher Zukunft Rentnerpaare werden, eine Seniorensiedlung ohne den Charme des kindlichen Chaos. Adrian bewegte sich automatisch leise, so war er aufgewachsen, zog die Schuhe draußen aus und wollte sich nur noch schnell ein Wasser aus der Küche holen, um dann ins Bett zu fallen. Aber um in die Küche zu kommen, musste man durchs Wohnzimmer und an dem runden Holztisch saß seine Mutter im Dunklen.

»Mama?« Adrian blieb wie angewurzelt im Türrahmen stehen.

»Hab auf dich gewartet.«

»Warum?« Er ging an ihr vorbei in die Küche, holte das Wasser aus dem Kühlschrank, trank die halbe Flasche aus und setzte sich auf die Kante eines Stuhles seiner Mutter gegenüber.

»Dein Traum ist geplatzt, dafür hat ihn dein kleiner Bruder bekommen. Das ist hart.«

Adrian winkte ab und unterdrückte einen Rülpser. Seine

Mutter hatte immer alles irgendwie durchgehen lassen, sie war eine coole Mutter, zu besorgt manchmal, sicher, aber insgesamt cool. Bloß rülpsen konnte sie nicht leiden. Das trieb sie jedem aus, der unter ihrem Dach weilte, selbst Moritz musste das damals, als er hier noch ein und aus ging, schmerzvoll erfahren. Einer seiner mächtigen Rülpser, ohne Bedacht in den Raum geschleudert, brachte ihm 14 Tage Hausverbot ein. Zeit zum Nachdenken, Zeit, um sich zu schwören, dass so etwas zumindest bei Bellmers nicht mehr passieren würde.

Mama nahm seine Hand, und er ließ es zu, obwohl er sich eigentlich schon seit Längerem alle mütterlichen Zärtlichkeiten verboten hatte.

»Ich weiß schon, was das für dich bedeutet.«

»Es bedeutet, dass ich mich weiter anstrengen muss. Vielleicht klappt es ja beim nächsten Mal.«

»Dein Ernst? So cool? Das passt gar nicht zu dir.«

»Du meinst, ich bin uncool?« Adrian zwinkerte ihr zu und sie drückte seine Hand.

»Natürlich nicht. Aber anscheinend bist du noch cooler, als ich dachte.« Sie machte die Augen zu Schlitzen und musterte ihn. »Tablette? Ich meine nur, wegen morgen.«

Adrian schüttelte den Kopf. »Geht schon.«

Die Mutter stand müde, aber auch ein bisschen erleichtert auf, warf ihm einen Luftkuss zu und ging Richtung Treppe nach oben.

»Könntest du das Joni auch sagen? Der hat so ein schlechtes Gewissen und es würde ihm helfen, zu wissen, dass du cool bist.«

»Weiß er doch«, brummelte Adrian.

»Na ja, sein Asthmaanfall hier zu Hause war nicht von Pappe. Gute Nacht, Großer.«

Adrian starrte auf seine verschwitzten Socken, wackelte mit den Zehen und beschloss, erstens zu duschen und zweitens danach noch bei Jonas vorbeizuschauen. Als würde das warme Wasser ihn wegspülen, verschwand der Suff aus seinem Körper, der Kopf fühlte sich klarer an. Leise schob er die Tür von Jonas' Zimmer auf – er ließ sie immer einen Spalt offen, um nur ja nichts zu verpassen –, und sah seinen kleinen Bruder im Bett. Das Licht der Straßenlaternen fiel in Streifen durch die Jalousie und tauchte Jonas mit der roten Wollmütze auf dem Kopf in ein geradezu mystisches Licht. Die Mütze! Er trug sie nur zum Schlafen und nicht etwa, wenn es draußen kalt war, oder er mit nassen Haaren losmusste. Und es erstaunte ihn maßlos, dass so viele andere Menschen ganz ohne Wollmütze schlafen konnten. »Verrückt. Der Kopf ist doch in der Nacht vollkommen ungeschützt, was da alles passieren kann, wenn's losgeht mit den Träumen.« Als könnte man sich mit einer Mütze zusammenhalten. Er schlief auf dem Rücken, ganz gerade ausgestreckt, die Arme unter der Decke verstaut, die Mütze auf den blonden Locken. So also sah ein zukünftiger Fußballstar aus. So klein, so zerbrechlich und blass. Adrian stellte ihn sich zwischen all den anderen vor, die schon in der Pubertät waren, sich Muskeln zugelegt hatten und jede Menge männliche Hormone. Es war gar nicht so selten, dass Jonas zwischen die Fronten geriet. Irgendwie provozierte seine Sonnenscheinhaftigkeit auch manche. Es konnte wütend machen, wenn einer nur gut gelaunt ist, der ein oder andere bekam Lust, ihn zum Heulen zu bringen. Bisher war dann immer die Kante gekommen. Der große Bruder dieses Zwerges, das genaue Gegenteil von ihm. Hatte ihn beschützt oder gerächt. Das ging dann nicht gut aus, und die, die es erlebt hatten, ließen Jonas in Zukunft in Ruhe.

»Da bist du ja!« Er hatte sich nicht bewegt. Nur die blauen Augen geöffnet und Adrian im Blick.

»Du hattest einen Anfall?«

»Nicht so schlimm.«

»Das wird ja was, du zwischen den ganzen Fußballern.«

»Es tut mir leid.«

Adrian ging zum Bett und setzte sich zu ihm. »Muss es nicht. Du bist besser, so ist es nun mal. Du solltest dich freuen.«

»Ich weiß, dass dich das verletzt und du mich gerade nicht besonders gut leiden kannst.«

Adrian grinste. »Ich konnte dich noch nie leiden.«

Jonas zog sich die rote Mütze über die Augen, und Adrian knuffte ihn an. »Zwinkersmiley, Arschkeks.«

»Du machst doch weiter? Mit Fußball, meine ich.«

Adrian starrte durch die Lamellen der Jalousie in die Nacht. Im Moment hatte er eigentlich das Gefühl, nie wieder da rausgehen zu wollen, als hätte er da nichts verloren, so ungefähr.

»Ja.«

»Versprich es mir.«

»Okay.«

»Sag, du versprichst es.«

Adrian schnaubte. »Ich verspreche es.«

Und er versuchte es wirklich. Moritz sang schließlich auch weiter, Träume sollte man nicht einfach aufgeben, nur weil einer mitten ins Herz geschossen hatte. Beim nächsten Training stand die Kante wieder da und alle taten so, als wäre nichts gewesen. Auch der Trainer. Sie taten so und Adrian konnte genau fühlen, dass sie eben nur so taten. In Wirklichkeit hing sein Versagen in der Luft, und sosehr er sich auch anstrengte, er wurde nicht mehr richtig ernst genommen. Zumindest empfand er es so.

Er redete sich ein, dass es besser werden würde, die anderen vergessen, es musste Zeit vergehen. Besuchte die Trainingseinheiten, machte weiter und ging danach zu Moritz oder traf sich mit ihm in ihrem alten Lager. Moritz hatte es wiederentdeckt.

»Das musst du dir mal reinziehen, da hat sich überhaupt nichts verändert«, sagte er grinsend und wedelte mit Adrians alter Supermannfigur vor seiner Nase herum. »Wir waren immer schon die Helden im Geheimnissehaben.« Nur, dass sie jetzt Bier tranken, anstatt irgendwelchen Plastikfiguren Abenteuerparcours im Kies zu bauen.

Der Alkohol gab Adrian das Gefühl, dass alles nicht so schlimm war, wie er dachte.

»Was ist los mit dir, Junge?«, fragte ihn sein Vater und Trainer beim Abendessen. »Dir fehlt der Zug im Spiel.«

Adrian konnte sich nicht vorstellen, dass er es nicht wusste. Kein einziges Gespräch hatten sie über die Sache mit dem Scout geführt, der jetzt beinahe täglich anrief oder irgendwelche Listen für Jonas schickte, Ernährungsliste, Kleiderliste, Verbotsliste. Sie taten einfach so, als wäre nichts gewesen, die Mutter, weil sie glauben wollte, dass es ihm nichts ausmachte, der Vater aus reiner Feigheit. Sie schickten Adrian mit Jonas Klamotten kaufen. Fürs Internat. Er suchte mit ihm die richtigen Fußballschuhe aus, gab Trikots zum Bedrucken in Auftrag, trainierte lustlos mit ihm in den Auen, zeigte ihm Tricks und Bewegungsabläufe, die er sofort verstand und umsetzen konnte. Wahrscheinlich würde er der erste Fünfzehnjährige im A-Kader werden.

Adrian legte sein Messer hin und schaute den Vater an. »Was hältst du eigentlich von der Sache?«

»Dass du auf einmal spielst, wie vor zwei Jahren und es mir vorkommt, als wäre alles Training umsonst gewesen?«

»Du weißt genau, was ich meine.«

Es war ganz still am Tisch. Auch Mama und Jonas hatten aufgehört zu essen, Papa war dran. Er dachte nach, ließ sich ziemlich lange Zeit.

»Ich halte davon ... also, ich kann mir vorstellen, dass du sehr enttäuscht warst. Und ich finde es wirklich toll, dass du weitermachst und dich nicht kleinkriegen lässt. Ich ... ich will dich nur motivieren.«

»Wenn es mit meinem Talent so wäre, wie du es mir immer gesagt hast, dann hätte er uns doch auch beide nehmen können.«

»Stimmt. Niemand hat gesagt, dass nur einer mitdarf!«, sprang Jonas seinem Bruder zur Seite.

Der Vater schüttelte unwillig den Kopf. Was sollte er dazu sagen? Hätte, hätte, Fahrradkette? Was nicht ist, kann ja noch werden? Mühsam ernährt sich das Eichhörnchen?

Adrian schlug mit der flachen Hand auf den Tisch und stand auf. »Ja, Trainer, was soll man da sagen? Er hat mich nicht ausgewählt. Er hat mir empfohlen, mich nach einem anderen Hobby umzuschauen. Nicht ermuntert, keine Hoffnung gemacht, nichts schöngeredet. Und ich werde jetzt auf diesen Mann hören. Ich hab den Zug verloren, sagst du? Tatsächlich, und nicht nur das.«

»Adrian, beruhige dich«, versuchte die Mutter ihn zu bremsen, aber es war zu spät und er würde auch nicht bis hundert zählen, tief durchatmen, oder sich besänftigende Babypinguine vorstellen.

»Ich habe überhaupt keine Lust mehr, ich bin raus. Nie wieder werde ich einen Fußball auch nur mit dem Arsch angucken.«

»Adi, du hast's versprochen!« Dunkle Wolken hatten sich vor die Sonne geschoben.

»Versprechen hiermit aufgehoben«, brüllte Adrian und fegte sein Gedeck vom Tisch. »Ich hab keinen Bock, hier für euch den Looser zu spielen!« Damit rauschte er ab, verkroch sich mit einem Sixpack im unterirdischen Lager, der Rest einer hoffnungsfrohen Kindheit, und dachte. Gar nichts.

Die nächste Zeit ging er zwar in die Schule, aber danach meistens direkt zu Moritz. Erstens hatte er ihn wieder entdeckt, zweitens wollte er nichts mehr mitkriegen von den Vorbereitungen auf die glorreiche Zukunft seines kleinen Bruders und mied das Reihenmittelhaus, so gut er konnte. Bei Moritz fühlte er sich besser, frei. Da kümmerte sich keiner, niemand sagte ihm, was er werden oder sein sollte. Während seine Mutter in ihrem medizinischen Labor arbeitete, hing Moritz zu Hause ab oder trieb sich herum, immer die Stöpsel im Ohr, immer ein Stück entfernt von der Realität. Manchmal ging er zur Schule, meistens nur zu den Tests, die er dann auch immer irgendwie bestand. Er kam durch, mehr schlecht als recht, und wenn seine Mutter abends nach Hause kam, fragte sie nicht. Das war eine Vereinbarung zwischen den beiden. Eine Zeit lang hatte sie noch versucht, Moritz auf den üblichen Weg zurückzubringen, geredet, Verbote ausgesprochen, die nicht eingehalten wurden, geweint und die Hände gerungen. Nichts hatte geholfen, und weil sie sich eben nicht allein um alles kümmern konnte, vollkommen überfordert war, hatte sie den Deal mit ihm gemacht. Sie fragt nicht mehr, er auch nicht. Und wenn er das Abi nicht schafft, fliegt er raus und muss selbst gucken, wie er klarkommt. Guter Deal. Moritz sehr zufrieden.

An den wenigen Tagen, an denen er in der Schule auftauchte, saß er neben Adrian, und der war froh, in diesem Fall heute. Vier Stunden Deutschklausur, Gedichtanalyse, das konnte Moritz aus dem Effeff. Und dann kam nicht wie erwartet die alte Frau Kästner herein, sondern eine junge, sportliche Referendarin in knappen Klamotten, jede Menge Selbstbewusstsein und die Klausuren im Gepäck.

»Meret Mehlsacks«, stellte sie sich vor, »und wer lacht, fängt sich eine.« Keiner lachte.

Der Nachname war doof, klar, hatte aber irgendwie nichts mit dieser quirligen Person zu tun. Und zumindest die Jungs konnten eh nicht lachen, denen stand vor Staunen der Mund offen. Moritz' Bein wackelte aufgeregt hin und her und stieß dabei dauernd an Adrians. »Heiße Schnecke«, flüsterte er und stolperte mal wieder über seine Unfähigkeit leise zu reden. Den Blick, den er sich einfing, wollte keiner haben.

»Frau Kästner fällt eine Weile aus. Ich vertrete sie, obwohl ich gerade erst von der Uni komme, aber ich denke, wir kriegen das hin.« Alle Jungs nickten heftig Zustimmung, Frau Mehlsacks schwang sich aufs Lehrerpult und gab den Startschuss. »Auf die Plätze, fertig, Eichendorff!« Adrian fiel nichts ein. Er hasste die romantischen Gedichte von diesem Ochsen. Wie kann ein Mann so einen Schwulst schreiben?

»Dieses Gedicht ist gelogen, voll fake«, schrieb er, »fängt schon beim Autor an, kann nur eine Frau gewesen sein.« Das war diskriminierend und er strich es nach einem Blick auf Frau Mehlsacks wieder durch. Die schaute auf ihr Handy und er konnte alles in Ruhe bei Moritz abschreiben, der seine Analyse in Großbuchstaben der schönen Meret widmete. Als es läutete, stürmten alle nach draußen, und Adrian war fast schon durch, da hielt die Mehlsacks ihn auf. »Hab dich gesehen!« Fuck. So eine war das also. So tun, als ob und dann zustechen. Als ihn dann auch noch Friedel im Hof abfing, um ihm zu sagen, dass er unbedingt wieder in die Mannschaft zurückkommen musste, half nur noch Bier mit Moritz im Untergrund. Im Gegensatz zu dessen Mutter nämlich ließen Adrians Eltern nicht locker, konnten seine permanente Abwesenheit nicht akzeptieren. Mama machte sich offen Sorgen und Papa schickte Adrian immer mal wieder einen seiner Mannschaftskollegen, so wie Friedel.

»Sagt ihm, dass er fehlt. Sagt ihm, dass ihr Kante braucht. Sagt ihm, dass es keinen besseren Verteidiger gibt für euch. Sagt ihm, er soll wieder Fußball spielen!« Aufträge des Bellers, die ordnungsgemäß ausgeführt wurden, aber an Adrian abprallten wie die Bälle früher an seinem Körper, die eigentlich ins Tor sollten. Er war Kante und Kante stand! Einmal beschlossen, für immer beschlossen.

Obwohl eine riesige Lücke klaffte. Früher, bevor der Scout ihn aussortiert hatte, war er dreimal die Woche zum Training gegangen. Drei Nachmittage, die mit Bewegung, Team, Duschen, Erfolg gefüllt waren und ihn jetzt wie ein tiefes, schwarzes Loch empfingen, jeden Montag, Mittwoch und Freitag.

Adrian war nicht der beste Chiller, ihn langweilte das und sein Körper konnte stillhalten nicht wirklich gut verarbeiten, verwandelte Reglosigkeit direkt und ohne Umwege in Aggression.

»Ey, Mo, lass was machen!« Montag.

»Alter, siehst du, wie ich hier liege? Beste Position! Ich hab drei Stunden gebraucht, um genau die zu finden, du glaubst doch nicht im Ernst, dass ich das so schnell wieder aufgebe!«

»Wir könnten Radfahren!« Mittwoch.

»Wohin?«

»Einfach nur so.«

»Viel zu anstrengend. Und gleich kommen die Jungs. Die haben supergeiles Weed aufgetan. Das geht ja wohl schlecht auf dem Rad. Außerdem hab ich seit drei Jahren einen Platten.«

»Lass was anderes machen!« Freitag.

»Was denn?«

»Kletterhalle?«

»Wow.«

»Wow?«

»So 'nen Scheißvorschlag habe ich noch nie gehört. Heute ist Freitag, Digga, wir gehen auf die Piste. Morgen keine Schule!«

»Du gehst doch eh nicht in die Schule.«

»Na und? Hab ich deswegen kein Recht auf Freitag, so wie alle?«

Adrian hatte keine Lust zu folgen, weder Moritz' krummer Argumentation noch ihm und seinen zwielichtigen Freunden auf die Piste. »Weißt du, was echt voll dein Talent ist?«, brüllte er und trat gegen Moritz' wackeliges Holzregal. Es krachte zusammen, der ganze Kram ergoss sich auf den Boden, leere Dosen, irgendwelche Schachteln mit Krimskrams, die Murmelsammlung, von der Adrian bis dato nichts gewusst hatte, vertrocknete Marmeladenbrote, solche Sachen. »Scheiße!«

Moritz winkte ab, schaute nicht mal hin. »Lass liegen!«

Adrian fuhr allein in die Kletterhalle, schaffte es zweimal mühelos die Wand hoch und wieder runter, musste Moritz recht geben, Scheißvorschlag, stromerte durch die Stadt und landete schließlich vor dem Reihenmittelhaus, das sein Zuhause war.

Gleichzeitig mit seiner Mutter, die im schicken Kostüm aus der Arbeit kam und ihn bis über beide Ohren anlachte. »Adrian, wie schön. Ich hatte echt Angst, du würdest es vergessen. Komm, hilf mir mal mit den Ballons.« Adrian hatte keinen blassen Schimmer, was sie meinte.

Er hatte es vergessen und es fiel ihm erst ein, als sie vierzehn riesige, mit Helium gefüllte Fußballballons aus dem Auto zerrte und ihm anreichte. Jonas hatte Geburtstag. »Joni wollte dich die ganze Zeit schon anrufen, damit du auch bloß kommst, aber ich hab ihm gesagt, er soll dich in Ruhe lassen, dass du im Moment Zeit für dich brauchst, na ja, jetzt bist du ja da, er wird sich total freuen.«

Scheiße. Er hatte den Geburtstag seines kleinen Bruders vergessen. In was für einem Universum trieb er sich rum, so was darf nicht passieren. Adrian gab seiner Mutter die Luftballons zurück, »bin gleich wieder da«, und sprintete los. Ohne ein Geschenk wollte er auf keinen Fall da auflaufen und weil er das schlechte Gewissen des Jahrhunderts hatte, kaufte er Archie, den arschteuren Alleswisserroboter, den Jonas sich schon seit Ewigkeiten wünschte, aber nie bekommen hatte. Weil alle der Meinung waren, dass der Archie wegen arschteuer hieß. Um ihn noch schnell aufzuladen, und nicht stimm- und leblos bei seinem Bruder abzugeben, Zwischenstopp bei Moritz. Der bereitete sich gerade mithilfe eines riesigen Joints auf seinen Freitagabend vor und bot ihm großzügig davon an.

»Hey, auf keinen Fall. Ich bin anscheinend schon genug neben der Spur. Joni hat heute Geburtstag.«

»Damn«, fluchte Moritz ohne jede Emotion. »Das'n Ding!« Archie piepte und blinkte wild. Aufladung läuft. »Da freut er sich bestimmt, über diese Knalltüte.«

Adrian ließ sich auf den Schreibtischstuhl fallen und schaute seinem Freund zu, wie er einen tiefen Zug nahm und den Rauch dann in Ringen ausblies. Seine Augen hingen auf Halbmast, die Bewegungen verlangsamt, die Zunge schwer. Und das sollte ein anstrebenswerter Zustand sein? Von oben aus der Küche schepperte und klirrte es. Nicht, wie wenn jemand zu schwungvoll die Spülmaschine einräumte, eher so wie wenn jemand alles fallen lässt oder vom Tisch fegt. Moritz und Adrian schauten sich an.

»Sie ist betrunken.«

»Ziemlich früh.«

»Geburtstagsumtrunk im Labor. Und wenn sie einmal anfängt ... weißt ja.«

Allerdings. Wie oft hatten sie Moritz' Mutter oben auf dem Sofa zugedeckt und ihre Zigarette in den Aschenbecher gelegt? Er hatte ein Zimmer im Souterrain, Zutritt durchs immer offene Fenster. So konnte er seiner Mutter und ihren Zuständen einigermaßen aus dem Weg gehen.

Manchmal tat er es, manchmal aber schaute er auch nach ihr. Heute war er dazu weder bereit noch im Stande. Im Moment sah er die Welt gechillt. Adrian wackelte mit dem Bein. Er mochte Moritz' Mutter und malte sich aus, wie sie da oben zwischen den Scherben herumwankte. Er fühlte sich verantwortlich.

»Beruhig dich, Bro!« Moritz legte einen Zeigefinger ans Ohr und Adrian lauschte. Oben ging der Fernseher an. Sie hatte es also zum Sofa geschafft und war erst mal in Sicherheit. Chilltime auch für sie. Mutter und Sohn im gleichen Modus. Moritz grinste. »Jeder hat so seine Familie.«

Adrian nickte nachdenklich. »Na ja. Bei euch kann man es jedenfalls deutlich erkennen.«

Moritz lachte prustend. »Du meinst, weil wir beide dauerbreit sind.«

»Und euch auch noch total ähnlich seht.«

»Komm, Bro, ich weiß, was du denkst.« Er hielt ihm den Joint hin und Adrian nahm jetzt doch einen Zug.

»Banman«, sagte Archie in unbetonter Robotersprache auf Chinesisch und blinkte aufgeregt. Adrian pustete den Rauch in wilder Wolke in den Raum und kontrollierte die Lämpchen an dem Roboter. »Halbvoll«, übersetzte er, »verdammt, muss die Sprache noch umstellen.«

»Oder du lässt es. Wie ich deinen Bruder kenne, kann er eh Chinesisch von Geburt an.«

Adrian knallte sich neben Moritz aufs Sofa, gab ihm den Joint zurück und zog Archies Anleitung aus seiner Kiste. »Davon weiß ich nichts«, murmelte er. Sein Blut wurde schwerer, und er staunte mehr als sonst über die Größe der Anleitung, wenn man sie ganz auseinanderfaltete, um das kleine Feld mit der deutschen Übersetzung zu finden. »Mein Bruder kann auf jeden Fall alles, was mein Vater kann, und sieht auch genauso aus. Das Strahlen hat er von meiner Mutter, wobei die das zwischenzeitlich schon ein bisschen verlernt hat.«

Moritz seufzte theatralisch. »Nebenwirkung des Erwachsenwerdens, Last der Verantwortung, Bürde des Lebens!« Die beiden schauten sich an, prusteten los und krümmten sich dann vor Lachen.

Als er sich wieder beruhigt hatte, widmete Adrian sich der Umprogrammierung von Archie, während Moritz lautstark weiterlachte, und dann ganz plötzlich, wie auf Knopfdruck, als wäre er Archie, damit aufhörte und Adrian mit feuchtroten Augen anstarrte.

»Bro?«

»Hm?« Adrian musste gerade vier verschiedene Knöpfe auf einmal drücken, gleichzeitig an einem Rädchen drehen und einen Schalter kippen.

»Du siehst eigentlich überhaupt keinem aus deiner Familie ähnlich. Die sind blond und klein.« Er kicherte. »Und intelligent.«

»He!«, schimpfte Adrian und rutschte an dem Rädchen ab.

»Mikä sinun nimesi on?«, sagte Archie auf Finnisch.

»Hm, weißt du, was er meint?« Moritz grinste.

Adrian verdrehte genervt die Augen und fing noch mal von

vorne an. »Fällt mir gerade nur so auf, weil wir über Ähnlichkeiten sprechen und so. Du bist ganz anders.«

Adrian war genervt. Der sollte seine Tüte da aufrauchen und ihn nicht mit den Gedanken eines Kiffers belästigen.

»Vielleicht komm ich ja auf meinen Großonkel oder irgendeinen Uropa.«

»Vielleicht!« Moritz kam in die typische Plauderlaune nach Lachanfall. »Aber vielleicht bist du auch aus einem Osterei geschlüpft. Vom Himmel gefallen? Uuuh, oder als Findelkind in einem Bastkörbchen vor der Tür gelegen!«

»Wie heißt du?«, schnarrte Archie und blinkte mit allem, was er hatte. Endlich!

»Genau, wie heißt du? Bist du überhaupt Adrian, ist dein Nachname Bellmer oder heißt du eigentlich Elfengruß oder Schneegestöber? Na ja, vielleicht eher Trollfuß oder Riesenhammer!«

»Halt's Maul, Moritz!«, knurrte Adrian. Archie war beinahe fertig aufgeladen, das musste reichen, denn hier konnte man es ja keine Sekunde länger aushalten. Er holte die Kiste, stopfte die Anleitung ungefaltet hinein und dachte, ohne es zu wollen, dass sein Bruder das eh intuitiv machen würde, der brauchte keine Anleitung. Gerade wollte er Archie den Stecker ziehen, da drehte der ruckartig den Kopf zu ihm und schaute ihn mit rot blinkenden Augen an. »Hallo, ich bin Arschie!«

Adrian grinste. »Gibt's doch nicht. Was ich immer gesagt habe. Der heißt Arschie, wegen arschteuer, der heißt echt Arschie.«

Moritz sprang auf und verbeugte sich tief vor dem Roboter. »Hallo, Arschie, ich bin Moritz, Sohn meiner Mutter. Und das da ist Gilgroll, aus dem Reich der Tubertanten hinter den sieben Bergen, bei den …!«

»Ich bin Arschie, ich bin Arschie, ich bin Arschie, ich bin …« Adrian zog den Stecker.

Zu Hause im Reihenmittelhaus waren sie schon fertig mit Kuchen. Mama hatte alles mit Luftballons geschmückt. Adrian wunderte sich, dass Jonas das noch zuließ, immerhin vierzehn, und die anderen fanden das doch bestimmt kindisch, nee, uncool. Aber es war ihm anscheinend egal, strahlend rannte er auf ihn zu und um ihn herum.

»Hey Adi, du bist da, ja, du bist wirklich da, ich freu mich so, nee, macht gar nichts, dass du kein Geschenk hast, du bist das Geschenk, komm, wir haben noch Maulwurfskuchen übrig.« Er schob ihn zum Tisch, lud ihm eine Doppelportion Kuchen auf den Teller und stellte ihn seinen Freunden vor, obwohl sie sich natürlich längst kannten. »Das ist mein Bruder, von dem ich nicht gedacht hätte, dass er kommt, aber Mama hat schon gesagt, es gibt noch eine Überraschung, also habe ich es gehofft wenigstens.«

Adrian grinste mit vollem Mund und ließ sich die Schokostreusel des traditionellen Familienkuchens auf der Zunge zergehen. »Und was geht, Jungs?«, fragte er und alle hoben die Daumen oder machten sonst irgendwelche Handbewegungen. Sie schienen zufrieden zu sein. »Guck mal vor die Haustür, Joni, da wartet noch jemand auf dich.«

»Noch jemand? Wer kann das sein?« Er rannte los, riss die Tür auf und stieß ein derartiges Freudengeheul aus, dass all seine Freunde direkt losliefen, um zu sehen, wer da wohl war. Adrian aß Kuchen, und Mama lächelte ihn dankbar an, zog allerdings erstaunt die Augenbrauen hoch, als Jonas mit Archie hereinkam und den kindsgroßen Roboter mitten auf den Tisch stellte. Was für ein Geschenk!

Adrian zuckte nur mit den Schultern. »Mach ihn mal an, Joni, das ist so geil, ich hab mich halb totgelacht.«

Jonas drückte auf den Knopf, Archie blinkte, ratterte, drehte den Kopf nach rechts, nach links, schaute Jonas dann mit seinen roten Augen direkt in seine, hob den Arm und sagte: »Hallo, ich bin Arschie!« Das gab ein Gejohle, und Adrian hielt Jonas die Hand zum Einschlagen hin. Der fiel ihm stattdessen um den Hals.

»Danke, danke, Arschie ist mein allerschönstes Geschenk.«

Und dann probierten sie aus, was Arschie noch alles konnte, zum Beispiel die meisten Fragen richtig beantworten, knarrend laufen und Einschlafmusik spielen.

»Hey Jungs, aber schlafen wollten wir eigentlich noch nicht.« Mama klatschte in die Hände. »Ich hab hier extra ein Karaokemikrofon gekauft.« Sie hatte immer alles im Griff, in der Arbeit und zu Hause, Orgafrau durch und durch, und Adrian fragte sich das erste Mal, wie es für sie werden würde, wenn Jonas weg war.

Er beobachtete vom Tisch aus seine zierliche Mutter in ihrem Kostüm – in der Firma wollte sie korrekt aussehen und Autorität ausstrahlen, die blonden Haare hochgesteckt –, wie sie das Mikrofon rumreichte, mitklatschte, wenn die Jungs sangen oder bei einem ihr bekannten Song aufsprang und tanzte. Sie hatte Spaß am Spaß der anderen, und Adrian erschrak ein bisschen, als ihm jemand von hinten eine Hand auf die Schulter legte. Sein Vater, zwar noch im Trainerdress, aber er hatte für Jonas extra früher Schluss gemacht. Er drückte anerkennend zu, schön, dass Adrian gekommen war, beobachtete das Treiben vor dem großen Fernseher, wollte nicht stören und setzte sich zu ihm. Dann erst bemerkte er Arschie.

»Wow, was macht der denn hier?«

»Hat er geschenkt bekommen.«

Der Vater musterte Adrian und wusste Bescheid. »Soll ich dir was dazugeben? Der ist doch arschteuer!«

Adrian schüttelte den Kopf, da kam auch schon Jonas angerannt und ließ sich von Papa gratulieren. »Hast du Arschie gesehen? Hoffentlich darf ich den mitnehmen ins Internat, ehrlich, Papa, ohne den gehe ich nicht. Kommst du, wir singen. Adi, du auch!«

Der Vater ließ sich vor den Fernseher zerren, setzte sich neben seine Frau aufs Sofa, und Jonas quetschte sich zwischen die beiden. Wie sie da so saßen, fiel Adrian wieder ein, was Moritz in seinem Rausch gesagt hatte. Säße er dort auch, würde er total rausstechen. Groß, mit seinen braunen Haaren, dem kantigen Gesicht. Die drei sahen blond und weich aus, ähnelten sich sogar in ihren Gesten und wie sie lachten. Adrian, die Kante, passte nicht dazu. Er war sauer auf Moritz, denn er wusste, dass er nicht würde aufhören können, darüber nachzudenken, dass der mit seinem Kiffkopf ihm einen Stachel ins Fleisch gebohrt hatte, den er sich so schnell nicht wieder rausziehen konnte. Und er wunderte sich, dass ihm das noch nie aufgefallen war. Es gab so viele Fotos von ihren gemeinsamen Urlauben und Familienfeiern. Da konnte man es doch sehen. Adrians Gedanken ratterten weiter. Konnte es sein, dass er von einem anderen Mann als von seinem Vater gezeugt worden war? Immerhin spielten sie beide gerne Fußball und hatten diese Wutanfälle. Und wenn Papa nicht sein Vater war, wer dann, und warum hatten sie es ihm nicht erzählt? Das wäre doch nicht richtig. Das hätten sie bestimmt. Adrian wischte die bescheuerten Gedanken weg, unterbrach den Kreis, der nirgendwo hinführte und schon gar nicht jetzt. Dabei stieß er an Arschies Anschaltknopf und der wandte ihm den Kopf zu, glühte ihn rot an.

»Hallo, ich bin Arschie. Was kann ich für dich tun?«

Adrian schaute kurz zur Sofaecke, alle waren vertieft in einen Song, und beugte sich zu Arschie vor. »Sag mir, bin ich der Sohn meines Vaters?«

Arschie blinkte und ratterte. »Der Sohn ist das männliche Kind von Eltern.« Na danke. Damit war die Sache ja schon mal geklärt.

»Adi, komm rüber, du musst singen!«, rief Jonas aufgekratzt. Adi winkte ab, aber alle steigerten sich rein, riefen im Chor »Adi, Adi!«, und ließen nicht locker.

Er schaltete den Roboter aus und ging zu ihnen.

»Es ist nämlich so, Jungs«, erklärte die Mutter. »Adi ist der Einzige bei uns in der Familie, der gut singen kann.«

Und obwohl sich plötzlich etwas auftat, was Adrian konnte, Jonas aber nicht, waren das keine tröstlichen Worte für ihn. Im Gegenteil.

PROTOKOLL

»Gesehen? Ich habe alles gesehen! Das weiß hier jeder auf Station, wer eine Frage hat, kommt zur alten Schickedanz. Manchmal sind es so viele Fragen, da gibt es gar nicht genug Antworten. Hihihi.
Speziell zu gestern Nacht. Ja, sicher, auch zu gestern Nacht. Denn, allen Ernstes, die alte Schickedanz schläft nie, tirilli. Dann laufe ich alle Stockwerke ab, Augen auf. Die Schwestern bringen mich nicht mehr zurück in mein Zimmer. Sie wissen, dass es wichtig ist, dass jemand aufpasst, und irgendwann bin ich ja dann auch wieder im Bett, die Knochen. Gestern Nacht. Ja.
Erste Sektion: Erdgeschoss. Und da war auch schon gleich was los. Da stand ein junger Mann, viele Muskeln, viel Blut, kam aus einer Schlägerei wahrscheinlich, hat viel abbekommen. Und wissen Sie was? Der wollte nicht erkannt werden. Aber die alte Schickedanz erkennt jeden. Hatte so einen knallbunten Mantel an mit riesiger Kapuze tief ins Gesicht gezogen. Auf den Aufzug gewartet. Aber dann hat er mich gehört, ich kann nicht mehr lautlos gehen, wie früher, kriege meine Füße nicht mehr hoch vom Boden, die Knochen. Da hat er sich umgedreht, weil er ja nicht erkannt werden wollte, hihihi, hat vergessen, dass man sich nicht umdrehen sollte, dann. Das hat ihn nervös gemacht, dass ich sein zerschlagenes Gesicht gesehen habe, war auch nur kurz, aber das reicht ja. Wie bitte?

Nein, den habe ich vorher noch nie gesehen, ich habe keine Ahnung, wer das war ... Nein, mit erkannt meine ich erkennen, also das andere erkennen. Wie Gänseblümchen oder Pandabären.

Ich habe dann so getan, als würde ich weitergehen, aber die alte Schickedanz ist ja nicht blöd, von um die Ecke alles im Blick behalten. Als der Aufzug gekommen ist, ist er eingestiegen, hat sich nicht noch mal umgedreht, und ist in den zweiten Stock gefahren. Das kann man oben an der roten Zahl sehen. Gut. War der weg. Alles in Ordnung. Gefahr gebannt, dachte ich, aber da kam plötzlich der Senkenberg um die Ecke aus der 4. Das ist ein Gauner. Hat mich aber nicht gesehen, ich mich hinter die Säule gedrückt und zugeguckt, wie er im öffentlichen Klo verschwunden ist. Dabei hat er doch eins auf dem Zimmer, der Idiot!«

Rosa Schickedanz, Patientin Onkologie

3. KAPITEL

Adrian versuchte, sich den Gedanken auszutreiben. Und je mehr er es versuchte, umso öfter dachte er daran. Verglich sich mit dem Rest der Familie. Bemerkte, dass er die Gabel anders hielt als sie, stellte fest, dass er nicht über ihre Witze lachen konnte, und jetzt erst wurde ihm bewusst, wie oft er in der Ecke stand, während die anderen drei ganz einig und Hand in Hand durchs Leben tanzten.

Er flüchtete nicht mehr zu Moritz und gab alles, um der Mehlsacks in der Schule zu beweisen, dass er Eichendorff auch ohne seinen Sitznachbarn analysieren konnte. Adrian wollte unbedingt normal sein, sich raussteigern und je mehr er es wollte, umso weniger gelang es ihm.

Und wenn es so wäre? Was würde das eigentlich ändern? Wenn irgendwo auf der Erde ein Typ rumlief, der eigentlich sein Vater war, würde er ihn nicht kennen und seinen, dann nicht mehr Vater, genauso mögen oder eben nicht. Aber wenn es so wäre, würde er es doch gerne wissen wollen. Es ist gut, wenn man weiß, wessen genetisches Material einen zu dem macht, der man ist. Aber würde er dann noch zu seiner Familie gehören? War es dann überhaupt noch seine? Wäre er dann nicht total verloren? Er war wütend auf Moritz, weil er es ausgesprochen hatte. Wahrscheinlich nicht mal so gemeint, einfach irgendwas gelabert, als wäre Adrian nicht schon durcheinander genug gewesen, nie dachte er über irgendwas nach, Konsequenzen waren ihm egal. So ist es vielleicht, wenn man verloren ist. Adrian wollte das nicht. Er wollte dazugehören und sagte sogar zu, mit seiner Familie am Wochenende zum Fußballinternat zu fahren. Es war Tag der offenen Tür und die Eltern wollten sich alles anschauen. Adrian wusste, wie schwer es für ihn werden würde, wenn er sich selbst auf dem Fußballplatz sah, angetrieben von einem professionellen Trainer in einem Trikot, auf dem sein Name stand und FC Bayern. Adrian Bellmer, aus der Familie Bellmer, und nicht Jonas Bellmer. Wenn er sich in seinem Zimmer vorstellte, wie er einen neuen Freund fand, der nicht dauernd kiffte oder besoffen war, sondern die Leidenschaft für den Ball im Tor teilte, mit ihm trainierte, und im Speisesaal, wie er die Erbsen aussortierte, weil er sie auch nicht mochte.

»Wie kannst du keine Erbsen mögen?«, fragte ihn Jonas immer. »Da liegen Prinzessinnen drauf!«

»Eben deswegen!«

Adrian musste mitfahren, so macht man das, wenn man zu einer Familie gehört, man kümmert sich, bleibt auf dem Stand und spielt nicht die beleidigte Leberwurst. Kontrolle! Mitfahren und hinterherdackeln hinter den drei Bellmers.

Beim Abendessen las Jonas aufgeregt das dichte Programm vor: Führungen für Eltern und den Schüler, gemeinsames Essen mit den anderen Eltern, Motivationsrede vom Direktor an die Eltern und Schüler, danach ein Probespiel mit denen, die schon länger da sind, Austausch der Eltern untereinander und Verbringung ins Hotel.

»He, wir haben nur ein Doppel- und ein Einzelzimmer«, bemerkte Jonas, hatte aber gleich die Lösung im Ärmel. »Pah, Adi und ich schlafen in meinem Bett, das haben wir früher auch immer gemacht.«

»Hört sich alles so an, als wären Geschwisterkinder nicht vorgesehen.« Der Vater legte sein Besteck ordentlich auf dem leeren Teller zusammen und wischte sich den Mund mit der Serviette ab. »Keine Ahnung, Adrian, aber wenn du am Wochenende lieber was anderes machen möchtest, ich glaube, das wäre auch okay.«

Der Stachel. Einmal rumgedreht in der immer frisch bleibenden Wunde.

»Ich ... ich hab nichts vor.«

»Adi soll mit, he, das geht doch gar nicht. Stell dir vor, wir telefonieren später mal, wenn ich dort wohne, dann hat er kein Bild im Kopf, wie es aussieht, weil er nie da war.«

Mama stand auf, räumte die Teller zusammen und setzte ihr vernünftiges Organisationsgesicht auf. »Wenn das beim Tag der offenen Tür nicht erwünscht ist, dann ist es eben so. Adrian kann dich jederzeit besuchen, also zu den Besuchszeiten halt.«

Damit war es irgendwie beschlossen, obwohl Jonas noch ein bisschen nachmaulte und andere Lösungsvorschläge hatte. »Wir könnten ihn im Kofferraum verstecken. Oder wir sagen, dass er sich nicht traut, allein zu Hause zu bleiben, oder wir behaupten, er wäre mein Vater und Papa bleibt stattdessen zu Hause.«

»Stopp, das wüsste ich aber!« Der Vater stand auf und klatschte in die Hände. »Komm, Jonas, wir trainieren noch ein bisschen!«

Die beiden gingen nach draußen.

Adrian blieb reglos am Tisch sitzen, hörte seine Mutter in der Küche mit dem Geschirr klappern und hatte ein ihm vertrautes Gefühl. Es gab keinen offiziellen Namen dafür, alle Wörter, die Menschen erfunden hatten, passten darauf nicht. Schmerzhaft, aber er mochte es trotzdem, eben weil er es kannte, wie einen alten Freund, mit dem er umzugehen wusste. Möglich, dass es anderen gefährlich werden konnte, nicht aber Adrian.

Es war schon so oft da gewesen, und auch wenn er es lieber

nie gehabt hätte, wusste er doch, dass er ohne es keine Daseinsberechtigung mehr haben, nichts von ihm übrig bleiben würde. Das Adriangefühl.

»Das macht dir doch nichts, Adi, ich meine, war wirklich lieb von dir es anzubieten, aber jetzt mal im Ernst, das wird doch grottenlangweilig und vielleicht auch schmerzhaft für dich.«

Seine Mutter knisterte in der Küche mit dem Spülmaschinentab, Klappe auf, Klappe zu, piep und an. Jetzt konnte er eh nichts mehr verstehen. Er fragte sich, warum es auf einmal so kalt war in der Reihenmittelhaushälfte, aber dann fiel ihm wieder ein, dass das eine Facette des Adriangefühls war. Es ist kalt, es gibt kein Feuer.

»Ich geh mal ’ne Runde laufen«, rief er, schlüpfte in seine Schuhe und stahl sich durch die Hintertür davon. Vorne übte Papa mit Jonas. So, wie er es vier Wochen lang mit ihm getan hatte.

Adrian rannte die Straße entlang, raus aus der Siedlung Richtung Wald und zog richtig an. Er liebte den weichen Waldboden, die Unebenheit und lief auch im Halbdunkel sicher und gleichmäßig. Hörte sich selbst atmen, seine Schritte auf Ästen und Tannenzapfen, musste keine Abendmücken wegschlagen, die flohen von selbst, wenn die Kante kam.

»Wenn du am Wochenende lieber was anderes machen möchtest ...«, dröhnte Papas Stimme plötzlich durch seinen Kopf, »... Adrian kann doch zu Hause bleiben ...«, »... er ist nicht gut für den Kleinen ...«, »man kann ihn nicht mit dem Baby allein lassen, wer weiß, was er anstellt mit seiner ganzen Wut.« Blitz, Flash in seinem Kopf, Adrian erhöhte das Tempo.

Und dann ist er bei seiner Oma, der Mutter seines Vaters. Klein noch, kleiner als der Kleine, höchstens drei, er kann noch nicht sehen, was auf den blitzsauberen Küchenplatten Essbares bereitliegt, muss sich einen Stuhl heranziehen. Kann noch nicht mit den winzigen Porzellanfiguren spielen, die überall auf Kommoden stehen, Ballerinas, Feen mit hauchdünnen Flügeln, tanzende Mädchen in einer Gruppe und so. Und er darf auch nicht. Bei der Oma ist es vornehm, und überall ticken riesige Standuhren mit goldenen Pendeln. Adrian ist ganz allein zu Besuch. Keine Mama, kein Papa. Die Oma schläft in einem dunklen Zimmer, immer sind die Vorhänge zu, und man darf erst stören, wenn die Tür aufgeht. Er wohnt in einer Kammer, in der das Bett in einem Schrank versteckt ist. Wenn man es ausklappt, ist das ganze Zimmer nur noch Bett. Überhaupt alles in Schränken und Kommoden versteckt.

Der Fernseher, die Brotschneidemaschine, die Schokolade. Hier ist Adrian eine lange Zeit.

Die Oma kocht für ihn und steckt ihn in die Badewanne, sie setzt ihn auf die Wippeliege auf ihrem Balkon und er versucht stundenlang, sie in der Balance zu halten, nichts darf den Boden berühren.

Aber wo bleibt nur Mama? Wo ist ihr weiches Gesicht, die Arme, die ihn an sie ziehen und feste drücken und nie mehr loslassen? Der Geruch, den nur sie hat, und die Stimme, die beruhigende Worte flüstern kann? Manchmal gehen sie Enten füttern. Viele kleine gelbe schwimmen hinter ihrer Entenmutter her, immer ganz dicht dran, und wenn eines auf Abwege kommt, ist die Mutter ganz schnell da, um es wieder einzuordnen. Adrian wirft das Brot nach ihnen, treibt sie auseinander, macht ihnen Angst. Und Oma schimpft. Nur sie bekommt einen Eisbecher im Café am See. Jeden Abend liegt er in seinem Bettzimmer und versucht, sich Mamas Gesicht vorzustellen, das von Papa, aber bald schon gelingt es ihm nicht mehr, sind sie nur

THIENEMANN-ESSLINGER
Lieblingsbücher fürs Leben.
www.thienemann-esslinger.de

ISBN 978-3-522-50813-1

noch verschwommen, Konturen vielleicht und die Stimmen von ganz weit weg. Er lebt bei Oma. Einmal ist sie nicht da. Er zieht den riesigen Stuhl vom Tisch zur Kommode und da stehen sie alle, die kleinen Figuren mit ihren weiten Röcken und strahlenden Augen. Adrian tippt sie vorsichtig an, schiebt sie zueinander, damit sie zusammen sein können, nicht jede nur für sich. Sie strahlen genauso wie vorher, aber er weiß, dass es ihnen jetzt noch viel besser geht.

»Adrian, was machst du da?« Omas schrille Stimme erschreckt ihn so sehr, dass er schreien muss, einfach nur schreien. Er fegt die Porzellanpüppchen von der Kommode und kann nicht mehr aufhören wütend zu sein.

»Hey, Adrian, was machst du da?« Die Stimme kam ihm bekannt vor. Adrian öffnete die Augen und schaute in das Gesicht von der Mehlsacks. Er lag auf dem Waldboden. Warum? Irgendwie gestürzt, irgendwie woanders gewesen. »Bist du verletzt?«

Mühsam rappelte er sich hoch und versuchte, seinen Körper zu fühlen. »Ich glaub nicht.«

Die Mehlsacks stand in Joggingklamotten vor ihm und musterte ihn besorgt. »Du warst ohnmächtig. Machst du das öfter?«

»Nein, nie.« Es war ihm peinlich und er wollte nichts wie weg. »Ich geh mal nach Hause.«

»Kommt nicht infrage. Ich wohne gleich hier und hab Cola im Kühlschrank. Komm!«

»Es geht schon.«

»Komm jetzt!«

Man konnte ihr schlecht widersprechen, das war ihm schon in der Schule aufgefallen. Also ging Adrian neben ihr her und wusste nicht, was er sagen sollte. Die Oma spukte in seinem Kopf herum. Sie war vor einem Jahr gestorben und niemand war richtig traurig gewesen, nicht mal Papa. Adrian konnte sich nicht erinnern, dass er als kleiner Junge bei ihr gewesen war. Bis heute. Oder war es nur ein Traum, nicht die Wirklichkeit? Es fühlte sich wirklich an. Er musste Mama fragen. Warum war er so lange bei dieser Oma gewesen? Ohne sie!

»Hier ist es!«

Mitten im Wald stand ein kleines, blaues Haus. Das hatte er noch nie gesehen.

»Hier wohnen Sie?«

»Ja, cool, oder?« Sie holte den Schlüssel unter einem Blumentopf hervor und sperrte auf.

»Haben Sie keine Angst, so allein im Wald?«

Ein riesiges Wollknäuel kam aus dem Haus geschossen, sprang aufgeregt an der Mehlsacks hoch, bellte freudig und weiter zu Adrian, um seinen Geruch aufzunehmen. Es war wohl ein Hund, aber er hatte so viel Fell, dass man kaum erkennen konnte, wo vorne oder hinten war.

»Ich bin ja nicht allein, komm rein, Pongo. Und du auch!«

Pongo stürmte ins Haus, Adrian folgte langsam.

Die Mehlsacks schleuderte ihre Sneakers von den Füßen und verschwand in der Küche. Adrian blieb unentschlossen im Flur stehen.

»Geh ruhig rein, geradeaus ist das Wohnzimmer, na ja, wenn man das so sagen kann. Ist alles klein hier, aber gemütlich. Also ich mag es.«

Adrian mochte es auch. Durch das riesige Wohnzimmerfenster konnte man direkt in den Wald schauen. Er setzte sich in einen Sessel und Pongo rollte sich vor seinen Füßen ein. Er hatte nicht gewusst, dass er Hunde mochte. Aber den auf jeden Fall. Es kam ihm vor, als wüsste er sehr vieles nicht, was er eigentlich wissen müsste.

»Man muss aufpassen, dass man sich beim Laufen nicht zu viel abverlangt, ich kenne das. Da ist man dann plötzlich so im Flow und denkt, es geht noch immer mehr.« Die Mehlsacks kam mit zwei Gläsern Cola aus der Küche, überreichte Adrian eines und prostete ihm zu. »Ich hab einen ganz schönen Schrecken gekriegt, als ich dich da liegen sah. Ist ja schon eine Weile her mit meinem Erste-Hilfe-Kurs.«

Adrian trank die Cola und fühlte, wie sein Körper den Zucker aufnahm. Energie. Seine junge Lehrerin ließ sich in ihr Sofa fallen und schaute ihn prüfend an. »Geht's?«

Adrian nickte. »Es ist bestimmt schön, hier zu wohnen.«

»Na ja, Eichendorff würde ein sehr romantisches Gedicht über das blaue Haus im Wald schreiben.« Die Mehlsacks grinste und Adrian grinste verlegen zurück. »Ist irgendwas passiert? Ich meine, gibt es ein Problem, irgendwas, das dich belastet?«

»Nein, wieso?« Adrian erschrak beinahe, sah man ihm das etwa an?

»Äh, du warst ohnmächtig. Das kann ja auch von der Seele herkommen. Wenn es mir nicht gut geht, muss ich das auch irgendwo rauslassen. Es kann nicht in dir drinbleiben, verstehst du, da platzt man irgendwann.«

»Ach, ich ...«, Adrian überlegte kurz. Sollte er sich seiner Lehrerin anvertrauen? Sie hatten ihn einfach aussortiert. Jetzt für die Reise zum Internat und früher. Da musste er bei der Oma wohnen. Er war ein Aussortierter. Warum? Eigentlich hatte er sich immer ganz nett gefunden. »Finden Sie mich nett?«

Die Mehlsacks legte die Stirn in Falten und tat so, als müsste sie darüber erst mal sehr lange nachdenken. »Also ... ich kenne dich als Abschreiber ... du bist sportlich, zugegeben, aber manchmal ohnmächtig.«

»Quatsch, bin ich nie!«

Sie nickte grinsend. »Ja, du bist wohl nett. Jedenfalls findet Pongo das. Der legt sich nicht zu jedem. Warum fragst du?«

Adrian winkte ab. »Ist nicht so wichtig. Wahrscheinlich auch nicht die richtige Frage. Ich glaub, ich muss jetzt mal los.« Er stand auf, streichelte Pongo über den Kopf oder über den Hintern, sicher war das nicht, und die Mehlsacks rappelte sich auch aus dem Sofa.

»Warte, ich zeig dir schnell noch was.«

Sie führte ihn in ihr Schlafzimmer, auch das mit Fenster in den Wald. Von der Decke hing ein fetter Sandsack.

»Willst du mal?« Sie reichte ihm ein Paar Boxhandschuhe.

»Hab ich noch nie gemacht.«

»Probier's. Und stell dir dabei denjenigen vor, der dich nicht nett findet, der dich verletzt hat. Dem kannste jetzt mal richtig die Fresse polieren.«

Adrian zog die Handschuhe an und die Augenbrauen hoch. »Darf man als Lehrerin eigentlich solche bösen Wörter benutzen?«

»Los, hau rein!«

Adrian verpasste dem Sandsack einen Schlag.

Er war erstaunt, wie hart er war, als wollte er sich wehren, und probierte es gleich noch mal und fester. Und noch mal. Er stellte sich den Scout vor mit seinen Nägeln, seinen Vater, der vielleicht gar nicht sein Vater war und ihn einfach ausgeladen hatte. Moritz mit seinem blöden Gelaber, das ihn nicht mehr losließ, seine Oma, die Porzellanfiguren, und Jonas. Er drosch auf den Sandsack ein, merkte nicht, dass ihm der Schweiß aus allen Poren drang und hörte erst auf, als alle tot waren.

»Wow!«, sagte die Mehlsacks nur und reichte ihm ein Handtuch. »Dem hast du es aber gezeigt.«

Als Adrian durch den Wald nach Hause ging, fühlte er sich etwas leichter. Pongo hatte ihn noch ein Stück begleitet, bis der Pfiff von Frau Mehlsacks ihn zurückbeordert hatte. Da stand sie und winkte mit ihrem breiten Lächeln und Adrian wäre eigentlich gerne noch geblieben. Vielleicht auch für immer. Zuhause kam ihm vor wie eine zähe, schwarze, klebrige Masse, undurchdringbar und giftig. Er winkte zurück und nannte seine Lehrerin heimlich für sich Meret. Wie eine Freundin.

Papa und Jonas übten Pässe, im Laufen immer hin und her, am besten genau auf den Fuß. Als Jonas seinen Bruder kommen sah, blieb er stehen. Er sah fertig aus, nass geschwitzt, und fing sich sofort einen Anschiss ein.

»Jonas, nicht ablenken lassen, weiter, hopp, hopp, hopp!«

Adrian zuckte in seine Richtung mit den Schultern. Kann man nichts machen, so ist es, wenn man auserwählt wurde. Und nicht aussortiert. Jonas tat ihm ein bisschen leid, aber das wollte er auf keinen Fall. Er drängte es weg und ging, die Hände in den Taschen, ins Haus.

»Können wir nicht aufhören für heute?«

»Was, machst du etwa schon schlapp? Nichts da«, hörte Adrian noch, dann fiel die Tür ins Schloss.

»Hallo?« Mama saß im Wohnzimmer vor ihrem Laptop.

»Ich bin's.«

»Ah, du.«

Er ging die Treppe hoch bis zur Dachbodenklappe, zog sie runter und stieg die Leiter hinauf. Eigentlich mochte er diesen Teil des Hauses nicht. Es roch komisch, und da die Fenster immer zu waren, gab es kaum Sauerstoff. Irgendwo hier aber musste die große Fotokiste sein. Bis vor einigen Jahren hatte Mama immer noch die wichtigsten Bilder entwickeln lassen, zur Sicherheit, falls ihr Computer kaputtging, das Handy im Fluss gelandet war oder die Chinesen auf alles Zugriff hatten und es systematisch vernichten würden.

Jetzt gammelten sie eben auf dem Dachboden vor sich hin. Sie hatte die Kiste mit Geschenkpapier beklebt, der festen Ansicht, dass die dann bedeutungsvoller wirken würde, und so fiel sie immerhin zwischen den anderen Kartons, alten Sportgeräten, Lampen und Teppichen, all dem Plunder, auf.

Adrian zog sie hervor und schleppte sie die Leiter hinunter. Er konnte auf keinen Fall da oben bleiben, keine Luft.

Gerade schloss er die Klappe wieder, da kam Mama die Treppe hoch.

»Hey, ich wollte dich fragen ... was machst du denn mit der Fotokiste?«

Adrian zuckte mit den Schultern. »Nur mal anschauen!«

»Oh, ich will auch, ha, in alten Zeiten schwelgen. Komm, ich mache uns Minzlimonade und wir breiten sie auf dem Wohnzimmertisch aus.« Schnappte sich die Kiste und weg war sie, Treppe wieder runter. Vielleicht hatte Adrian allein in Erinnerungen schwelgen wollen? Eigentlich aber Indizien finden, Hinweise auf seine Geschichte, auf die Wahrheit, auf die er ein Recht hatte. Aber darauf würde seine Mutter nie kommen, sie würde nicht fragen. Oder doch? Wollte sie etwa Beweise verschwinden lassen? Adrian lief ihr hinterher.

Die Kiste stand unberührt auf dem Couchtisch, und Mama bereitete in der Küche ihre berüchtigte Limonade zu. Adrian hockte sich auf den Boden und hätte jetzt gerne Pongo bei sich gehabt, ganz nah an sich dran mit seinem warmen Körper. Der Aufenthalt bei Meret, das kleine blaue Haus und der Hund kamen ihm vor wie ein Neuanfang, wie etwas, das alles besser und erträglicher würde machen können.

Er hob den Deckel an und starrte auf ein unsortiertes Durcheinander, Fotos über Fotos. Wahllos zog er eines heraus. Jonas als Kleinkind, daneben er, beide in Badehosen und über und über voll mit Sand. Zwei ganz normale Brüder im Sommerurlaub.

»He, warte auf mich, noch nicht anfangen!« Mama kam mit zwei großen Gläsern Limo, jeweils eine Zitronenscheibe neckisch ans Glas geklemmt. »Jetzt geht es los!«

Sie hockte sich neben ihn und zog auch ein Foto aus dem Haufen.

»Guck mal, da waren wir im Märchenwald.« Tatsächlich, sie mit ihren beiden Jungs an der Hand vor dem Lebkuchenhaus. »Wir haben immer so tolle Sachen gemacht. Hier hattest du so eine Angst, wenn Rapunzel knatternd ihren Zopf runtergelassen hat, das war echt süß.«

Sie wechselten sich ab, ein Foto nach dem anderen, zeigten es sich gegenseitig und schwelgten tatsächlich in der Vergangenheit.

»Oh guck mal, ich lach mich tot!«

»Ha, schau, wie süß!«

»Ach du meine Güte, der hat ja gar nichts an.«

Auf einmal kam Adrian sich total blöd vor. Was hatte er sich da nur für einen Scheiß einreden lassen? Sie waren eine stinknormale Familie ohne große Geschichte oder Geheimnisse. Vater, Mutter und zwei Kinder. Er war ein Idiot gewesen, viel zu empfänglich nach seiner Niederlage für krauses Zeug, das ihn auch nicht hatte trösten können, im Gegenteil. Mama zog weiter Fotos raus, kicherte oder schlug die Hand vor den Mund, und Adrian tat es ihr nach. Dann hatte er plötzlich eines von der Oma. Sie stand genau vor der Kommode mit den Porzellanfiguren, lächelte nicht und neben ihr ganz klein Adrian, lächelte auch nicht. Es war wie in seinem Traum, nur dass es anscheinend kein Traum gewesen war.

Er zeigte es Mama. »Was war da?«

Ihr Gesicht wurde ernst und sie legte das Foto schnell auf den schon gesehen Haufen. »Ach, da warst du bei Mutti.«

»Nur ich oder wir alle?« Adrian holte sich das Foto wieder und schaute es genauer an. Die Figuren waren alle kaputt. Standen nicht, sondern lagen, ohne Beine oder Kopf, mit nur noch einem Flügel oder ein einziger Scherbenhaufen.

»Eine Zeit lang nur du. Warte, was haben wir denn da noch?«

»Ich habe mich heute genau daran erinnert. Schau mal, die Figuren, Omas Figuren sind alle kaputt.«

Mama seufzte, trank einen Schluck Limonade und wandte sich dann widerwillig, aber gezwungenermaßen dem Thema zu. Adrian würde nicht lockerlassen, das wusste sie ganz genau.

»Ja, das warst du. Da war sie mehr als sauer und hat uns dieses Beweisfoto geschickt. Mit dem Hinweis, dass wir dich gefälligst abholen sollen.«

»Ich hab nur mit denen gespielt und dann hat sie mich so erschreckt mit ihrer Giftstimme, da konnte ich nicht anders.«

»Kannst du dich daran wirklich erinnern? Da warst du gerade drei, eigentlich ...«

»Ich hab's heute genau vor mir gesehen. Es war wie ein Albtraum. Ich war ganz allein, du warst nicht da, du warst sehr lange nicht da, sodass ich mir dein Gesicht nicht mehr vorstellen konnte.«

Mama nickte betreten, nachdenklich und gab sich schließlich einen Ruck. »Als Jonas auf die Welt kam, hatte ich gleich nach der Geburt einen schlimmen Infekt und musste mit dem Baby noch zwei Wochen im Krankenhaus bleiben. Papa hatte zu tun, da hat er dich bei seiner Mutter untergebracht. Also, du warst nicht allein.«

»Du weißt, wie sie war. Und es war länger.«

»Ich war geschwächt, als ich nach Hause kam, und dann das neugeborene Baby, er war so klein und zerbrechlich, schon immer. Mutti hat geschrieben, dass es euch gut geht und ihr Spaß habt. Ihr seid fast jeden Tag die Enten füttern gegangen und so.«

Adrian schaute in sein Gesicht mit drei. Es war so düster, so unglücklich. »Also habt ihr mich noch dort gelassen. Wie lange?«

»Ich weiß gar nicht mehr.«

»Mama?«

»Also, es waren dann schon so acht Wochen insgesamt.« Adrian zog es das Herz zusammen. Alles, was er damals gefühlt hatte, war plötzlich wieder in ihm. Verlassen sein, niemanden haben, nichts wert sein. Hier war das Adriangefühl entstanden. Plötzlich konnte er sich ganz leicht erklären, warum ihn diese Erinnerung ausgerechnet heute eingeholt hatte. Sie hatten ihn ausgeschlossen, ganz nebenbei, ganz selbstverständlich, einfach an den Rand gestellt. Genau wie damals. Jonas war auf die Welt gekommen, und Adrian war raus. »Hey Adi, wir waren ja auch noch jung. Ich hab nicht gedacht, dass dir das so viel ausmacht. Du hast dich als Kind gut mit Mutti verstanden.«

»Ich war drei. Plötzlich keine Mama, keinen Papa mehr.«

»Du warst eigentlich nicht so, dass dich das sonderlich gestört hätte. Du hast immer schon gerne auch Sachen für dich allein gemacht.« Das dachten sie also. Adrian würde das schon nicht stören. Wahrscheinlich heute auch noch.

»Ich war drei!« Er hielt ihr das Foto unter die Nase und merkte, wie die Wut in ihm aufstieg. »Und danach? Wie war es, als ihr mich dann abgeholt habt?«

Mama seufzte. »Tut mir leid, Adi.«

»Wie?«

»Da hab ich das dann schon gemerkt. Wir hatten das Baby dabei, ihr hattet es ja noch gar nicht gesehen, aber du hast dich hinter Mutti versteckt, fast so, als würdest du uns nicht erkennen, und hast nicht einmal in den Kinderwagen geschaut, hat dich gar nicht interessiert.«

»Kein Wunder«, knurrte Adrian.

»Wir mussten die Figuren ersetzen, die waren ganz schön teuer. Mutti meinte, du hattest einen Wutanfall und hättest sie mit Absicht runtergefegt. Mit so was wollte sie nichts zu tun haben. Wahrscheinlich kannte sie das ja auch von deinem Vater. So und jetzt tun wir das wieder weg.«

Sie wollte sich das Foto schnappen, aber Adrian ließ es nicht zu und verstaute es in seiner Hosentasche.

»Warum hast du mir nie davon erzählt?«

Sie zuckte mit den Schultern. »Nicht so wichtig, dachte ich, es war ja ... schwierig genug.«

Je mehr sie sprachen, umso mehr Fragen tauchten auf. Warum war es schwierig? Was überhaupt? Und war es wirklich nicht wichtig?

Aber die Mutter hatte eindeutig genug. Sie stand auf, und klopfte sich die Hose ab, als hätte sie im Dreck gesessen. »So, mir reicht's mit der Vergangenheit, ich glaube, die Wäsche ist fertig!«

In dieser Nacht lag Adrian wie damals in seinem Bettzimmer bei der Oma wach und starrte in die Dunkelheit. Wenn man das lange genug machte, war die Dunkelheit erstens nicht mehr so dunkel und zweitens auch nicht bedrohlich. Damals hatte er einfach irgendwann das Licht angemacht, heute brauchte er es nicht mehr. Man gewöhnt sich an die Dunkelheit.

Als Jonas leise zur Tür hereinkam, wunderte ihn das nicht. Früher hatten sie oft in einem Bett geschlafen, aber jetzt schon länger nicht mehr. Jonas kuschelte sich, die Mütze tief im Gesicht, zu ihm unter die Decke.

»Hey Arschkeks.«

»Ich glaube, du bist traurig.«

»Glaub ich auch.«

»Weil du nicht mitfahren sollst?«

»Auch.«

»Und warum noch? Ich meine, das ist kein Problem, ich kann Papa überreden. Ich kann sagen, dass ich dann auch nicht fahre, ich kriege das hin.«

»Lass mal! Sie wollen ja nicht. Ich störe, wenn es um dich geht.«

»Mich nicht.«

»Nein, dich nicht.«

Jonas fing an zu heulen. Auch so ein Ding bei ihm. Irgendwann heulte man nicht mehr, ab welchem Alter genau, konnte Adrian nicht sagen, aber irgendwann waren Tränen nicht mehr das Zeichen von Traurigkeit, da bekam man nicht mehr das, was man wollte, nur weil man heulte. Und auf jeden Fall weit vor vierzehn. Bei Jonas war das anders. Er heulte, wenn er musste.

»Hör auf zu heulen!«

»Kann nicht. Ich will nicht, dass du wegen mir störst, ich will nichts damit zu tun haben.«

»Es ist gut, Joni. Ich muss eh so viel für die Schule machen.«

»Ich will, dass du mitkommst«, schluchzte er und Adrian versuchte vom Thema abzulenken.

»Weißt du, bei wem ich heute war?« In der Dunkelheit tauchte das breit grinsende Gesicht von Meret auf.

»Du warst bei wem?« Jonas wurde sofort neugierig, das half eigentlich immer.

»Die Mehlsacks, weißt du, die neue Referendarin von unserer Schule?«

»Die blonde, hübsche? Wo man denkt, die ist auch noch eine Schülerin?«

»Genau die. Sie wohnt im Wald in einem blauen Haus und hat einen Hund, bei dem man den Arsch nicht vom Kopf unterscheiden kann.«

Jonas kicherte und bekam Schluckauf. »Bist du in die verliebt?«

»Was? Nein. Als ob! Die ist meine Deutschlehrerin.«

»Na und. Sie ist schön. Und sportlich ... Was habt ihr dann gemacht, wenn ihr euch nicht verliebt habt? Warum warst du bei ihr zu Hause?«

Das ging Adrian jetzt fast schon zu weit und er ärgerte sich, dass er ausgerechnet mit diesem Thema angefangen hatte. Meret und er, das hätte ein Geheimnis bleiben sollen.

»Wir haben uns beim Laufen getroffen und da hat sie mich auf eine Cola eingeladen.«

»Ha, dann ist sie also in dich verliebt!«

»Nein, du Honk, hör auf jetzt, das hat mit so was nichts zu tun. Und merk's dir, das geht keinen was an, okay?«

»Na gut.«

Es war eine Weile still und Adrian fielen die Augen zu. Würde man ja nie zugeben, aber man schläft meistens besser, wenn noch jemand neben einem atmet.

»Hast du die Fotokiste unten angeguckt?«, fragte Jonas in die schläfrige Dunkelheit.

Adrian nickte nur.

»Da war eins, da war ich noch ein Baby und lag auf irgendeinem Sofa. Du neben mir, hast mich mit dem Arsch nicht angeschaut, und so voll grimmig. Ich glaube, als ich ein Baby war, konntest du mich nicht leiden.«

»Kann mich nicht erinnern.«

»Ist ja auch doof, wenn dann noch so einer kommt und man alles teilen muss.«

Oder man selbst einfach überhaupt keine Bedeutung mehr hat, alles plötzlich schwierig ist. »Entweder du schläfst jetzt oder du gehst rüber. Ich bin müde.«

Am Samstagmorgen waren die drei Bellmers schon abgereist, als Adrian aufwachte. Auf dem Esstisch standen die Reste vom Frühstück, sein Teller unbenutzt.

Darauf ein Zettel von Mama: »Essen ist im Kühlschrank, Geld wie immer.« Das schrieb sie so, damit Einbrecher nicht wussten, dass das Geld im Flur in der kleinen Kommode lag.

Adrian war sicher, dass jeder Einbrecher dort als Erstes nachschauen würde. Außerdem schon erstaunlich, dass sie ihn hier so allein ließ, wenn sie doch sicher war, dass solche gefährlichen Menschen auftauchen würden. Adrian macht das schon. Dem macht das nichts aus. Der ist immer gerne mal für sich allein. »Bussi, Mama.«

Er beschloss, laufen zu gehen und wie von selbst führte sein Weg durch den Wald, vorbei am blauen Haus. Es lag ruhig wie ein Farbklecks im Grün. Vielleicht schlief Meret gerne lang. Aber was, wenn Pongo mal rausmusste? Konnte man überhaupt lange schlafen, wenn man einen Hund hatte? Irgendwann würde er sie das fragen, jetzt jedenfalls war es nicht seine Sache. Sein Handy vibrierte, und fast dachte er schon, sie wäre es, aber dann fiel ihm ein, dass sie ja gar nicht seine Nummer hatte, auch weil Moritz im Display stand.

»Hey Bro, was geht?«

»Laufen!«

»Uuuh.«

»Und bei dir?«

»Nicht laufen. Länger nichts gehört, wollen wir was machen am Wochenende?«

»Du kannst zu mir kommen, hab sturmi.«

»Cool, ich komme. Bin schon unterwegs.«

Wenn Moritz das sagte, dauerte es meistens noch mindestens zwei Stunden, bis er dann wirklich da war. Erst mal aufstehen.

Adrian lief in Ruhe seine Runde fertig, duschte und räumte den Frühstückstisch ab. Er wollte nicht sehen, dass hier noch andere lebten, die gerade das Fußballinternat anschauten, auf das er hatte gehen sollen. Er wohnte hier allein und manchmal kam sein Freund Moritz vorbei. Mama hatte die Fotokiste wieder eingeräumt und verschlossen. Der Weg auf den Dachboden war ihr dann wohl doch zu weit gewesen. Adrian schob sie unter den Couchtisch und bereitete die PS vor. Chillen ohne Eltern, hatte was, positiv sehen.

Moritz sah übel aus. Die Haut fahl und als hätte er sich schon länger nicht mehr gewaschen oder gekämmt. Geschweige denn rasiert.

»Nicht viel los zurzeit«, brummelte er und ließ sich in die Couch fallen. »Oh, was ist das denn?«

Natürlich, Fotokiste sofort entdeckt. Denn eines war sicher: Auch wenn man dachte, der kriegt jetzt überhaupt nichts mehr mit, hängt irgendwo im Nirwana herum, Moritz hatte immer alles im Blick und sah mehr als die meisten.

Er zog sie unter dem Tisch vor und klappte den Deckel auf. »Oh, süß, der kleine Adi.«

»Komm, lass das, das ist echt uninteressant.«

»Überhaupt nicht, ganz und gar nicht. Guck mal, da bist du mit Jonas im Kinderwagen. Voll stolz auf den kleinen Bruder.«

Adrian schaute das Foto an und tatsächlich entstand hier ein ganz anderer Eindruck. Er schob den Kinderwagen und strahlte. Also für seine Verhältnisse.

»Klar, warum nicht, Mann!«

Moritz hatte schon das nächste Foto in den Händen und schaute es lange und sehr konzentriert an, machte kein Geräusch, verzog keine Miene.

»Was ist da drauf?«

»Dein Vater!«

Er zeigte es Adrian. Es war ein Bild von der Mutter in jungen Jahren mit einem Mann neben sich, den Adrian noch nie gesehen hatte. Groß und kantig. Dunkle Haare. Sehr eng an Mama.

»Fuck!«

»Fuck!«

»Hey, weißt du eigentlich, dass ich die ganze Zeit darüber nachdenken muss, nur weil du so einen bekifften Scheiß redest?«

»Ich bin nicht bekifft. Also noch nicht. Weißt du, wer das ist?«

»Null Ahnung! Komm, lass zocken!«

Das ließ Moritz sich natürlich nicht zweimal sagen, aber Adrian hatte keine Chance gegen ihn. Immer dieses Foto, immer diese Gedanken.

»Das ist lahm heute mit dir. Was ist los? Haste eigentlich irgendwas zu futtern da?« Moritz brauchte darauf keine Antwort, ging in die Küche und aß aus dem Kühlschrank, was ihm in die Hände fiel.

Adrian starrte auf das Bild. Ja, der Typ sah ihm ähnlich. Oder er ihm.

»Wow, die Essiggurken sind der Knaller! Wo ist deine Familie eigentlich?«, tönte es aus der Küche.

Ja, wo? Und war es seine Familie? Wer war dieser Mann, der so vertraut mit Adrians Mutter vor einer Bergkulisse stand?

»Hey Bro!« Plötzlich stand Moritz da, sah, wie Adrian das Foto in den Fingern drehte, und war einfach nur Freund. »Du könntest deine Mutter fragen.«

»Nein. Sie sagt nicht die Wahrheit. Die Wäsche ist ihr wichtiger.«

Moritz setzte sich zu ihm und gab ihm eine Flasche Bier. »Euer Kühlschrank ist wirklich eine wahre Schatztruhe. So was findet man bei uns nie.«

»Dafür wird bei euch nicht gelogen.«

Moritz zuckte mit den Schultern. »Wer weiß das schon? Es ist nicht sicher, dass deine Eltern lügen, und es ist nicht sicher, dass meine Mutter nicht lügt.« Er nippte an seinem Bier. »Du?«

»Hm?«

»Willst du es wissen?«

»Ja.«

»Meine Ma kann das im Labor untersuchen. Gentest und so.«

»Ich hab aber keine Gene von dem Typen hier.« Schon als er es sagte, wusste Adrian, was Moritz eigentlich meinte. »Ja los, das machen wir. Meinst du, deine Mutter spielt mit?«

»Warum nicht? Lisbeth ist für alles zu haben. Wenn sie nicht betrunken ist. Oder nee, dann erst recht.«

Und dann sprangen sie beide gleichzeitig auf und liefen die Treppe hoch ins Bad.

»Die haben jetzt natürlich alles mitgenommen, Zahnbürsten und so«, sagte Adrian noch, aber dann lag da doch Papas komischer Kamm, den man wohl nur verwenden kann, wenn man blonde Locken hat. Moritz zuppelte die Haare raus und verstaute sie in einer von Mamas Flugzeugtüten.

»Okay. Done. Jetzt noch von deiner Mutter.«

Mama hatte nur ihre Reisezahnbürste mitgenommen. Die, die sie immer verwendete, glänzte im Badezimmerlicht. Ab damit.

»Ist Lisbeth zu Hause?«

»Hm, Samstagmittag, vermutlich ist sie schon wach.«

War sie. Und nicht betrunken. Saß im Nachthemd am Tisch und las Zeitung. »Hey Jungs!«

Moritz kam gleich zur Sache. Er legte ihr die beiden Tütchen mit Haaren und Zahnbürste auf die Zeitung.

»Kannst du einen Gentest machen?«

Lisbeth drehte die Tüten in den Händen, zog die Augenbrauen hoch und schaute Adrian an. »Von deinen Eltern? Und das willst du?«

Er nickte.

»Dann brauche ich auch noch Material von dir.«

Sofort stürzte sich Moritz auf seinen Freund und rupfte ihm ein paar Haare aus. »Kein Problem.«

Lisbeth schaute Adrian weiter an, schüttelte den Kopf, etwas passte ihr nicht. »Also weißt du, ich kenne ja deinen Grund nicht, aber was auch immer da jetzt rauskommt, du musst die Konsequenzen tragen, und ich weiß nicht, ob ich das verantworten kann. Da mit drinhängen will, verstehst du, was ich meine?«

Adrian verstand. Keine Verantwortung übernehmen. Er musste es erklären, damit sie mitging.

»Es treibt mich total um. Die ganze Zeit denke ich darüber nach, vielleicht ist es anders, als ich glaube. Als sie wollen, dass ich es glaube. Ist ja auch unwahrscheinlich, bestimmt ist alles normal und so, wie es sein sollte, aber wenn nicht, also, dann wüsste ich es gerne.«

»Hast du mit deinen Eltern darüber gesprochen?«

Moritz wurde ungeduldig. »Natürlich nicht, sonst wäre das ja nicht nötig. Wenn die ihm die ganze Zeit die Wahrheit verheimlicht haben, dann werden sie es ihm nicht erzählen, wenn er fragt. Oder?«

Lisbeth schaute ihren Sohn an. »Wenn da rauskommt, dass sein Vater nicht sein Vater ist, dann musst du für ihn da sein. Das ist keine Nachricht, die man einfach so verpackt.«

»Ich bin immer für ihn da!«

PROTOKOLL

»Ob mir irgendwas aufgefallen ist? Also, wir lassen uns ja hier in Ruhe, wenn man schon so eng aneinander wohnt, aber als Sie da aufgekreuzt sind so früh am Morgen, na ja, da hat man natürlich geguckt. Was ist da los bei den Bellmers? Kann ich eventuell helfen? Eine wirklich ganz wunderbare Familie. Wie im Bilderbuch. Mein Mann hat sich ja irgendwann, na sagen wir es so, umorientiert, aber bei denen, nein, da ist immer alles in Ordnung. Gut erzogene Jungs. Und der Kleine ein wahrer Sonnenschein. Und jetzt dieser Beinbruch. Merkwürdig. Aber als Sie da an der Tür standen und Doro hat aufgemacht, da wusste ich schon, kann irgendwas nicht stimmen. Die Arme. Vor Kurzem noch, Montag, oder nein Dienstag, ach ist ja egal, haben wir zusammen im Garten Minzlimonade getrunken. Da war alles in bester Ordnung. Doro war aufgeregt, weil der Kleine ja in dieses Fußballinternat sollte, und der Große hat ja jetzt bald Abi, dann ist der wahrscheinlich auch weg. Ist schon eine Umstellung, da muss man sich erst mal neu sortieren. Also, aber nein, mir ist nichts Besonderes aufgefallen, heute Nacht auch nicht, alles ruhig und bei den Bellmers schon um elf das Licht aus. Normalerweise ist bei dem Großen noch länger Licht, Sie wissen ja, wie die sind in dem Alter, Hummeln im Hintern, da können wir uns ja alle noch dran erinnern, aber nein, ich habe ihn nicht gesehen. Also, ich hab ja auch noch was anderes zu tun, schaue ja nicht ständig aus dem Fenster. Er hatte irgendwas vor gestern, irgendwas mit Sport, sein Kampf oder so, jedenfalls war er die letzten Wochen jeden Tag laufen, echt extrem, ja, und ich glaube, die ganze Familie wollte da hin. Adrian braucht ein bisschen Unterstützung, hat Doro gesagt, irgendwie hing das auch wieder mit diesem Fußballinternat zusammen, aber das weiß ich nicht genau, nur darum hat sich halt alles gedreht die letzte Zeit. Mehr kann ich Ihnen nicht sagen, aber meinen Sie, ich sollte mal bei Doro ... Was ist eigentlich passiert? Es ist doch nichts mit dem Kleinen?«

Hanni Meisner, Nachbarin

4. KAPITEL

Jonas war vollkommen aus dem Häuschen, als die Familie am Sonntagnachmittag zurückkam. Redete wie ein Wasserfall, erzählte Adrian von der Anlage, den Zimmern, dem Essen, den Trainern, wer da schon alles war und dann in welchem Verein Karriere gemacht hatte.

»Oh«, er schlug sich die Hand vor den Mund, »vielleicht willst du das ja alles gar nicht hören, hey, tut mir leid.«

Adrian lag auf der Liege in ihrem Handtuchgarten.

Er hatte sich kaum noch bewegt, nachdem Lisbeth zugestimmt und die Proben sorgfältig in ihrer Handtasche verstaut hatte. Plötzlich war sämtliche Energie aus Adrian gewichen, keine Lust mehr auf Moritz oder irgendwen.

»Hey, was los?« Der fühlte sich auf einmal verantwortlich. »Komm, wir machen was, du willst doch immer was machen.«

»Ich geh nach Hause.«

»Bro! Jetzt nicht schlappen. Klettergarten?«

Adrian schüttelte den Kopf. Er konnte sehen, welches Opfer Moritz da bringen wollte, fühlte aber sehr deutlich, dass er allein sein musste. »Klettergarten ist voll öde, lass mal!«

Lisbeth mischte sich ein, pfiff Moritz zurück und ausnahmsweise hörte er mal auf sie und ließ Adrian gehen.

Im Haus war es still und er wusste den ganzen Abend nicht wirklich etwas mit sich anzufangen. Saß in allen Räumen und schaute sie an, als wäre er zum ersten Mal in ihnen. Betrachtete den Mann auf dem Foto und schleppte die blöde Kiste auf den Dachboden. Öffnete dort ein Fenster und atmete tief ein.

Aß den Kühlschrank leer und versuchte sich mit Eichendorff zu beschäftigen. Aber Meret hin oder her, er konnte seine Gedichte nicht ausstehen. Antwortete nicht auf Moritz' tausend Nachrichten. In der Nacht schlief er wie ein Stein und träumte von nichts. Dennoch war er am nächsten Morgen erschöpft und schlapp, keine Lust, laufen zu gehen oder sonst was. Er schleppte sich mit seiner Musik in den Ohren in den Garten, winkte der Nachbarin, die irgendwas wissen wollte, was er nicht wissen wollte, knallte sich auf die Liege und dort fand ihn Jonas später.

»Erzähl ruhig!«, murmelte Adrian. Ein anderes, noch gewichtigeres Thema hatte sich in den Vordergrund geschoben, aber das konnte und sollte Jonas nicht wissen. Die Eltern unterhielten sich in der Küche, was man aber bis nach draußen nicht verstehen konnte, räumten Gepäck weg, Treppe rauf, Treppe runter, und Jonas zog Liege Nummer zwei ganz nah zu Adrian.

»Seit wann liegst du rum?«

»Seit jetzt.«

»Man lernt da sogar Skifahren.«

»Im Fußballinternat?«

»Ja, Skifreizeit heißt das, zum Ausgleich, und damit alle gut miteinander klarkommen und so.« Adrian nickte nur. Klang doch gut. Skifahren hatte er auch schon immer lernen wollen, aber das war nicht Papas Lieblingssport und Mama mochte es nicht kalt. Nie gemacht. »Und du so? Wie war's bei dir?«

»Bisschen gechillt, Mo war da, na ja, das Übliche.«

Jonas beugte sich zu ihm. »Hast du sie gesehen?«

»Wen?«

»Na, deine Lehrerin.«

Adrian schloss die Augen. »Lass das, Arschkeks!«

Die Mutter kam nach draußen. »Hey, Hanni, alles fit?«

»Alles paletti, Doro!«

Und wedelte Adrian mit dem Foto vor der Nase herum. »Mann, Großer, hast du das in der Kiste gefunden? Das ist ja ewig her!«

»Warst du in meinem Zimmer?« Sofort stieg die Wut in ihm hoch.

»Ganz ruhig, das lag draußen auf der Anrichte, Wahnsinn, der Christian, den hab ich ganz vergessen. Wäre interessant zu erfahren, was der so treibt.« Okay, entweder es war so, wie sie sagte, oder sie hatte eben genügend Zeit gehabt, sich ihre Reaktion zu überlegen. Würde ihr auch nichts helfen.

»Wer ist das?«, wollte Jonas wissen und ließ sich das Foto zeigen.

»Ein alter Freund, aber wir haben uns irgendwann aus den Augen verloren. Ich glaube, er ist ins Ausland, weiß gar nicht mehr wohin.«

Jetzt kam auch der Vater. Hatte wohl alles ausgepackt und ordentlich zurück in die Schubladen gefaltet oder in die Wäsche sortiert.

»Na, Adrian, hattest du ein gutes Wochenende?«

»Top.«

»Doro, machst du uns Limo? Dann können wir ja hier draußen alles mal besprechen.«

»Klar.« Bevor sie nach drinnen verschwand, fiel ihr noch etwas ein. »Ach, Adi, hast du meine elektrische Zahnbürste benutzt?«

»Was? Nein!«

»Komisch, die ist weg. Hatte ich die mit?«

Der Vater zuckte mit den Schultern. »Hab nicht drauf geachtet.«

»Na, egal, Limo kommt gleich.«

Adrian stand auf. Er hatte keine Lust auf Familiespielen, auf all die Pläne und Orga, in denen er nicht vorkam.

In der Schule war Meret die Mehlsacks.

Es war, als wäre nie etwas zwischen ihnen gewesen, als hätte das Treffen im blauen Haus nicht stattgefunden. Immerhin ließ sie endlich von Eichendorff ab. Eine Woche mindestens, hatte Lisbeth gesagt, und Adrian wartete in einem merkwürdigen Zwischenzustand. Noch war alles gut, bald schon konnte sich das ändern. Vielleicht sollte er sich vorbereiten, sich überlegen, was wäre, wenn, aber das war ihm schon viel zu nah dran an einer Wirklichkeit, mit der er am liebsten nichts zu tun haben wollte. Er versuchte, sich möglichst normal zu verhalten, aber manchmal schaute die Mehlsacks ihn an, als wüsste sie, dass ein Sturm im Anzug war, und Adrian sich bemühte, den Stand seiner Füße auf dem Boden zu verbessern. Oder sie erwischte ihn, wie er nicht zugehört hatte. Einmal sah er sie, er saß auf dem Fensterbrett, keine Lust auf Schulhof und die anderen, in einer heftigen Unterhaltung mit dem Jakobus, dem Sportreferendar. Sie gingen an ihm vorbei, ohne ihn zu bemerken.

»Er hat irgendwas gefressen, Daniel, der Tierarzt sagt, wir warten jetzt noch heute ab, aber sonst müssen sie ihn aufmachen. Ich sag's dir, das ist echt hart. Pongo ist wie, ich weiß auch nicht, ich hab ihn schon ewig, er war immer bei mir.« Jakobus legte ihr tröstend den Arm um, und dann waren sie schon weiter. Das machte Adrian nervös. Der einzige und erste Hund, den er mochte, war krank. Und anscheinend sehr.

Am Abend hielt ihn nichts mehr zu Hause, er dachte, er könnte ihm irgendwie beistehen, oder ihr, es wäre doch blöd, wenn er es nicht wenigstens versucht hätte. Er fühlte sich Meret verbunden, auch sie musste warten, und auch ihr könnte ein schmerzhaftes Ergebnis drohen.

Das Haus lag still im Abendlicht und kam ihm weniger blau vor als sonst, eher blass. Kein Licht. Er ging drum herum, schaute durch die großen Fenster, durch die er letztes Mal den Wald hatte sehen können, aber es war niemand da, keine Bewegung. Adrian setzte sich auf die Treppe vor dem Haus und wartete. Seit Neuestem seine Hauptbeschäftigung. Unter dem Blumentopf lag der Schlüssel, das hatte er gesehen. Er könnte drinnen warten. Vielleicht waren sie beim Arzt. Vielleicht wurde er gerade aufgemacht, wie sie es genannt hatte. Er könnte den Abwasch machen oder aufräumen oder den Sandsack vermöbeln. Irgendwas musste helfen. Als wäre es selbstverständlich, fingerte er den Schlüssel unter dem Topf hervor und sperrte die Tür auf. Es fühlte sich in keiner Weise falsch an. Ohne Meret und Pongo war das Haus lange nicht so gemütlich, es wirkte verlassen und die Dielen unter seinen Schritten Richtung Wohnzimmer knarrten zu laut.

Adrian schaute durch das dunkle Wohnzimmer in den dunklen Wald und knipste das Licht an. Da saß Meret auf dem Sofa, die Arme um die angezogenen Beine geschlungen und schaute ihn ernst an.

»Huch, du bist ja da!«

»Und du? Was machst du hier?«

»Sorry, oh Gott ja, nein, das macht man nicht, man darf nicht in fremde Häuser gehen. Es tut mir leid, ich hab nur gehört, was du über Pongo gesagt hast und wollte ...« Ja, was eigentlich. Adrian kam sich mehr als blöd vor.

Sie zeigte mit dem Kopf Richtung Sessel und Adrian setzte sich artig.

»Pongo wird gerade operiert. Irgendwas liegt ihm im Magen, das von selbst nicht weggeht. Sie wollen sich melden, wenn er es gut überstanden hat. Aber sie melden sich nicht, es dauert viel zu lange.« Ihr Blick wanderte auf den Couchtisch. Da lag ihr Handy und rührte sich nicht. Adrian zog seins aus der Hosentasche und legte es daneben. »Du wartest auch?« Er nickte und mochte sie sehr dafür, dass sie nicht fragte, auf was.

»Vielleicht hilft Cola«, schlug er leise vor.

»Hab keine.«

Adrian stand auf. »Ich hol uns eine!« Er war froh, irgendwas tun zu können. Wenn man nämlich nur eins zu eins wartet und nichts anderes macht, vergeht die Zeit so langsam, dass es einem schon fast rückwärts vorkommt.

»Kannst mein Fahrrad nehmen. 2100 ist der Code.« Jetzt wusste er schon, wie man ins Haus kam, und die geheime Nummer für ihr Schloss. Das machte ihn fast glücklich, und da war es ganz egal, dass das Fahrrad pink war und sowohl der Lenker als auch der Einkaufskorb hinten mit Blumengirlanden geschmückt waren. Er kaufte alle Arten von Cola, die es gab, weil er nicht wusste, welche sie bevorzugte, aber auch das würde er herausfinden und dann schon drei ihrer Geheimnisse kennen. Als er zurückkam, saß Meret immer noch genauso da. Sie lachte leicht, als er die Coladosen vor ihr aufreihte und zeigte auf die ganz normale, die mit Zucker und allem Drum und Dran.

»Ich nehme immer alles oder nichts«, flüsterte sie und deutete auf sein Handy. »Hat zweimal gebrummt.«

Adrian nahm einen großen Schluck von der Cola mit Kirschsaft, dann schaute er nach. »L. hat das Ergebnis«, stand da und als zweites: »Mir sagt sie es nicht.« Alles Blut, dass er eben noch im Kopf gehabt hatte, sackte ab, Adrian wurde schwindelig und er musste sich am Sessel festhalten.

Meret schaute ihn an. »Gute Neuigkeiten?«

Er schüttelte den Kopf. »Uneindeutig. Ich muss los, tut mir leid.«

Sie nickte nur, und er wusste gar nicht, ob er wollte, nur dass er musste. Jetzt konnte er nicht einfach sagen, ach, egal, schmeiß weg, Lisbeth! Sie kannte die Antwort, und das würde ihn nie loslassen.

»Viel Glück!«, wünschte sie ihm, und er vergaß ihr das zurückzuwünschen. Sein Herz pochte in den Ohren, er rannte nach Hause, versuchte sich zu beruhigen, schnappte sich sein Rad und warf, bevor er losraste, noch einen Blick zurück. Er dachte, einmal noch dieses Haus anschauen, wie ich es immer gesehen habe, das Haus meiner Familie, da wo ich hingehöre, und wie es da so stand, war es das schon nicht mehr, egal wie das Ergebnis ausfallen würde.

Moritz machte ihm die Tür auf. »Jesses, wie siehst du denn aus?«

Adrian schaute in den Spiegel, der im Flur hing, damit man sich noch abschließend zurechtmachen konnte, aber da war tatsächlich Hopfen und Malz verloren. Käseweiß schaute er sich entgegen, die Haare standen in alle Richtungen ab, als wäre er elektrisch von innen, und die Augen rot, als hätte er geheult.

»Bist du sicher, dass du es wissen willst?«

»Nein!«

Er ging an Moritz vorbei ins Wohnzimmer. Lisbeth lag auf der Couch und sah fern, setzte sich aber sofort auf und strich ihre Haare zurecht. »Adrian.«

Er blieb einfach stehen und versuchte in ihrem Gesicht zu lesen, was sie wusste. Sie räusperte sich und deutete auf einen Stuhl, aber Adrian blieb stehen, und Moritz stellte sich neben ihn.

»Also gut, ich versuche es dir zu erklären. Im Zuge des Abstammungsgutachtens nutzt man die Vererbungsregeln, dass im diploiden Genom des Menschen zu jedem Gen jeweils ein Allel vom Vater und das andere von der Mutter …«

»Sag bitte einfach das Ergebnis! Ist er mein Vater?«

Lisbeth schüttelte den Kopf.

Das Klopfen in seinen Ohren wurde zum dumpfen Rauschen, er sah ihr unglückliches Gesicht nur noch verschwommen.

»Eine Elternschaft kann insgesamt ausgeschlossen werden.«

»Was?«

»Ja, also, deine Eltern sind nicht deine Eltern.«

»Gibt's ja nicht«, platzte es aus Moritz raus, »also beide nicht?«

»Mama auch nicht?«, flüsterte Adrian rau.

Lisbeth schüttelte den Kopf, stand auf und führte ihn doch zum Stuhl, setzte ihn darauf und ging vor ihm in die Hocke. »Hör mal, Adi, das ist echt hart, aber du wolltest es ja wissen. Ich nehme an, sie haben dich adoptiert, als du ein Baby warst, und dachten wohl, es ist besser, wenn du es nicht weißt.« Sie wedelte Richtung Moritz. »Hol mal ein Wasser!«, und der sprintete sofort los.

»Ich hab gar keine Eltern.« Adrian stand unter Schock.

»Na ja, irgendwo vielleicht schon. Ich denke, du musst das mit denen, die zur Verfügung stehen, besprechen.«

Moritz gab ihm das Wasser, und Adrian trank vollkommen willenlos. »Hey Bro, du kannst bei mir schlafen.«

Adrian versuchte sich zu sammeln. Was jetzt? Er hatte sich vorgestellt, dass er unglaublich wütend werden würde, wenn er erführe, dass sein Vater nicht sein Vater war, hingehen und ihn wie den Sandsack behandeln. Aber jetzt das, jetzt diese vollkommene Verlorenheit, da kam die Wut nicht, da war nur Leere. Er schaute Moritz an.

»Vielleicht ist Pongo auch tot.«

»Hä?«

Adrian sprang auf. »Ich muss los. Danke, Lisbeth, trotzdem danke.«

»Äh, vielleicht solltest du lieber noch ein bisschen warten und dich beruhigen?«

»Danke.«

Das blaue Haus stand hell erleuchtet im Wald. Etwas war also geschehen.

Adrian klopfte. »Meret, äh, Frau Mehlsacks, ich bin's.«

»Komm rein, komm rein!«

Sie stand strahlend im Wohnzimmer und zeigte auf Pongos Körbchen. Da lag er drin, mit einer fetten Halskrause und wedelte mit dem anderen Ende. Immerhin freute er sich, aufstehen konnte er wohl noch nicht. »Es wird alles wieder gut. Nur muss er jetzt eine Zeit lang dieses blöde Ding tragen.«

»Dann weiß man wenigstens, wo vorne ist.«

Sie musterte ihn scharf. »Bei dir ist es wohl nicht so gut gelaufen?«

Adrian beugte sich zu dem Hund und streichelte ihn vorsichtig. »Armer Pongo.«

»Cola?«

»Ich habe Vater und Mutter verloren.«

»Was?«

»Sie sind nicht meine Eltern.«

»Woher weißt du das?«

»Heimlicher Gentest.«

Meret ließ sich in den Sessel fallen, in dem normalerweise Adrian saß. »Wow, das ist hart.«

»Ich könnte hier auf der Couch schlafen und Pongo bewachen. Nach so einer OP sollte er vielleicht nicht allein sein. Oder?«

Meret nickte. »Das ist sehr aufmerksam von dir.« Dann waren sie beide still. »Hast du Hunger?«

»Glaub schon.«

»Ich mach uns was Kleines.«

»Danke, Frau Mehlsacks.«

»Meret. Unter uns.«

Der nächste Tag war ein Samstag. Als Adrian nach Hause kam, saß seine Exfamilie da und starrte ihn an. Sogar Arschie.

Aber Adrian wusste mehr, als sie wussten, und das ließ ihn noch feindseliger sein als sie.

»Wo warst du?«

Er zuckte mit den Schultern.

»Ich hab dir eintausend Nachrichten geschrieben.« Jonas strahlte nicht.

»Hab ich gesehen.«

»Und warum antwortest du dann nicht?«

Er zuckte mit den Schultern, und dem Beller reichte es jetzt.

»Hör mal, Freundchen, so geht das nicht. Deine Mutter wollte schon die Polizei alarmieren. Wenn du außerhalb schläfst, sagst du Bescheid. So ist die Regel.«

»Es gibt viele Regeln.« Adrian setzte sich an den Tisch auf die Stuhlkante, während seine Familie sich im Wohnbereich in der Couchecke versammelt hatte.

»Komm her, Adrian«, versuchte die Mutter es auf die sanfte Tour, »wenn du so weit weg sitzt, können wir doch gar nicht richtig reden.«

Sie kamen ihm alle drei ganz fremd vor, während er sich in der Nacht bei Meret zu Hause gefühlt hatte. Auf dem Sofa war genug Platz, und er hatte Pongos Körbchen zu sich hingeschoben, war mit einer Hand immer an seinem warmen Körper. An der ruhigen Atmung des frisch operierten Hundes wollte er sich ein Beispiel nehmen. Er hatte bestimmt Schmerzen, wie Adrian auch. Nur dass Pongo ein Frauchen hatte, das auch mit Haut und Haar sein Frauchen war. Er gehörte zu jemandem, der auf ihn achtete. Und ihn nicht belog. Als der Mond zwischen den Bäumen vor dem Wohnzimmerfenster auftauchte, erst da wurde Adrian richtig bewusst, was die Nachricht, die er bekommen hatte, bedeutete. Denn nicht nur seine Eltern waren nicht seine Eltern, sondern Jonas auch nicht sein Bruder. Der, den er genau in der Gewissheit immer mitgeschleppt und sich bemüht hatte, ihn zu mögen, denn er war ja sein Bruder, und Brüder muss man mögen oder sollte es zumindest, der Sonnenschein, der alles besser konnte und wie von selbst, der hatte Eltern. Und zwar seine. Die seine gewesen waren.

»Was willst du denn besprechen?«

»Mensch, Adrian, wir haben die ganze Nacht nicht geschlafen!«

»Ich auch nicht.«

Dem Beller platzte der Kragen. »Jetzt reicht es aber! Du kommst jetzt gefälligst hierher.« Er trat gegen das Sofa, und Arschie sagte: »Hallo, ich bin Arschie, was kann ich für dich tun?«

»Halt die Klappe!«, brüllte der Beller, und Jonas fing an zu heulen. Er konnte die Tobsuchtsanfälle seines Vaters noch nie gut aushalten.

Adrian blieb sitzen. Ruhig lag sein Blick auf dem Mann, der sich sein Vater genannt hatte. »Und ich dachte immer, ich hätte das von dir geerbt.«

»Was?«

»Hab ich aber nicht. Denn du bist überhaupt nicht mein Vater. Kann also sein, dass ich mir diese Wutanfälle nur abgeguckt habe, in der Annahme, so muss man sein als Mann. Oder als Sohn. Der ich aber wie gesagt nicht bin.«

Dem Pseudovater blieb der Mund offen stehen und die Nursogetanmutter wurde blass.

»Was redest du da, Adi, hör auf damit, was ist denn los?«, schluchzte Jonas.

»Was los ist, mein lieber ehemaliger Sonnenscheinbruder?«

»Adrian, hör jetzt auf damit! Lass uns das in Ruhe besprechen.«

»Ach, Doro – vielleicht sollte ich dich jetzt auch besser so nennen – du willst auf einmal was besprechen? Da wäre doch jetzt siebzehn Jahre lang genügend Zeit gewesen. Ihr wolltet es nicht besprechen, ihr wolltet so tun, als wäre alles anders und mich in dem Glauben lassen, ich hätte eine Familie.«

»Jonas, gehst du bitte mal in dein Zimmer?« Der Beller klang plötzlich ganz leise.

»Bleib lieber hier! Du sollst ja nicht auch noch mit lauter Lügen älter werden.« Jetzt stand Adrian auf und ging zu den drei Bellmers, einer verstört, die andere blass und der Dritte sauer, passte ihm jetzt gar nicht in den Kram. »Mama ist nicht meine Mutter und Papa nicht mein Vater. Also bist du auch nicht mein Bruder.«

»Nicht?«, flüsterte Jonas.

»Also, ich tu mir das hier nicht an«, donnerte der Beller und stampfte nach draußen. Doro musste es richten, wie immer, wenn etwas schiefging. Sie streckte ihren Rücken durch und faltete die Hände im Schoß.

»Woher weißt du es?«

»Gentest.«

Doro nickte und fragte nicht weiter nach.

»Deine Zahnbürste kriegst du wieder.« Adrian lehnte an der Wand und ließ sie nicht aus den Augen.

»Die Ärzte hatten uns damals gesagt, dass wir keine Kinder kriegen konnten, wir haben es ewig versucht. Wir wollten aber unbedingt welche. Nach einem aufwendigen Verfahren haben wir dann dich bekommen. Du warst noch ein Baby und ... und wir waren sehr glücklich.«

»Und meine Mutter?«

Doro zuckte zusammen. Hörte sich wohl schmerzhaft an.

»War drogensüchtig und ist ein Jahr später an einer Überdosis gestorben. Dein Vater war ihr und damit auch uns unbekannt.«

»Adi ist nicht mein Bruder?«

Doro schüttelte den Kopf. »Du bist dann drei Jahre später gekommen. Plötzlich war ich einfach schwanger.«

Adrian starrte sie an. In seinem Kopf flogen die Informationen durcheinander, Fetzen von Ahnungen, was das für Konsequenzen für den kleinen Adrian hatte, der Geruch von Omas Wohnung, das Geräusch von zerbrechenden Porzellanfiguren, Scherben fallen. Seine Mutter drogentot.

»Warum habt ihr es mir nicht gesagt? Das bedeutet doch etwas für mich, macht mich plötzlich zu einem ganz anderen Menschen. Hieß ich Adrian? Hat sie mich Adrian genannt?«

Doro schüttelte den Kopf. »Sid.«

»Sid?«

»War Sid-Vicious-Fan, das war so ein Punker früher. Und ist auch an einer Überdosis gestorben.«

»Für mich bleibst du Adrian«, sagte Jonas leise, »und mein Bruder. Das kann sich doch nicht auf einmal ändern!«

Adrian lachte auf. Sonnenscheinchen.

Doro quälte sich aus dem Sofa und ging auf ihn zu. »Wir haben dich so geliebt, als wärst du unser eigenes Kind. Da war kein Unterschied und ist es bis heute nicht.« Adrian streckte abwehrend die Arme nach vorne. Komm mir bloß nicht zu nahe!

»Genau, deswegen war ich dann ja auch acht Wochen bei einer mürrischen, alten Oma, die noch nicht mal meine war. Und die genauso wusste, dass ich nur adoptiert bin und nicht ihre edlen Gene in mir trage. Endlich hattest du es geschafft, oder Doro, endlich war es dir gelungen, ein echtes Kind zu bekommen, eins mit dem göttlichen Erbgut ihres Sohnes.«

»Adrian!«

»Sid!«

»Ich verstehe ja, dass du schockiert bist und verletzt, ich kann das gut verstehen. Wir hätten dir das auch noch erzählt, wollten wir eigentlich schon lange, haben immer auf den richtigen Zeitpunkt gewartet, und dass du alt genug bist ...!«

»Wie alt denn noch?« Adrian stieß sich von der Wand ab und ging Richtung Haustür. Mit seiner echten Mutter hätte er sicher nicht in einem Reihenmittelhaus gewohnt. Und es war neu, dass er Reihenmittelhäuser Scheiße fand. »Ich muss Luft holen. Hier stinkt's. Macht euch keine Sorgen und Polizei ist auch unnötig. Ich bin mal weg.«

Doro lief ihm hinterher. »Adrian, nicht, du kannst uns jetzt hier nicht so sitzen lassen, bitte, da habe ich doch keine ruhige Minute.«

»Du konntest mich ja auch jahrelang Adrian nennen!« Er ließ die Tür einfach offen stehen, schwang sich auf sein Rad und fuhr davon.

Im Lager war es angenehm dunkel. Der Eingang zu dem unterirdischen Raum war von Pflanzen zugewachsen. Sie hatten ihn damals nur gefunden, weil Moritz mit einem langen Stock hantierte, Samurai spielte oder so was in der Art, gegen das Efeu schlug und der Stock darin versank. Jonas hatten sie erzählt, sie hätten es gebaut, und er war schwer beeindruckt gewesen. In Wirklichkeit schien es irgendein alter Lagerraum zu sein, vielleicht ein Bunker, vermutete Moritz, und sie stellten sich vor, sie wären Soldaten und hätten hier Unterschlupf gefunden. Draußen tobte der Krieg, aber sie wollten nicht mitmachen und würden hierbleiben, bis er vorbei war. Irgendjemand jedenfalls hatte diesen Raum in die Erde gebaut, mit Holzplanken abgestützt und ihn dann vergessen. Sie legten sich Vorräte an und schleppten ihre Spielsachen hin, Decken und Kissen und Kerzen. Hier war ihr geheimer Ort, den außer Jonas niemand kannte und der in all den Jahren unberührt geblieben war, auf einem wüsten Gelände am Stadtrand, das anscheinend auch niemand bebauen wollte, um das sich keiner kümmerte.

Hier konnte Adrian es aushalten. Nur hier. Der Schock saß so tief, und erst jetzt, nachdem er es besprochen und Fragen gestellt hatte, ergriff er ihn von allen Seiten mit seinen Krallenfingern, ein Gefühl, als könnte er sich nie wieder daraus befreien.

Die Nacht bei Meret war die Ruhe vor dem Sturm gewesen, das kurze Einatmen, die kleine Zeit Kraft zu sammeln. Sie war rücksichtsvoll, hatte keine Fragen gestellt und sich das eine Ei zum Frühstück, das sie noch im Kühlschrank hatte, mit ihm und Pongo geteilt. Erst als er sich nicht bewegte, er am liebsten immer nur so da sitzen geblieben wäre, wurde aus Meret Frau Mehlsacks. Sie schickte ihn nach Hause, um seine Dinge zu klären.

»Man kann nicht vor ihnen davonlaufen, sie sind in dir drin, du musst mit ihnen leben. Und um das hinzukriegen, dir Klarheit verschaffen.«

Adrian unter der Erde zog die Beine an, umklammerte sie mit seinen Armen. Er musste sich schon selbst wärmen, die Decken, die hier rumlagen, waren uralt und klamm. Ein paar einzelne Sonnenstrahlen fielen durch das Gestrüpp zu ihm herein, wie kleine Spots, die ihn auffordern wollten, aufzustehen, nach draußen zu kommen, *hallo, hier spielt die Musik, hier ist das Leben!* Aber er wusste im Moment nicht, was das für ihn bedeutete. Welches Leben? Wo? Mit wem? Er hatte seinen Halt verloren und um nicht unendlich tief zu fallen, sich lieber in Sicherheit gebracht. Hier konnte er warten, bis es vorbei war. Noch konnte er sich nicht mal vorstellen, dass es vielleicht nie vorbei sein würde, sondern jetzt für immer so war. Seine Welt, sein Leben hatte sich verändert, für ihn, der sich plötzlich vorkam, wie aus einem anderen Material gebaut.

»Bro?«

Adrian schreckte hoch. Moritz schob die Pflanzen auseinander und kletterte zu ihm ins Lager.

»Wusst ich's doch!« Er ließ sich neben ihn fallen und legte ihm seine Hand aufs Knie. »Nicht so richtig gut ausgegangen die Sache, was?«

Adrian sagte nichts, merkte aber, dass er froh war, nicht mehr allein zu sein, und Moritz der Einzige, den er aushalten wollte. »Tut mir leid, ich labere immer so 'nen Scheiß, aber bis jetzt ist da noch nie so eine große Sache draus geworden.«

Er fischte Papers, Tabak und Weed aus seiner Jacke und fing an, einen Joint zu drehen. »Deine Mum hat bei uns angerufen ...«

»Sie ist nicht meine Mum.«

»Sie konnte sich natürlich denken, wie du da draufgekommen bist. Kein Spaß für Lisbeth.«

»Sie soll Lisbeth in Ruhe lassen.«

»Sie hätte ihr Bescheid sagen müssen, wie sie sich überhaupt in eure Familienangelegenheiten einmischen konnte, was ihr einfällt und solche Sachen.«

»Wir sind keine Familie.«

»Hm, das müsste man jetzt Arschie fragen. Was ist eine Familie?« Er zündete den Joint an, nahm einen tiefen Zug und gab ihn an Adrian weiter. »Immerhin bist du jetzt was Besonderes und irgendwo auf dieser Erde hast du noch ein zweites Paar Eltern.«

Adrian blies den Rauch aus. »Nein. Meine Mutter ist tot, mein Vater unbekannt.«

»Heilige Scheiße.«

»Und weißt du, wie ich eigentlich heiße?«

»Klaus. Kevin. Pascal?«

»Sid. Nach irgend so einem Punker, der wie meine Mutter sein Leben den Drogen gewidmet hat.« Er nahm gleich noch einen Zug.

»Sid.« Moritz lauschte dem Klang und nickte. »Klingt gut eigentlich. Cool.«

Adrian fühlte die Wirkung des Weeds. Es wurde ihm egaler.

»Wird schon bald dunkel draußen.«

»Dunkel oder hell, wen interessiert's.«

Plötzlich drangen Geräusche zu ihnen. Jemand war da.

»Adi?« Natürlich. Der Sonnenschein. Auch er konnte sich denken, wo sich sein Ex-Bruder verkrochen hatte.

Adrian stupste Moritz an. »Schick ihn weg! Ich will ihn nicht sehen.«

Moritz rappelte sich hoch und kletterte nach draußen, während er sich mit dem Joint in die hinterste Ecke drückte. Er kannte Jonas, der würde nicht lockerlassen und auf jeden Fall mal reingucken.

»Hey Joni!«

»Ist Adi da?«

»Nein.«

»Aber da hinten liegt doch sein Fahrrad.«

»Ja, hab ich auch gedacht. Aber hier ist er nicht.«

»Ich muss unbedingt mit ihm reden.«

»Ja, ich auch, aber er ist nicht da.«

Es war eine Weile still, Jonas überlegte wohl, schaute sich um, glaubte Moritz nicht. So wie er alles konnte, spürte er eben meistens ganz genau, wenn jemand ihn belog.

»Hast du es gehört, Mo?«

»Was denn?«

»Die Sache. Also, er glaubt, dass ich nicht mehr sein Bruder bin, nur weil unsere Eltern nicht seine sind.«

»Damit hat er rein wissenschaftlich gesehen recht. Aber du, Joni, ich hab jetzt …«

»Weißt du, was Wissenschaft oder Genetik oder der ganze Kram in diesem Fall für mich bedeutet? Rein gar nichts. Adi war immer mein Bruder und das wird er auch bleiben. Da ändert doch so ein bescheuerter Test nichts dran. Ich meine, Mo, du musst dir mal überlegen, da geht es doch um ein Gefühl. Die ganze Zeit haben wir uns wie Brüder gefühlt, wie Brüder benommen und wie Brüder zusammengehalten. Das hat funktioniert, weil wir es geglaubt haben. Und nur weil jetzt irgendwer sagt, stimmt gar nicht, also echt, das kann doch nicht wirklich was bedeuten.«

Adrian nickte anerkennend. Der Kleine war noch schlauer, als er gedacht hatte. Schaute nicht ins Lager, brachte ihn nicht in Verlegenheit und sich auch nicht. Aber sagte, was er sagen wollte, und wusste ganz genau, dass Adrian es hörte.

»Für ihn wohl schon. Kannste dir ja vorstellen.«

Die Stimmen wurden leiser, die beiden bewegten sich vom Lager weg. Adrian rauchte den Joint zu Ende, es war ihm egal. Sollten sie quatschen. Tränen traten ihm in die Augen, aber das war der Rauch, der in dem unterirdischen Loch festhing und ihn in seiner neuen, kleinen Welt begleitete.

Moritz jedenfalls kam allein zurück, Auftrag ausgeführt. »Willst du jetzt für immer hierbleiben?«

Adrian zuckte mit den Schultern. Egal.

»Weil sonst hätte ich eine ziemlich gute Idee.«

Egal.

Die Villa lag weiß in der Landschaft, Moritz kannte den Türcode, den Alarmanlageausschaltcode, den Code für die Beleuchtung.

Adrian torkelte, Weednebel in Kopf und Körper, hinter ihm her und wunderte sich über gar nichts.

»Ich hab hier mal im Garten gejobbt. Jetzt sind die edlen Herrschaften zwei Wochen weg, also nichts gegen unser Lager, aber auch nicht so schlecht hier. Was meinst du, Sid?«

Wie im Film alles, da stand so ein Wagen mit Getränken, alle alkoholisch, und Kristallgläser, Sofas aus edlem Leder, eine riesige Leinwand zum Hoch- und Runterfahren, überall Kugellampen, ein Kugellampenmeer, und einsam schalblau beleuchtet ein Schwimmbecken hinter Glas. Vollkommen still. »Ist ganz gut!«

Moritz fuchtelte mit einer Fernbedienung herum und zauberte chillige Kaufhausmusik in die Luft.

»Erst mal ein Drink!«

Sie plünderten die Bar, fläzten sich auf die Ledercouch und taten so, als wären sie die Herren des Hauses.

»Ich bin sehr zufrieden mit dir, Sid, gute Geschäfte heute,

wirklich gute Geschäfte. Die haben wir nach allen Regeln der Kunst übers Leder gezogen.«

Adrian lag die Zunge schwer im Mund, Reden kaum möglich, aber er nickte geschäftsmännisch und starrte auf ein riesiges Ölbild über einem Kamin.

»Feuer machen!« Er stapelte Holz, legte Papier drunter, das hatte ihm sein Vater, ach nee, nicht sein Vater, der Beller, Thorsten beigebracht.

Moritz rührte derweil noch einen Whisky an und füllte die leere Flasche in der offenen Küche mit Wasser wieder auf.

Prost. Der Alkohol wirkte zusammen mit dem Weed stark und Adrian schwankte Richtung Pool hinter der Glasscheibe. Schwimmen vielleicht? Er hatte doch Feuer machen wollen. Zurück zum Kamin, aber er fand keine Streichhölzer.

»Hey Mo, komm mal mit deinem Feuerzeug!«

Schließlich loderten die Flammen hoch und Adrian zog sich aus.

»Was machst du denn da, Bro?«

»Schwimmen!«

Moritz war sofort begeistert, sie liefen einfach los, durch die Tür und weiter ins Wasser. Adrian genoss die warme Flüssigkeit um seinen Körper, ließ sich unter Wasser treiben, hörte nichts, sah nichts und seine Gedanken waren doch dabei, bewegten sich aber nur zäh.

Moritz startete eine Wasserschlacht, aber Adrian konnte nicht mithalten, war es nicht wie er gewohnt, mit Rauschmitteln aller Art im Körper zu funktionieren. Sie wickelten sich in weiche Bademäntel, die bereitlagen und stolzierten zurück zur Bar.

Adrian konnte die Alkoholika nicht auseinanderhalten, schüttete wahllos alles in sich hinein und sagte auch nicht Nein, als Moritz den nächsten Joint anzündete.

Und dann wieder dieses Ölgemälde. Bildete die glückliche Familie ab, die hier wohnte. Vater, Mutter, Kind.

»Das ist doch scheiße.«

Moritz folgte seinem Blick. »Wahrscheinlich auch gelogen. Glaubst du, es gibt irgendeine Familie, in der alles gut ist?«

Adrian spürte, wie das Wattegefühl seiner unbändigen Wut weichen musste. Er war so wütend auf alle, auf sein Leben, darauf, dass er nur adoptiert war und in seiner Familie, in der bisher alles ganz gut gewesen war, plötzlich nichts mehr stimmte. Und wütend auf diese Familie hier. Sie kamen ihm arrogant vor mit ihrer Kohle, ihrem ganzen Getue und den unzähligen Kugellampen. Neben dem Kamin entdeckte er eine Golfschlägertasche.

»Natürlich, klar, sie spielen Golf. Was für ein verschissenes Klischee!«

Er schnappte sich einen Schläger, und Moritz machte noch mit, ahnungslos, aber Adrian schlug nicht den Ball, den er auf die Kante der Ledersofalehne gelegt hatte, er schlug eine der Kugellampen, die mit lautem Knall in tausend Scherben zerbrach.

»Hey Alter, spinnst du?«

»Ich?« Adrian lachte schrill, holte aus und schlug die zweite Lampe kaputt.

»Mann, hör auf damit, das ist doch Kacke, wir können doch nicht …« Die dritte.

»Das haben sie davon mit ihrer scheiß glücklichen Familie!« Die nächste. Moritz versuchte ihn abzuhalten, ihm den Schläger abzunehmen, aber das machte Adrian nur noch wütender. Alles kurz und klein, alles kaputt machen, nichts stehen lassen. Rasend vor Zorn stürzte er sich auf das Ölbild, drosch darauf ein, bis es riss, und Moritz kam nicht an gegen die Kante, seinen gut trainierten Freund, der vollkommen außer sich war.

»Adrian, hör auf damit, hör sofort auf damit!«, brüllte er, da ließ er den Schläger durch die Flaschen rauschen, schlug auf die Gläser ein.

»Hey Mo, gib mir dein Feuerzeug, los, wir stecken die Hütte in Brand, da werden sie Augen machen, wenn sie aus ihrem feinen Urlaub zurückkommen.«

»Du hast doch voll den Knall, gar nichts gebe ich dir, komm jetzt!« Panisch versuchte Moritz seinen Freund zur Tür hinauszubugsieren, da ertönten von draußen Sirenen, blinkendes Blaulicht tauchte alles in ein neues Licht. »Scheiße, die Bullen, warte, wir müssen die Hintertür ... vielleicht gibt es eine Hintertür, komm, Adrian!«

Die Kante blieb stehen, schwang den Schläger und brüllte: »Sid! Mein Name ist Sid.«

5. KAPITEL

Draußen wurde es langsam hell. Die Vögel begrüßten den Tag wie jeden Morgen und bald würden auch die Menschen aufwachen, nicht zur Arbeit fahren, einfach noch liegen bleiben oder frischen Orangensaft auspressen. Es war ja Sonntag. Adrian fühlte sich wie zerschossen. Sein Kopf dröhnte, der ganze Körper eine einzige Baustelle. Todmüde saß er neben Moritz auf der Bank im Polizeirevier. Die Eltern würden sie abholen, hatten sie gesagt, aber die ließen sich Zeit. Moritz schnarchte leise. Er war Ärger gewohnt und überhaupt eher so der Typ, na, wenn es jetzt so ist, dann ist es so, kann man nichts machen, hätte man vorher drüber nachdenken sollen. Und auch Lisbeth kannte diese Situationen schon, ein altes Spiel. Außerdem hatte er ja kaum was gemacht. Wenn es nach Moritz gegangen wäre, hätten die Villabesitzer nicht mal gemerkt, dass jemand in ihrem Haus gewesen war. Adrian hatte die Arschkarte und das in jeder Beziehung. Der stellte sich vor, wie sein ehemaliger Vater gleich hereinkommen, kühl und fachmännisch alles mit dem Polizisten besprechen, ihn mitnehmen und ihn dann draußen nach allen Regeln der Kunst zusammenfalten würde.

Zu Recht, natürlich, aber auch wieder nicht. Es war nicht zwingend notwendig gewesen, so viel zu kiffen, zu saufen und die Einrichtung fremder Menschen, die Adrian nichts getan hatten, zu Kleinholz zu machen. Aber auch wieder doch. Sollte er denken, was er wollte, Adrian ärgerte sich nur, weil er jetzt viel zu früh wieder in diese Familie zurückmusste, er hätte noch viel länger nachdenken müssen.

»Kaffee?« Ein Polizist stand mit einem Pappbecher vor ihm und erschien ihm wie ein Engel. Engel riechen nach Kaffee und der macht den Kopf klarer. Er nahm dankend an, lehnte sich zurück und dachte darüber nach, wie es wohl ist, ein Polizist zu sein. Oder ein lauter Vogel. Oder ein Kaffee. Alles wäre er jetzt lieber gewesen als er selbst.

Plötzlich stand Lisbeth im Raum. Nicht im Nachthemd, nicht hysterisch, aber mit bedrohlicher Körperspannung und versteinerter Miene.

»Moritz!«, sagte sie sehr laut und bestimmt, und der schreckte sofort hoch. Die Stimme, den Ton kannte er doch.

»Lisbeth?«

Der Polizist wandte sich an sie. »Sie sind die Mutter?«

»Glauben Sie mir, ich wünschte, es wäre anders.«

Das war hart, aber Moritz lächelte nur. Er kannte es ja schon.

»Dann kommen Sie doch bitte hier an den Tresen, Sie müssten mir einiges unterschreiben.«

»Hat er großen Schaden angerichtet?«

Der Polizist zuckte mit den Schultern. »Auch hier wünschten Sie wahrscheinlich, es wäre anders.«

Adrian gab Moritz den Rest von dem Kaffee und klemmte seine Hände nervös unter die Beine, weil er sonst nicht wusste, was er mit ihnen machen sollte. »Den Schaden habe nur ich angerichtet.«

»Lass mal, Bro!«

»Das könnt ihr ja dann unter euch ausmachen.« Der Polizist schob Lisbeth ein Klemmbrett mit Papieren über den Tresen, und sie fing gerade an zu lesen, da betrat Doro das Revier. Nicht Thorsten. War das seine Strafe? Ich interessiere mich jetzt nicht mehr für dich? Doros Körperspannung ließ im Gegensatz zu Lisbeths zu wünschen übrig, obwohl sie statt des Sonntagsjoggers eins ihrer Arbeitskostüme angezogen hatte. Sie wirkte wie ein angeschossenes Reh, warf Adrian einen kurzen Blick zu, in dem vor allem WARUM zu lesen war und ging dann zu Lisbeth, stellte sich neben sie.

»Guten Morgen. Ich bin die andere Mutter.« Nein, bist du nicht. »Wo soll ich unterschreiben?«

Sie bekam auch ein Klemmbrett und eine Weile lasen sie leise nebeneinander, zwei Frauen, die unterschiedlicher nicht sein konnten, sich durch die Freundschaft ihrer Jungs zwar respektiert hatten, mehr aber auch nicht.

»... mithilfe eines Golfschlägers die Einrichtung schwer beschädigt ...«, las Doro murmelnd, dann schaute sie Lisbeth an.

»Das kommt davon, wenn man sich einmischt.«

»Das kommt davon, wenn man seine Kinder für blöd hält und ihnen nicht die Wahrheit sagt.«

»Wie auch immer, das war unsere Angelegenheit und nicht deine.«

Adrian sprang auf, aber der Polizist bedeutete ihm ziemlich energisch, dass er gefälligst sitzen bleiben sollte.

»Lass Lisbeth in Ruhe!«, rief er und setzte sich wieder hin.

Aber Doro dachte gar nicht daran.

»Du hast alles zerstört.«

Jetzt wurde Lisbeth sauer, und Moritz ging theatralisch hinter Adrian in Deckung. Für ihn war das alles hier ein Witz.

»Hör mal, Doro, dein Adoptivsohn hat mich sehr eindringlich darum gebeten. Er war deutlich verstört von diesem Gedanken, wie auch immer er draufgekommen ist, und ich fand, er hat ein Recht auf die Wahrheit.« Sie lachte auf. »Außerdem haben wir ehrlich gesagt alle nicht damit gerechnet, dass das dabei rauskommen würde. Ich wollte ihn beruhigen.«

»Ja, und dann wusstest du das Ergebnis und anstatt uns anzurufen und uns vorzuwarnen oder uns die Chance zu geben, es ihm selbst zu sagen, reibst du es ihm brühwarm unter die Nase.« Sie wandte sich wieder dem Klemmbrett zu. »Wahrscheinlich warst du eh wieder besoffen.«

Lisbeth setzte ihre Unterschrift unter die Papiere und schnaubte nur. »Kann ja nicht jeder ein langweiliger Minzlimonadenjunkie sein.«

Sie drehte sich um und nickte ihrem Sohn zu. »Kommst du?«

Moritz stupste Adrian noch kurz an, *wir sehen uns,* und ging seiner Mutter hinterher, die sich nach niemandem mehr umdrehte und auch keinen Abschiedsgruß übrig hatte.

Doro tippte mit dem Stift auf eine Stelle in den Papieren.

»... wird die geschädigte Familie mit ihren Forderungen auf Sie zukommen ... Was soll das heißen?«

Der Polizist schaute sie verwirrt an. War das nicht eindeutig?

»Na, die werden Sie, wahrscheinlich über ihren Anwalt, darüber informieren, wie hoch der Schaden ist. Das müssen Sie dann zahlen.«

»Aber doch nicht wir allein? Der andere Vogel da hat ja wohl auch mitgemacht.«

»Hat er nicht«, sagte Adrian.

»Da müssen Sie sich untereinander einigen.«

Doro schnaubte. »Mit der einigen?«, und unterschrieb.

Adrian ging neben ihr her zum Auto. Sie sagte kein einziges Wort, sperrte aber auch den Wagen nicht auf, sondern stützte sich auf ihn und vergrub das Gesicht in den Händen. Adrian wartete. Es war hell, die Vögel hatten aufgehört zu zwitschern und die Wolken am Himmel zogen sich zusammen. Filmreif. Doro drehte ich zu ihm um, schaute ihn an.

»Jetzt stehst du da.«

Adrian steckte die Hände in die Hosentaschen.

»Ich meine ja nur. Musste das sein? Was können die Leute da aus dem Haus dafür, dass es dir gerade nicht so gut geht?«

Adrian schwieg. Er wusste, was er getan hatte, und er hatte keine Lust zu erklären, zu rechtfertigen, sich rauszuwinden.

»Meinst du denn, man kann alles dadurch lösen, dass man rumschreit und Sachen kaputt macht? Meinst du, das bringt einen irgendwie weiter? Ich weiß schon, was du jetzt sagen wirst, Papa macht das auch so, wie soll ich es anders wissen?«

»Er ist nicht mein Papa.«

Doro klopfte ungeduldig mit dem Schlüssel aufs Autodach. »Ja, und ich bin nicht deine Mutter, dann hätten wir das jetzt abgehandelt.«

»Ich hau lieber ab.«

»Klar, das hilft ja, das ist ungefähr genauso gut wie alles zusammendreschen. Nein, mein Lieber, du steigst jetzt hier in dieses Auto, und wir fahren nach Hause. Es ist nicht dein Zuhause, wirst du sagen, aber das ist mir egal, und du unterliegst da einem gehörigen Irrtum. In dem Haus, wo wir jetzt hinfahren, bist du aufgewachsen und da haben wir dich dazu erzogen, dich mit den Dingen auseinanderzusetzen und zu deinem Scheiß zu stehen.«

Adrian lachte auf. »So wie Papa!«

Doro ging ums Auto und machte ihm die Beifahrertür auf. »Er ist nicht dein Papa.«

Adrian ärgerte sich über seinen Fehler und über alle Gefühle, die in ihm aufflammten, die Wärme, die er schon immer für seine Mutter empfunden hatte, wenn sie wütend wurde, auf ihre Art, sachlich und ohne Gnade, die Verachtung für seinen Vater, der nicht wirklich reden konnte über die Dinge und sich lieber verkroch, und das Gefühl, da jetzt einsteigen zu müssen, sich anständig zu benehmen, genau wie sie sagte, wie sie es versucht hatten, ihm beizubringen. Und dass er schon wieder Vater und Mutter dachte. Er stieg ein, schnallte sich an und starrte nach vorne. Sie hatte gesiegt und konnte jetzt auf der Fahrt zum Reihenmittelhaus über Verständnis reden, das sie für ihn empfand, über ihr Bedauern, ihm nicht eher die Wahrheit gesagt zu haben, und darüber, auf welche unangenehme Weise es jetzt ans Licht gekommen war.

»Kannst du dir vorstellen, dass das gar nicht mehr so in meinem Kopf war? Ich habe das nicht empfunden, nicht gedacht. Du warst und bist mein Großer, mein Junge, mein Sohn.«

Er rührte sich nicht. Na klar. Vollkommen vergessen, kein Wort davon glaubte er ihr. Immer wenn Adrian etwas falsch gemacht hatte, immer wenn er eben nicht so gut, so talentiert, so strahlend gewesen war wie sein Bruder, immer dann war es ihr wieder eingefallen, hatte sie sich seufzend eingestanden, dass der Junge eben nicht ihre Gene hatte, sondern die einer Drogensüchtigen, und der Vater konnte ja dann auch nicht viel besser gewesen sein.

Immer dann hatte sie wieder gewusst, dass Adrian adoptiert war und man dem armen Jungen mit den schrecklichen Genen auf den richtigen Weg helfen musste.

Zu Hause war es ganz still. Jonas schlief wohl noch, aber Thorsten saß im Fußballdress am Tisch. Dabei war sonntags gar kein Training. Er saß nur da, frühstückte nicht, las nicht die Zeitung, schaute finster.

»Du wirst für den Schaden aufkommen.«

Adrian wollte hoch in sein Zimmer, aber Thorsten war noch nicht fertig. »Nach dem Abi.«

Ja, das sollte er noch ordentlich fertig machen. Aber Adrian war sich nicht sicher, ob er dazu überhaupt Lust hatte. Seine

Mutter hatte sicher auch kein Abi und er ihre Gene. Statt Abiturient Drogensüchtiger, das wäre doch mal eine Maßnahme.

»War's das?«

Thorsten nickte, er verschwand in sein Zimmer und schickte Moritz eine Nachricht. »Tut mir leid, Mo.«

Adrian zog sich die Decke über den Kopf und lenkte sich mit Nachrichten aus den sozialen Medien ab, googelte die Villa, aber es gab keinen Bericht darüber.

»Du kannst echt gefährlich werden, Bro«, schrieb Moritz.

»Wie ist es zu Hause?«

»Muss mir Job suchen. Vielleicht Gartenarbeiten … höhö.«

»Ich zahle das!«

»Mitgefangen, mitgehangen!«

Adrian war nicht nach Spaßen zumute, aber er fühlte sich Moritz näher denn je, ein wirklicher Freund wohl. Die Tür ging langsam und leise auf und Jonas kam herein. Er war noch im Schlafanzug, die rote Mütze auf dem Kopf.

»Adi?«

Er tauchte unter der Decke auf und schaute ihn an.

»Was willst du?«

Jonas kletterte zu ihm ins Bett, und Adrian rutschte ein Stück, konnte die Berührung nicht ertragen. Er sagte lange nichts.

»Was willst du, Jonas?«

»Dein Bruder sein.«

Adrian lachte bitter. »Wirst du lernen, man kriegt nicht immer, was man will.«

Jonas seufzte. »Warst du im Gefängnis?«

»Bei der Polizei.«

»Warum?«

»Hab in einer Villa alles kurz und klein geschlagen.«

Jonas nickte. Das konnte er verstehen, obwohl er nicht zu Wutanfällen neigte, eher im Gegenteil.

»Ist hart. Aber nicht nur für dich, Adi.«

»Bei dir ist doch alles gut. Du hast Eltern, eine Familie, ein Zuhause ...«

»Du auch.«

Adrian schüttelte den Kopf und starrte finster auf die Decke, den blauen Bettbezug, den Doro ihm extra gekauft hatte, weil er keine Muster mehr sehen wollte.

Jonas nahm seine Mütze ab und setzte sie ihm auf. »Damit dir der Himmel nicht auf den Kopf fällt.«

Adrian versuchte zu lächeln, aber es gelang ihm nicht richtig. Er nahm die Mütze ab, schaute sie lange an, dann gab er sie Jonas zurück.

»Danke, aber du brauchst sie dringender. Und er ist mir schon auf den Kopf gefallen, hilft also nicht mehr.«

Sein Ex-Bruder schaute ihn traurig an. »Es wird wieder besser, Adi, bestimmt.«

»Bestimmt.«

»Jungs, Frühstück!«, rief Doro von unten und Jonas stieg aus dem Bett.

»Kommst du?«

»Nein.« Er konnte sich nicht erinnern, wann er das letzte Mal was gegessen hatte, aber schon allein bei der Vorstellung wurde ihm schlecht. Außerdem würde er sich ganz sicher nicht mit Thorsten an einen Tisch setzen. Jonas ging und ließ die Tür aus reiner Gewohnheit einen Spalt offen. Er hörte die dumpfen Stimmen der drei Bellmers, das Klappern von Besteck und Tellern. Als wäre alles normal. Nichts gewesen. Am liebsten hätte er die Tür zugemacht, aber sie erschien ihm unendlich weit weg. Es würde ihm nicht gelingen, sie zu erreichen, überhaupt sich zu bewegen, irgendwas zu tun. Ein neuer Adrian, der ihm so noch nicht begegnet war.

Wer war sie gewesen? Und wie? Seine Mutter, die ihr Kind nicht haben wollte, die sich anscheinend um nichts kümmern konnte, nicht mal um das eigene Überleben. Und trugen Kinder von Drogensüchtigen nicht körperliche Schäden davon? Ihm war bisher an sich nichts aufgefallen. Vielleicht war er in Wirklichkeit gar nicht Adrian, die Kante, der Sportler, sondern Thorsten hatte ihn nur dazu gemacht. Und in echt war er Sid, der fette Sohn aus der Unterschicht, der nur rumlag und zockte, die Schule schon längst verlassen hatte und sich ausschließlich von Chips ernährte, weil alles andere zu teuer war. Mitglied irgendeiner Gang, die Autos aufknackte oder ... oder das Eigentum anderer zerstörte aus lauter Frust oder Lust.

»Ich bin ein Proll!«, schrieb er Moritz und seine Antwort kam sofort. »Jep!«

Unten klang alles nach Aufbruch und dann stand Doro plötzlich in der Tür, in der Hand einen Teller mit seinem Lieblingsbrötchen, ordentlich geschmiert mit Streichkäse und Hartkäse und süßem Senf und Tomaten. Sie zog sich den Schreibtischstuhl an sein Bett und stellte den Teller auf dem Nachttisch ab. Ja, hier gab es mehr als nur Chips, und man könnte ja auch denken, dass man einfach Glück gehabt hat. Aber es fühlte sich absurd an.

»Adrian.«

»Doro.«

»Essen hilft, vor allem am Tag danach.«

»Mir ist schlecht.«

»Ja, kann ich mir vorstellen.«

»Es tut mir leid. Ich will gar nicht so sein. Aber ich weiß auch nicht, wie sonst. Ich weiß überhaupt nicht mehr, wer ich bin.«

Doro nickte und faltete ihre schönen Hände im Schoß. »Ich hab überlegt, ob wir mal zu einer Therapeutin gehen, Hilfe von außen in Anspruch nehmen.«

Sofort kochte Adrian wieder hoch. »Auf keinen Fall, Mann, ich bin doch nicht irre.«

»Das hat damit nichts zu tun. Wir stecken da emotional zu tief drin und schaffen es vielleicht nicht, es aus der richtigen Sicht zu sehen.«

»Das schaff ich schon, so schwer ist das ja wohl nicht. Da liegen Fakten auf dem Tisch. Und was heißt überhaupt wir? Die ganze tolle Familie?«

Doro seufzte. »Du und ich, hatte ich gedacht, Papa ist noch nicht so weit.«

»Und ich schon lange nicht und nie. Thorsten hat recht, er würde die Zähne ja eh nicht auseinanderkriegen.«

Doro stand auf. »Vielleicht denkst du noch mal drüber nach.«

Sie ging und auf einmal hielt Adrian nichts mehr im Bett. Er musste hier raus, riss sich die Klamotten vom Leib, duschte die letzte Nacht ab und ging laufen. Schlich sich aus dem Haus, wollte keinem begegnen, also hinten raus. Leise schob er die Terrassentür auf, und da saß Thorsten, zusammengekauert in einem der Korbstühle und weinte. Adrian zögerte kurz, hatte den Impuls ihn zu trösten, ihm nach Jonasart zu bestätigen, dass bestimmt wieder alles gut wird. Ließ es dann aber bleiben, machte auf dem Absatz kehrt und nahm doch die Vordertür.

»Schön, dass du gekommen bist, Adrian. Oder soll ich dich lieber Sid nennen?«

»Egal. Meinetwegen auch Klaus.«

Adrian saß der Psychotante gegenüber in der einen Ecke des schicken Designersofas, Doro in der anderen.

Er hatte sich breitschlagen lassen, nachdem Pongo ihn im Wald aufgestöbert und belagert hatte, obwohl er eigentlich einen großen Bogen um das blaue Haus gelaufen war. Er wollte nicht erzählen müssen, wie alles ab- und schiefgelaufen war, er wollte sich diese Blöße weder vor seiner Lehrerin noch vor Meret geben. Er rannte sich die Seele aus dem Leib, das merkwürdige Bild seines sonst ausnahmslos starken, weinenden Ex-Vaters, er rannte, als könnte er entkommen. Bis er nicht mehr konnte und nach einem kapitalen Hustenanfall auf einer kitschigen Lichtung stehen blieb und sich einfach in die Wiese fallen ließ. Keuchend schloss er die Augen und merkte, wie unendlich müde er war und wie sehr er sich jetzt nach dem Brötchen sehnte, das auf seinem Nachttisch vor sich hingammelte.

Er konnte also Folgendes für sich feststellen: Aus seinen Bedürfnissen zu schließen, war er ein Mensch, welcher auch immer, und man konnte weder vor denen noch vor den Tatsachen davonlaufen. Möglicherweise half es, einfach hier liegen zu bleiben, und möglicherweise hätte er das auch gemacht, aber dann kam ja Pongo.

»Das, was du herausgefunden hast, ist schwerwiegend und jeder kann verstehen, dass es dich in höchstem Maße durcheinanderbringt.«

Aus den Augenwinkeln sah er Doro neben sich auf dem Sofa zustimmend nicken. »Und deswegen wollen wir hier versuchen, dir zu helfen, Ordnung in etwas bringen, was für dich selbst vielleicht viel zu groß und chaotisch erscheint.«

Adrian schaute auf seine Schuhe, wackelte mit den Füßen, rechts, links, rechts, links. Die Psychotante war still, und er sah hoch, um herauszufinden, ob er etwas sagen sollte, sie etwas erwartete. Sie lächelte ihn aufmunternd an.

»Es ist nicht chaotisch.«

»Die Sachlage vielleicht nicht, aber das, was du da für dich draus schließt«, mischte sich Doro ein.

»Das weißt du doch gar nicht.«

»Du redest ja auch nicht mit mir.«

»Also weißt du es nicht.«

Die Psychotante kritzelte etwas auf ihren Block und beendete die sinnlose Debatte.

»Hast du denn jemand, mit dem du sprichst, Klaus?« Okay, das war spitz, nicht schlecht zugestochen, und ja, also er hatte zumindest Möglichkeiten. Moritz zum Beispiel, aber der war zurzeit hart eingespannt in seinen unterschiedlichen Jobs. Und Meret.

Er musste eingeschlafen sein auf der Lichtung an jenem Sonntag und erwachte unsanft, weil ein riesiges Fellknäuel über ihm stand, der ganze Körper in Bewegung vor Freude und ihn mit seinem Hundefutteratem, der von der Halskrause auch noch trichterförmig verstärkt wurde, anhechelte.

»Pongo ... nicht ... runter mit dir!«

Aber der Hund dachte nicht daran und entnahm seinen Versuchen, ihn von sich runterzuschubsen, dass er spielen wollte. Wie passend, das wollte er nämlich auch. Sie rollten und tollten über die Lichtung, so gut es ging mit der blöden Krause, und Adrian musste lachen, vergaß für einen Moment, was ihm schwer wie Blei auf der Brust lag, und erst als er zwei pinke Laufschuhe mitten auf der Lichtung stehen sah, bemerkte er, dass Meret ihnen mit verschränkten Armen zuschaute. Plötzlich kam er sich albern vor, sprang auf die Füße, klopfte sich verlegen den Dreck von der Hose und grinste schief. Wenn Meret auftauchte, in seiner Nähe war, befiel ihn jedes Mal das Carosyndrom. Moritz hatte das so genannt, damals in der Achten, als Adrian bis über beide Ohren in Caro verliebt war und jedes Mal kariert aus der Wäsche geschaut hatte, wenn sie auch nur in seine Nähe kam. Flau im Magen, Herzklopfen, keine Ahnung mehr, wie er sich hinstellen, was er sagen sollte, zum Glück neigte er wenigstens nicht dazu, rot zu werden, das verriet einen ja immer sofort. Bei Meret tauchte dieses Syndrom erneut auf, obwohl er so gehofft hatte, nie wieder darunter leiden zu müssen, nachdem Caro sich damals für einen aus der Zehnten entschieden hatte, und ihn sowieso nicht weiter beachtete. Könnte man fast glauben, dass Jonas recht hatte mit seinem Verliebtseingedönse, aber nur fast, denn man sollte sich nicht in seine Lehrerin verlieben, und wenn man etwas nicht sollte, dann tat Adrian das auch nicht.

»Du hast also die Lichtung entdeckt«, sagte Meret und hielt Pongo davon ab, immer weiter an Adrian hochzuspringen.

»Gehört sie dir?«

Meret grinste. »Nein, aber bisher habe ich hier noch nie jemanden getroffen. Pongo liebt es hier, ist irgendwie ein magischer Ort.«

»Er ist ganz schön schnell gesund geworden.«

Meret gab dem Hund ein Zeichen und sofort setzte er sich eng an ihr Bein.

»Er neigt zur Selbstüberschätzung. Pongo denkt, er kann immer und in jeder Lage alles. Aber da irrt er sich manchmal und dann muss ich ihn nach Hause schleppen.«

Sie setzte sich auf einen liegenden Baumstamm und klopfte neben sich. Adrian folgte artig, und dann, als sie zwei Proteinriegel aus ihrem Rucksack zog, wäre sie es wirklich wert gewesen, sich in sie zu verlieben. Adrian kaute dankbar, und Pongo legte sich zu seinen Füßen.

»Und?«

Ja klar, sie wollte wissen, wie es ihm ergangen war und ob er die Sache mit seinen Nichtmehr-Eltern geklärt hatte. Adrian nickte nur, so alles paletti, geregelt und in trockenen Tüchern.

»Toll!«

Sie kauten, lauschten den Vögeln, dem Rascheln von unsichtbaren Waldwesen und fühlten den leichten Wind im Nacken. »Aber verändert sich ja auch eigentlich nichts. Du warst schon immer adoptiert.«

Adrian schaute sie überrascht an. Ihr Ernst? »Ich hab's aber nicht gewusst. Und genau deswegen ändert sich alles.«

Jetzt nickte sie nachdenklich, nahm ihm das Papier des Riegels aus der Hand und knüllte es mit ihrem zusammen in den Rucksack.

»Umso beachtlicher, dass ihr so gefasst und vernünftig damit umgeht.« Adrian starrte finster auf den Boden. Die Beklemmung hatte ihn wieder eingeholt und schnürte ihm die Brust zusammen. Meret stopfte die Hände unter ihren knackigen Hintern. »Meine Mutter ist gestorben, als ich zehn war. Sie war sehr krank, und ich hab's ihr am Ende auch gegönnt, dass sie gehen durfte. Wir haben uns gut verabschiedet, alles richtig gemacht, und bei allem Schmerz dachte ich, das schaffe ich schon. Hab ich aber nicht. Irgendwann kam das alles hoch, platzte aus mir raus und ich konnte ein halbes Jahr nicht zur Uni gehen. Schließlich hat mir eine Psychologin geholfen.«

»Das tut mir leid mit deiner Mutter, wirklich, aber du erzählst mir das doch nur, damit ich auch zu so einer Trulla gehe, das habe ich heute schon mal gehört. Warum denkt ihr alle, ich bin verrückt? Wenn dann doch die anderen, die Lügner, die Betrüger. Ich bin das Opfer!«

Er wollte aufstehen, aber Meret drückte ihn zurück.

»Ich sage das, weil doch klar war, dass ihr überhaupt nicht zurechtkommt, weder das Opfer noch die sogenannten Täter.«

Adrian sah Thorsten in dem Korbstuhl weinen, den Rücken, den es schüttelte vor lauter Schmerz und Traurigkeit. »Man muss nicht verrückt sein, um sich Hilfe zu holen. Man kann es aber werden, wenn man es nicht tut.«

»Adrian?« Doro legte ihm eine Hand aufs Bein und er wischte sie erschrocken weg. Berühre mich nicht, Fremde! »Ob du jemanden zum Reden hast, wollte Frau Schuhmacher wissen.«

Adrian nickte.

»Hast du Lust, zu erzählen, wie du dich fühlst? Kannst du beschreiben, was am meisten wehtut?«

Adrian starrte sie an. Natürlich hatte er keine Lust, andererseits, wie sollte sie ihm helfen, wenn er nicht mit ihr redete? Wie sollte sie ihm überhaupt helfen können, es gab doch gar keine Lösung. Und wie redet man über sich selbst, wen geht das was an?

»Also ... ich weiß nicht mehr, wer ich eigentlich bin ... ich fühle mich belogen und betrogen ... ich verstehe nicht, warum meine Mutter mich nicht haben wollte ...«

»Fühlst du dich schuldig?«

»Nein, ich glaube nicht ... vielleicht ein bisschen. Vielleicht wäre sie nicht gestorben, wenn ich nicht auf die Welt gekommen wäre, also, wenn es ihr irgendwie leidgetan hat mich wegzugeben. Man denkt so, man hätte doch auf sie aufpassen können ...« Adrian lachte bitter auf. »Aber damals konnte ich das ja noch nicht. Ich hätte der sein können, für den es sich lohnt, mit den Drogen aufzuhören ... für den es sich lohnt zu leben. Aber das war ich wohl nicht.« Adrian senkte den Kopf, starrte auf seine Finger, die sich ineinander verschränkt hatten und gegenseitig so festhielten, dass die Knöchel weiß waren. »Nicht so sehr schuldig. Eher minderwertig.«

Aus den Augenwinkeln bemerkte er, wie sich die beiden Frauen Blicke zuwarfen, Doro sich die Erlaubnis holte, sich einzumischen.

»Deine Mutter war körperlich schon vollkommen fertig, als sie mit dir schwanger wurde. Und im Kopf war sie auch schon nicht mehr auf dieser Welt so richtig.«

»Hast du sie kennengelernt?«

Doro schüttelte den Kopf. »Sie haben damals gesagt, dass du so oder so nicht hättest bei ihr bleiben können.«

»Hat sie sich noch mal gemeldet ... irgendwann?«

»Nein. Aber das war auch nicht erlaubt. Es war keine offene Adoption.«

»Du möchtest Kontakt herstellen, eine Vorstellung von ihr haben, wie sie aussah oder gewesen ist, vielleicht auch, bevor sie süchtig wurde?« Die Frage von der Schuhmacher war eher eine Feststellung.

Adrian wusste nicht genau, ob er das wollte. Ja, nein, vielleicht? Es gab keine Lösung, keine Entscheidung, nichts, was eindeutig war.

»Vielleicht ist das auch noch zu früh. Du hast Zeit, darüber nachzudenken, dann wirst du das Richtige tun«, sagte die Psychologin freundlich. Sie konnte sehen, was in ihm tobte, aber dafür wurde sie ja auch bezahlt. »Wir können es langsam angehen.«

»Wenn jemand unter einem Haus verschüttet worden ist, Erdbeben oder so, dann können Sie es auch nicht langsam angehen, ihn da rauszuholen, weil er nämlich verletzt ist und zu ersticken droht. Aber die Steine sind vielleicht zu schwer für Sie. Für jeden.«

»Adrian«, mahnte Doro, ganz in der Rolle der Erziehungsberechtigten, die nicht will, dass ihr Junge sich danebenbenimmt.

»Lassen Sie ruhig!«, wehrte die Psychologin ab. »Wir sind ja hier, um zu reden, um die großen Steine kleiner zu hauen.«

Ihre Freundlichkeit ging ihm auf die Nerven, er wollte sie packen, sie aus der Fassung bringen, brauchte nicht ihr professionelles, aber unechtes Verständnis. Er schaute auf die Uhr. Erst zwanzig Minuten um, wie sollte man es hier jemals eine Stunde aushalten, was gab es noch zu besprechen?

»Wie ist es mit deinem Bruder? Deine Mutter hat mir erzählt, dass ihr euch immer gut verstanden habt.«

»Jonas und Doro«, grätschte Doro dazwischen, um die Litanei, wer von wem nicht Bruder und Mutter ist abzukürzen.

»Was soll mit ihm sein? Er ist nicht mein Bruder.« Adrian genoss es, es trotzdem zu sagen, nur um ihr eins reinzuwürgen. »Und er war es nie. Wenn ich jetzt ehrlich darüber nachdenke, habe ich es schon gespürt. Er ist ein Glückskind, ich nicht.«

»Das Glück ist auch bei leiblichen Geschwistern oft unterschiedlich verteilt.«

»Sie kennen ihn nicht. Jetzt, wo ich weiß, dass ich nur so eine Art Ersatz war, kann ich mir vorstellen, wie glücklich Doro und Thorsten waren, als sie doch noch schwanger wurden. Dieses ganze Glück ist sozusagen in ihr Kind reingeschossen. Er trägt es in sich und strahlt es in die Welt.« Adrian beugte sich zu der Psychologin vor. »Und nun können Sie sich ja selbst vorstellen, was da stattdessen in mich geschossen wurde: Heroin, Unglück, Verzweiflung über meine Anwesenheit.«

»Du übertreibst«, sagte Doro mit erstickter Stimme. Es war deutlich zu hören, dass sie mit den Tränen kämpfte. Wie ihr Sohn, immer nah am Wasser. »Du warst kein unglückliches Kind.«

Adrian schaute sie nur an. Musste sie jetzt wirklich noch irgendwas schönreden?

Er zog das Bild von seiner Oma, den kaputten Ballerinas und sich aus der hinteren Hosentasche und legte es auf den kleinen Tisch neben der Psychologin, auf dem auch Zitronenwasser in stylischer Karaffe stand und eine Box mit Taschentüchern. Tja, hier hatte man eben nichts zu lachen.

»Das nicht unglückliche Kind, abgeschoben zur Oma, weil das glückliche Kind geboren worden war.«

Frau Schuhmacher schaute sich das Bild ganz genau an, während Doro sich im Sofa zurückfallen ließ und schnaubte. *Das schon wieder!*

»Ja, das schon wieder, Doro. Das spricht für sich, da muss man nicht viel mehr erklären. Nun gib es schon zu, als Jonas kam, war an mir plötzlich alles fahl, schwierig und nur halb gut. Als Jonas kam, hättest du mich am liebsten wieder zurückgegeben.« Die Wut übermannte ihn. »Aber das ging ja nicht, was hätten denn da die Leute gesagt.«

»Du weißt genau, dass es mir scheißegal ist, was die Leute sagen.« Aha, Doro wurde sauer, und die Psychologin fühlte sich auf den Plan gerufen.

»Möchten Sie vielleicht etwas dazu sagen, Frau Bellmer? Es könnte helfen, wenn er weiß, wie Sie sich gefühlt haben.«

Er vergrub sein Gesicht in den Händen und schüttelte den Kopf. Er.

Doro blieb eine Weile still, knetete ihre Hände und rang verzweifelt um Worte. »Ich hab darüber in den letzten Tagen natürlich auch viel nachgedacht. Es ist ja nicht so, dass es nur ihn beschäftigt.«

»Du hattest vierzehn Jahre Zeit, während ER vollkommen ahnungslos im Dunklen tappte«, schnaubte Adrian.

»Ich hatte mir sehr lange ein Kind gewünscht. Dann kam Adrian, und ich dachte, ich wäre restlos zufrieden. Aber als ich dann schwanger wurde und das Kind in mir wuchs, war das natürlich trotzdem noch mal etwas anderes. Da passiert ja auch viel mit einem, und ... und man fühlt sich auch nicht mehr wie so eine Versagerin.«

Adrian schnürte es die Kehle zu. Er war es nicht wert gewesen, von seiner eigenen Mutter großgezogen und dann auch nicht von der Ersatzmutter geliebt zu werden.

»Ich liebe ihn sehr, meinen Großen«, sie schaute zu ihm, aber er schaute nicht zurück, »das ist wirklich so, aber natürlich musste ich mich auch erst mal sortieren und zurechtfinden. Es kam ja so überraschend und hat dann plötzlich alles in ein anderes Licht gerückt.«

»Und schwupp, schon hatte ich die nächste Mutter verloren. Damals, und jetzt wieder. Plötzlich war sie weg und ER lebte bei einer unfreundlichen Oma. So ist es, wenn die Sonne aufgegangen ist. Da braucht man nichts weiter zum Glück.« Adrian stand auf. Er hatte genug. Die Psychologin blieb ruhig sitzen und schaute ihn an. »Es wäre sehr schade, wenn du jetzt abbrichst.« Sie schaute auf die Uhr. »Wir haben noch zwanzig Minuten.«

»Adrian, bleib hier!«

»Nö, ich hab genug gehört. Mir reichts, echt!«

Adrian ging weiter in die Schule. Immerhin wusste er da, wo sein Platz war, und ein Typ mit Drogengenen und Abi – das war doch mal ein Alleinstellungsmerkmal. Konnte er gut gebrauchen. Und in der Schule liefen Doro und Thorsten nicht herum, um ihm allein schon durch ihren Anblick auf die Nerven zu gehen. Thorsten mit seinem geraden Strichmund, kein Lächeln mehr für Adrian im Moment, denn der hatte Schande über die Bellmers gebracht.

Familie Superreich war nicht bereit gewesen, auf eine Anzeige zu verzichten und hatten eine horrende Summe Schadensersatz aufgerufen. Das Ganze musste also vor Gericht verhandelt werden.

»Jungen Männern, denen so etwas einfällt, muss rechtzeitig Einhalt geboten werden«, hatte Mr Superreich, selbst Anwalt, verkündet. »Woher, Herr Bellmer, wollen Sie wissen, ob Ihr Sohn das nicht wieder macht? Oder Schlimmeres. Sie haben ihn ja anscheinend nicht im Griff.« Und Adrian war sich nicht sicher, ob Thorsten an dieser Stelle nicht geantwortet hatte: »Er ist nicht mein Sohn. Mein Sohn wäre niemals auf so etwas gekommen.« Er hatte sich erniedrigt, war vor dem Unerbittlichen zu Kreuze gekrochen, um das Unheil von Adrian abzuwenden, und bekam die Abfuhr seines Lebens. Adrian war es egal. Sollten sie ihn doch ins Gefängnis stecken, und Moritz fand es sogar spannend, plötzlich hatten sie diesen interessanten semikriminellen Geruch, die Bewunderung aller würde ihnen sicher sein. Und ans Gefängnis glaubte er eh nicht. »Das werden ein paar Sozialstunden, Sid, die schrubben wir auf der linken Arschbacke ab.«

Die Mehlsacks war zur modernen Literatur übergegangen und brachte Feuer und Flamme in den Unterricht. Adrian behandelte sie wie alle anderen auch, dennoch genoss er die Deutschstunden, in ihrer Nähe zu sein, sie zu beobachten.

Ihre rotzige Sprache, die sie sich einfach erlaubte, und das Gefühl, mehr über sie zu wissen als all die anderen, Stichwort 2100.

Aber die vierzig Minuten bei der Psychologin hatten ihn aus dem Gleichgewicht gebracht. Er zog sich zurück, sagte kein

Wort zu irgendwem und beteiligte sich auch nicht am Unterricht, nicht mal bei ihr. Sauer ließ er sich vom Jakobus in der großen Pause rausschicken: »Ab mit dir, Adrian, in der Pause sind wir draußen, wir alle!« Er musste seinen angestammten Fensterbrettplatz verlassen und drückte sich im Schulhof in die hinterste Ecke, wo normal nur die Raucher standen. Er wollte nicht hochgucken, nur runter auf den Boden, nicht zufällig irgendeinen Blick erwidern und jemanden aus Versehen zum Gespräch auffordern, aber dann hörte er Jonas' fröhliche Stimme.

»Zu mir, zu mir, hierher!« Er spielte mit ein paar anderen Fußball. Mit ein paar anderen und mit der Mehlsacks. »Pass rüber, Mehli, schnell, ich bin frei!« Sie kickte gekonnt den Ball zu ihm und er schlängelte sich, das Rund immer am Fuß, an allen vorbei, ließ sich nicht aufhalten, übersprang gekonnt gestellte Beine und schoss den Ball ins Tor, das aus zwei Schulrucksäcken bestand. Jakobus konnte ihn nicht halten. Niemand hätte ihn halten können. Jonas riss die Arme hoch und lief jubelnd und schreiend über den Pausenhof, direkt in die Arme der Mehlsacks, die ihn begeistert hochschleuderte und dann mit ihm auf der Stelle hüpfte. »Tor, Tor, Tor!«

Adrian wollte wegschauen, nicht sehen, was geschah, nicht sehen, wie Meret den kleinen Sonnenschein liebte, wie er sich ganz selbstverständlich und ohne eine Sekunde nachzudenken, vordrängelte, er musste nichts tun dafür, wie immer, nur er sein.

Er schloss die Augen, sah trotzdem alles, schwankte und wurde entdeckt.

»Adi, hey, komm spiel mit!« Jonas stand mit roten Wangen, vollkommen begeistert und erhitzt vor ihm, schüttelte ihn. »Mach die Augen auf, ich bin's.« Verschwinde, sieh zu, dass du Land gewinnst, dachte Adrian noch, bevor ihn die weiße Wut überrollte. »Komm schon, wir brauchen die Kante!«

Er öffnete die Augen, wischte Jonas' Hände weg, packte ihn an der Schulter und drückte so fest zu, dass sein Gesicht plötzlich statt Begeisterung Schmerz anzeigte.

»Lass mich in Ruhe, hörst du? Ich spiele kein Fußball, das weißt du, und schon lange nicht mit dir, nie wieder.« Er schüttelte ihn, und Jonas machte sich erschrocken los.

»Aua, du tust mir weh!«

»Du mir auch«, zischte Adrian, der plötzlich keine Luft mehr bekam, das Gefühl hatte zu ersticken.

Jonas trat ein paar Schritte zurück, er kannte die Wut seines Bruders.

»Adi, aber du kannst es doch so gut. Und schau, deine geliebte Frau Mehlsacks spielt auch mit!«

Jetzt konnte Adrian nicht mehr an sich halten. Brüllend rannte er auf den kleinen Schwachmaten los, den sie seinen Bruder genannt hatten, und prügelte auf ihn ein.

»Das ist nicht mehr meine, verstehst du, und wird es auch nie wieder, das ist nämlich jetzt deine, so wie du mir alles nimmst, alles, was mir was bedeutet, alles, selbst die Luft zum Atmen.«

Er war außer sich, merkte nicht, dass die Mehlsacks und der Jakobus angerannt kamen und dazwischengingen, sah nur, wie gekonnt sie ihn mit ein paar Griffen zu Boden brachte. Lag neben Jonas, dessen Blut an seinen Fingern klebte, die Mehlsacks auf ihm, Klammergriff, konnte sich nicht bewegen und fühlte keinen Schmerz.

»Adrian, sag mal, hast du sie noch alle?«

PROTOKOLL

»Adrian Bellmer, klar, kenn ich, Sportskanone.
Aber wo der jetzt ist, keine Ahnung, er ist mein Schüler, da weiß ich nicht von jedem, wo er sich in seiner Freizeit rumtreibt.
Obwohl, einmal hab ich ihn tatsächlich in einer Bar getroffen, egal, das interessiert Sie jetzt ja nicht. Meret hatte ihn mitgenommen, äh, Frau Mehlsacks, das ist meine Kollegin, auch Referendarin. Irgendwas haben die gefeiert, jedenfalls beide schon ziemlich angeschickert. Er ist dann früher gegangen, keine Ahnung, wirkte sauer und genervt.
Meine Einschätzung? Der hat schon ziemliche Probleme, da stimmt eine Menge nicht. Hohes Aggressionspotenzial, schreckt vor nichts zurück, wenn er wütend ist. Also, wenn ich für ihn verantwortlich wäre, würde ich ihm auf jeden Fall eine Therapie empfehlen, aber da hat sich Meret mehr gekümmert.
Eigentlich ein guter Junge, glaube ich, kriegt das mit der Schule hin und so, aber dann halt immer mal wieder wie durchgeknallt.
Ach, übrigens, was mir wirklich aufgefallen ist, ganz anders als sein kleiner Bruder, Jonas heißt der. Aber da steckt man ja nicht drin, warum ist der eine so und der andere so, warum ist einer eher so der dunkle Typ und der andere strahlt mit der Sonne um die Wette? Gibt halt unterschiedliche Arten von Menschen.

Nein, ich hatte sonst keinen engeren Kontakt zu Adrian. Zu Jonas schon, manchmal haben wir nach der Schule noch gekickt, ein Supertalent, der Kleine. Da war der Adrian neidisch und eifersüchtig und alles, was einem so dazu einfällt. Aber Jonas hat ihn immer verteidigt, bis aufs Messer, der hat nichts drankommen lassen an seinen Bruder, da war schon eine enge Bindung zwischen den beiden ... Adrian Bellmer ... warum suchen Sie ihn eigentlich? Ja, ja, verstehe, dürfen Sie nicht drüber sprechen, na, hoffentlich hat er nichts angestellt. ... sonst kann ich Ihnen nichts weiter sagen, da wenden Sie sich am besten an Frau Mehlsacks, die wohnt im Wald. Ach übrigens, ich weiß nicht, ob das von Bedeutung ist, aber ich habe den Eindruck, Adrian ist ein bisschen verliebt in sie. Schülerschwärmerei, Sie wissen schon, nicht wichtig wahrscheinlich, aber falls doch ...!«

Daniel Jakobus, Referendar

6. KAPITEL

Meret schob die riesige Eisentür auf, als wäre sie aus Pappe. Dahinter plötzlich eine andere Welt, unendliche Weiten voll mit Sportgeräten, Sandsäcken, Fitnessfahrrädern, in der Mitte ein Boxring, in dem ein kleiner, aber voll durchtrainierter Typ mit Helm, Mundschutz und Boxhandschuhen in die erhobenen Hände eines Riesen schlug. Der stand da, keine Erschütterung, stoisch wie eine Säule, verzog nicht die Miene, und ein Trainer brüllte auf den Kleinen ein, gab Anweisungen, feuerte ihn an. Auch die anderen Sportgeräte wurden fleißig benutzt und beackert, schwitzende Männer und Frauen, hier ein wütendes Schnauben, da ein angestrengtes Stöhnen, die Luft zum Zerschneiden.

Meret strahlte Adrian an. »Voilà!«

Ihr Plan war einfach und durchschaubar. Der Junge hatte seinen Bruder auf dem Schulhof so zusammengeschlagen, dass der jetzt einen Nasenschutz tragen musste, und den Asthmaanfall des Jahrhunderts bekommen hatte. Natürlich. Wenn der Sonnenschein nicht mehr wusste wohin, dann Atemnot, sein letztes Mittel, um alle Aufmerksamkeit auf sich zu ziehen. Adrian brauchte also ein Ventil, über das er sich in den Griff bekommen konnte. Das war zu einfach, aber er konnte nicht Nein sagen, einmal weil es Meret war, die kein Nein akzeptierte, aber auch, weil sie sich wirklich eingesetzt hatte für ihn. In der Schule hätten natürlich Strafmaßnahmen gedroht, geht ja nicht, einfach so rumzuprügeln, und zu Hause kam die Aktion auch nicht gut an, Adrian war außer Kontrolle, benahm sich völlig daneben. Doro kümmerte sich hektisch um Jonas' Nase, sein Asthma, seine Genesung und Thorsten konnte nichts weiter, als Unverständnis ausdrücken, »wie soll das denn weitergehen?«

Da half es nicht, dass Jonas sehr nasal vom Sofa herrief: »Ich hab angefangen!« Das glaubte ihm doch eh keiner.

Aber Meret. Die saß mit ihrer Überzeugungskraft bei Thorsten am Tisch. Adrian hatte sich in die Küche verkrümelt, hörte jedes Wort, und abgesehen davon, dass schon wieder in der dritten Person von ihm gesprochen wurde, als hätte er sie nicht alle am Zaun, gefiel ihm, was sie sagte.

»Herr Bellmer, Adrians Wut ist doch verständlich. Und ehrlich gesagt, ich bin kein Fan von Schuld und Sühne.«

»Wer sind Sie noch mal genau?«

»Meret Mehlsacks, Deutsch und Sport. Adrian hat mir von seinem Problem erzählt – also schon vorher. Ich mag ihn und möchte ihm gerne helfen.« Adrian mochte sie auch.

So ähnlich hatte sie es wohl auch mit dem Direktor in der Schule gemacht und am Ende noch ihre Hand für ihn ins Feuer gelegt. Sie übernahm die Verantwortung, würde ein Auge auf ihn haben und etwas ausprobieren, was ihm vielleicht helfen könnte.

Und deswegen standen sie jetzt im Boxwerk, einer riesigen Boxbude mit dem Slogan: »Tired of being fat and ugly? Just be ugly!«

»Ist das nicht ein bisschen einfach?«

Meret nickte, nahm ihn ganz selbstverständlich bei der Hand und zog ihn mit sich zu den Umkleiden. »Wir treffen uns gleich wieder hier«, sagte sie und verschwand bei den Damen. Adrian suchte sich einen der blechernen Spinde aus, fragte sich kurz, ob alle Boxclubs ihre Ausstattung nach denen im Film richteten oder ob es umgekehrt war, verbot sich das dann aber, schmeckte zu sehr nach Jonasgedanken.

Nach dem, von dem er gedacht hatte, er würde es ihm wie immer nicht übel nehmen. Er würde ihn verstehen und damit noch mehr nerven als sowieso. Zumal er beim Direktor, beim Sanitäter und bei den Eltern unentwegt behauptet hatte, Adrian so lange provoziert zu haben, bis der ausgerastet war. Was ja auch stimmte, wenn man Adrian kannte, alle anderen hätten seine Fragen und Aufforderungen mit einem entspannten Lächeln abgetan und Fußball gespielt.

Adrian schämte sich. Er wollte nicht er sein, auch wenn er nicht wusste, wer er war. Deswegen ging er später zu Jonas. Später, als seine Eltern sich beruhigt, Meret etwas mit ihnen vereinbart hatte und Jonas in seinem Bett lag, sich erholte und seine pochende Nase ertrug.

»Joni.«

»Jonas.«

Langsam ging Adrian zu seinem Bett. Er lag auf dem Rücken, rote Mütze auf, Nase in einem dicken Verband, geschwollenes Gesicht und atmete durch den leicht geöffneten Mund.

»Hey, es tut mir leid. Das war nicht richtig von mir.«

»Nee, kann man nicht sagen.«

»Weißt du, ich bin so von der Rolle, und …!«

Jonas stützte sich ächzend auf die Ellenbogen und schaute ihn an. Kein Sonnenschein weit und breit. »Und weißt du, das kann ja gut sein. Aber vielleicht bin ich es auch und habe deswegen doch nicht das Recht, dir die Nase zu brechen.«

»Sie ist nur angebrochen.« Sehr kleinlaute Bemerkung.

Jonas beugte sich zu Arschie, der immer neben seinem Bett auf dem Nachttisch stand und ihn zusätzlich zu seiner Mütze beschützen sollte, und schaltete ihn ein. Knirschend drehte er den Kopf hin und her, blinkte, piepte und fixierte dann Adrian mit seinen rotglühenden Augen.

»Arschie?«, fragte Jonas mit nasaler Stimme. »Was ist ein Hater?«

Arschie blinkte und legte los: »Jemand, der eine bestimmte Marke oder Person diffamiert, kritisiert, beleidigt und extrem feindselig ist.«

Adrian senkte den Blick. Das war jetzt aber auch überzogen, dachte er noch, aber da bekam er schon die Erklärung.

»Du hasst mich, weil du adoptiert bist und ich nicht, weil ich Fußballspielen kann und du nicht, weil die Mehli mein Tor gut fand und mein Vater, der nicht mehr dein Vater ist, mit mir trainiert, statt mit dir. Du hasst mich für alles, wer ich bin, wie ich bin und was ich bin, und daran kann ich nichts ändern. Aber es tut mir echt voll leid. Und jetzt hätte ich gerne ein bisschen Ruhe. Ich hab nämlich Kopfschmerzen.«

Er legte sich wieder hin und schloss die Augen. Das Gespräch war beendet, Adrian hatte nichts hinzuzufügen und Jonas noch nie so erlebt. Er verließ das Zimmer.

»Hallo, ich bin Arschie, wie kann ich dir helfen?«, hörte er noch, und Jonas, der tatsächlich »Halt's Maul!« sagte.

Meret erwartete ihn in einer kurzen Hose und hautengem Shirt vor den Umkleiden.

»Boxt du auch?«

»Sagen wir es so: Ich boxe schon lange, und du fängst heute damit an. Los komm, aufwärmen!«

Adrian ging etwas zögerlich und stark berührt von ihrem durchtrainierten, aber doch sehr weiblichen Körper hinter ihr her. Radfahren, auf der Stelle laufen, dehnen, das war alles kein Problem, aber dann sollte er das Springseil benutzen und war bis zu diesem Zeitpunkt der Ansicht gewesen, dass das Mädchenkram war. Deswegen kriegte er kaum einen Sprung hin, das Seil nicht über den Kopf oder unter den Füßen durch, verhedderte sich und landete schließlich sogar auf dem Hintern, während Meret todernst gefühlt schon bis tausend gehüpft war.

»Wen haben wir denn da? Ein Supertalent?«

Vor ihm stand ein muskulöser, schon älterer Typ, sehnig und voll mit Tattoos, die weißen Haare raspelkurz, dafür einen rauschenden Vollbart, einen goldenen Zahn und ein hämisches Grinsen im Gesicht.

Adrian hatte sofort den Impuls, ihm entweder in die Fresse zu hauen oder für immer von hier zu verschwinden. Aber da war Meret tatsächlich bei tausend angekommen, wie sie laut verkündete, legte das Seil weg und dem Typen keuchend lachend eine Hand auf die Schulter.

»Sei nicht so streng! Er hat das noch nie gemacht und ansonsten überall gut mitgehalten. Darf ich vorstellen: Adrian, meiner Ansicht nach ein großes Talent. Er hat den Sandsack in meinem Schlafzimmer windelweich geprügelt. Also, ich würde mal sagen, kein Angstboxer, eher aggressiv. So was suchst du doch.«

Der Typ musterte Adrian von oben bis unten. »Und was hat er sonst noch in deinem Schlafzimmer gemacht?«

»He, nicht, Mann. Er ist ein Schüler von mir.« Wurde Meret tatsächlich rot? Der Typ zuckte die Schultern, ihm eigentlich egal, ließ den Goldzahn blitzen und streckte Adrian seine riesige Hand hin. »Nick.«

Er schickte Meret ins Frauentraining, steckte die Hände in die ausgeleierten Hosentaschen und nahm Adrian unter seine Fittiche, zeigte ihm alles, und erklärte den Boxsport zum Allerheiligsten. »Beim Boxen denkst du an gar nichts. Kannst du nämlich nicht, musst dich voll fokussieren. Beim Boxen müssen Körper und Geist so sein.« Er kreuzte die Finger. »Es geht um Kondition, Kraft, Koordination, Ausdauer und Schnelligkeit. Beim Boxen, wenn du da einmal nicht aufpasst, einmal wegschaust oder was anderes denkst, dann ist es aus, dann polieren sie dir die Fresse nach Strich und Faden. Also, was meinst du?«

Zu was, dachte Adrian, wollte aber nach seiner Seilspringpleite nicht auch noch als Volltrottel dastehen. Aber was auch immer Nick meinte, dass er meinen sollte, er wusste es nicht.

»Klingt sehr komplex.«

Nick zog die Augenbrauen hoch, presste Luft durch die Zähne, als wollte er die Zwischenräume reinigen und legte ihm seine große Hand schwer wie Blei auf die Schulter.

»Bock?«

»Bock!«

Und dann wurde Adrian nach allen Regeln der Kunst durch die Mangel gedreht. Sandsack, Schattenboxen, Sprint, anspannen, verspannen, *stop and run,* Sandsack, Seilspringtechnik lernen und anwenden, Liegestützen, Sandsack ... ab und zu schaute er sich verzweifelt nach Meret um, aber sie schien beschäftigt, durch einen Vorhang abgetrennt von der Männersektion, sie konnte ihm nicht helfen und er wollte sich verdammt noch mal keine Blöße geben. Seine Wut auf dieses Arschloch, das immer weiter machte, ohne mit der Wimper zu zucken und mittlerweile zum Oberlässigtyp aufgestiegen war, weil er sich einen Zahnstocher zwischen die Zähne geschoben hatte und darauf herumkaute, trug ihn, gab ihm die Kraft nicht längst zusammengebrochen zu sein, und gerade, als er merkte, dass er gleich ohnmächtig werden würde, drückte Nick auf einen Knopf, der Rundengong ertönte und er sagte trocken: »Kleine Pause!«

Adrian schleppte sich hinter ihm her zur Bar. Er war vollkommen fertig, patschnassgeschwitzt, mit dem Piepton der kompletten Überforderung im Ohr.

Nick mixte ihm einen Powerdrink, stellte ihn wortlos vor seine Nase und schaute ihn an. »Das war gut.«

Adrian konnte nur nicken, was dem Quäler ein leichtes Grinsen aufs Gesicht zauberte.

»Und? Möchtest du boxen?«

»Natürlich möchte er!« Meret tauchte von der Seite auf, strahlend, als hätte sie sich nicht bewegt, als hätte sie die ganze Zeit im Liegestuhl gelegen und sich die Fußnägel lackiert, nicht gerade ein einstündiges Training hinter sich gebracht. »Ich vermute, er hat sich einigermaßen gut angestellt?«

Nick nickte, und schon wieder tauchte Jonas in Adrians eigentlich vollkommen leerem Kopf auf. Der würde jetzt stundenlang darüber nachdenken, ob Nick eben wegen des Nickens so hieß. In der letzten Stunde hatte Adrian tatsächlich nicht eine Sekunde an ihn gedacht. Nicht an ihn und die Scheißadoption, nicht an alles, was ihn ankotzte, zutiefst verletzte und ständig begleitete.

»Er bringt eine gute Kondition mit, und wie du schon richtig erkannt hast, ein Naturtalent und gute Wut.« Gute Wut. So hatte Adrian das noch nie gesehen, und er war wirklich baff über das Lob des Eisenmannes. Natürlich fiel ihm auf, dass schon wieder in der dritten Person über ihn gesprochen wurde, als wäre er unsichtbar, war aber zu kaputt, um sich darüber aufzuregen. Außerdem sollte er unsichtbar sein, war das eine Sache, unriechbar war er sicherlich nicht.

»Seit wann machst du die Bar, Nicki?«, plauderte Meret weiter. »Wo steckt Ed?«

»Hat irgendeine Krise, wie immer. Muss mich echt mal umgucken. Aber er gehört halt zur Community. Und was soll er sonst machen?« Nick polierte die Kaffeemaschine und ließ Adrian nicht aus den Augen.

Der rutschte vom Barhocker. Er hatte das dringende Bedürfnis zu duschen. »Er möchte!«

Meret und Nick schauten ihn fragend an. »Er möchte boxen. Und zwar richtig!«

»Das ist eine gute Idee«, befand Doro, als Adrian zu Hause davon erzählte. Sie strahlte, weil er mal wieder am Abendessen teilnahm, etwas von sich berichtete und sofort die Hoffnung in ihr aufflammte, alles könnte gut werden, so wie früher.

»Joni will mit!« Auch er fiel auf dieses Gefühl herein.

»Joni spielt Fußball«, sagte Adrian. »Das ist meins und davon gebe ich dir nichts ab.«

Thorsten schaute ihn finster an, aber Doro nickte Zustimmung, brachte Verständnis auf und strich ihrem Kleinen über den Kopf. »Dein Bruder braucht jetzt erst mal was für sich.«

Adrian verkniff sich die Bemerkung, sagte im Folgenden nichts mehr und verließ den Tisch, weil er sich noch mit Moritz im Lager treffen wollte. Als er sich im Flur die Schuhe anzog, entdeckte er einen Brief auf der Anrichte. Er war an ihn adressiert. Vom Amtsgericht. Verschwand in seiner Hosentasche und wog dort schwer, obwohl Adrian versuchte ihn zu verdrängen.

Moritz war schon da, hockte unter der Erde und hatte eine Reihe Bierflaschen aufgestellt.

»Gibt's was zu feiern?«

»Nee, wieso?«

Hand auf Hand, *schön dich zu sehen.* Adrian ließ sich neben seinen Freund fallen, ihm taten immer noch alle Muskeln und Knochen weh, obwohl das Probetraining schon zwei Tage her war.

»Wahnsinn, Mo, ich hab echt gedacht, ich wäre gut in Form, Mann, ich gehe fast jeden Tag laufen.«

»Ja, Bro, und was ist dann passiert?«

Adrian hatte ganz vergessen, dass er Moritz noch nicht auf den neuesten Stand gebracht hatte. »Ich werde Boxer.«

Der dünne, langbeinige Moritz, komplett ohne Muskeln, schaute ihn eine Zeit lang an, dachte nach. Aus der Langsamkeit, in der das vonstattenging, konnte Adrian schließen, dass er mindestens schon einen Joint drin hatte.

»Das ist cool ... hey, das passt.«

»Übermorgen machen wir einen Trainingsplan, Nick und ich ...«

»Nick und du, huhu!«

»... und dann gebe ich Vollgas. Wenn ich mich richtig reinhänge und sieben Kämpfe gewinne, kann ich mich zur Meisterschaft nominieren lassen. Und das ist der Weg zum Profi.«

»Wow, große Pläne.« Moritz machte ihm ein Bier auf, aber Adrian lehnte ab.

»Kein Bier, nicht rauchen, keine Partys, nichts mehr. Nick glaubt an mich.« Moritz zog die Augenbrauen hoch. »Du hast doch mal die Sache da gesagt mit Talent und Fleiß und so. Weißt du, ich glaube, mein wirkliches Talent liegt hier, beim Boxen und nicht beim Fußball. Der Scout hatte recht und eigentlich kann ich ihm nur dankbar sein.«

»Bist du nicht ein bisschen schnell, Sid?«

»Nur weil du als Dauerkiffer in die Langsamkeit abgetaucht bist.«

»Stopp, stopp. Ich hab schon lange nicht mehr gekifft.« Moritz überlegte. »Mindestens zwei Tage, nee, drei. Bin dauernd am Arbeiten, wegen der Kohle. Lisbeth hat die nicht, und ich muss meine Suppe selbst auslöffeln, das ist nun mal der Deal.«

Sofort hatte Adrian ein schlechtes Gewissen. »Meine Suppe. Das musst du nicht, Mo.«

»Diskussion beendet.«

»Komm doch mal zum Boxwerk. Du wirst es mögen, echt abgefahrene Leute da und viele richtige Männer.«

Moritz lachte, exte sein Bier und rülpste, wie nur er es konnte. »Ja, da bin ich genau richtig. Hast du auch den Brief bekommen?«

Adrian zog ihn aus der Hosentasche. »Noch nicht aufgemacht.«

»Dann lass es. Ist die Vorladung.«

Jetzt nahm Adrian sich doch ein Bier. Das würde er ja wohl bis übermorgen verdaut haben.

»Was wir alles so erleben!«, sinnierte Moritz.

»Also darauf könnte ich gut verzichten.«

»Bist du bekloppt? Ein richtiger Boxer muss mindestens einmal im Knast gewesen sein. Und Tattoos, was ist überhaupt mit Tattoos?«

Adrian winkte ab. »Was zählt ist die Leistung.«

»Ha, da ist er wieder, mein alter Freund aus dem Fußballehrgeizverein seines Vaters.«

»Er ist nicht mein Vater.«

Es war eine Zeit lang still, und das zweite Bier würde Adrian wohl auch noch vertragen können.

»Wie biste eigentlich aufs Boxen gekommen? Weil du alles so profimäßig kurz und klein hauen kannst?«

»Die Mehlsacks.«

»Echt jetzt, echt jetzt, echt jetzt?«

Adrian nickte, obwohl er nicht Nick hieß, und es wurde ihm ein wenig heiß im Kopf.

»Sid?«

»Hm?«

»Carosyndrom?«

»Ach Quatsch!«

Moritz klatschte in die Hände und freute sich ein Loch in den Bauch. »Das Carosyndrom ist wieder da, ich glaub's ja nicht, es ist wieder da!«

Adrian lehnte den Kopf an die Wand und schaute an die Decke. Wirklich? Hatte Moritz recht?

»Ich meine, guter Geschmack, Bro, die ist echt verschärft, alle fahren auf die ab.«

»Das kannst du nicht wissen, weil du nie da bist.«

»Ich weiß es. Und weißt du, was ich noch weiß? Du bist auf dem Weg bergauf, mein Freund!«

»Und du meinst echt, alle fahren auf die ab?«

Moritz grinste. »Das hast du davon, wenn du dir eine aussuchst, die so geil aussieht und so geil ist.«

»Lass das! Ich hab sie mir nicht ausgesucht, da ist nichts. Sie ist meine Lehrerin.«

»Na ja, und du neigst zu kriminellen Aktionen. Also!«

»Die ist viel zu alt für mich.«

Moritz nickte ernst. »Jo, Bro!«

Die Verhandlung verlief unspektakulär. Adrian hatte sein einziges weißes Hemd angezogen und mal keine Turnschuhe. Thorsten begleitete ihn, ein Erziehungsberechtigter war gefragt, und das war er ja nun laut Adoptionsrecht. Am Abend vorher hatten sie sich noch gestritten. Doro sollte mit, konnte aber nicht, wie sie sagte, nichts für ihre Nerven. »Da sitzt der Adi hinter einer Glasscheibe, Handschellen und so, und irgendein Zeichner malt ihn auf einen Block, die Polizisten mit Sturmgewehren ...!«

»Doro, hör auf, das ist Blödsinn. Er ist doch kein Schwerverbrecher! Du machst das schon, es ist besser für ihn, wir verstehen uns im Moment nicht so gut.«

»Weil du nicht mit ihm sprichst, das Thema einfach totschweigst. Das geht so nicht.«

»Aber darüber reden wir jetzt nicht.«

»Nee, du redest eben nicht.«

»Doro! Fährst du nun morgen mit ihm da hin.«

»Nein.«

»Doro!«

Das war der Moment gewesen, in dem Adrian die Tür zugemacht hatte, Adrian, das Adoptivkind, für das plötzlich keiner mehr zuständig sein wollte.

Wie zu erwarten, blieb Doro hart, Thorsten zwängte sich in eine normale Hose, unter dem Jackett aber das Trikot, Coach Bellmer. Damit die schon mal wussten, mit wem sie es zu tun hatten.

Moritz und Lisbeth dagegen sahen aus wie immer, er käsig und in Hängearschhose, sie eine Mischung zwischen Hippie und französischer Feministin. Baskenmütze, Lippen knallrot, Klingelkettchen um den Fuß.

Der superreiche Anwalt war natürlich auch da, würdigte die beiden Jungs aber keines Blickes. Er sah viel älter aus als auf dem Ölgemälde, aber das musste er ja jetzt eh neu malen lassen. Die Jungs bekannten sich schuldig, bekamen jeder 80 Sozialstunden und konnten zwischen einem Seniorenheim und einer Behindertenwerkstatt wählen.

»Seniorenheim«, sagte Moritz und »Behindert... Seniorenheim«, Adrian.

Wenn er das schon machen musste, anstatt an seiner Boxerkarriere zu arbeiten, dann wenigstens mit Mo zusammen.

Finster schaute Thorsten Mr Superreich hinterher, wie er zufrieden aus dem Saal stolzierte.

»Gehen wir, Adrian?« Das war der erste Satz, den er heute zu ihm sagte. Die ganze Autofahrt nicht geredet, auch nicht beim Warten vor dem Gerichtssaal, immer nur finster vor sich hingestarrt und Lisbeths Gruß nicht erwidert.

»Thorsten?« Jetzt musste er sie anschauen. »Wollen wir noch einen Kaffee trinken? Gegenüber ist ein ganz nettes Lokal.«

Moritz stieß Adrian an. »Da kann er nicht aus.« Schade, dass er nicht flüstern konnte, aber er behielt trotzdem recht.

Thorsten nickte. »Warst wohl schon öfter hier.«

Lisbeth lächelte milde. »Nein, noch nie. Bin ich auch gar nicht scharf drauf. Ist ja relativ öde, nicht mal Handschellen oder Bullen mit Sturmgewehren.«

Thorsten seufzte, und sie gingen nebeneinander und gefolgt von den Jungs aus dem Gebäude.

»Sehen wir uns heute Abend, Bro? Ich meine, das muss gefeiert werden.«

Adrian schüttelte den Kopf. »Nicht deiner Meinung. Außerdem bin ich im Boxwerk. Ich kann mir keinen Tag Pause erlauben, wenn ich mein Ziel erreichen will. Das Scheiß Altersheim steht mir eh voll im Weg.«

»Abi, Alte und Boxprofi. Hast ganz schön was am Hals.«

»Eins davon macht wenigstens Spaß, das andere muss nebenherlaufen.«

»Gab's eigentlich schon mal einen Boxer mit Abi?«

»Henry Maske, zum Beispiel. Was du immer denkst, voll Klischee.«

Lisbeth suchte einen Platz draußen aus und Thorsten schob ihr, ganz Kavalier, den Stuhl zurück. Sie ließ es unkommentiert, die Stimmung war angespannt genug, und bestellte sich statt eines Kaffees dann doch lieber einen Wein. Das wiederum ließ Thorsten unkommentiert, und weil keiner irgendwas kommentierte, war es eine Zeit lang sehr still.

Moritz gab Adrian unterm Tisch einen Tritt und grinste. Mehr fiel ihm auch nicht ein.

Endlich und nach einem großen Schluck räusperte sich Lisbeth. »Thorsten, ich weiß, dass ihr sauer auf mich seid, und das könnt ihr ja auch ruhig. Trotzdem müssen wir uns über das Geld unterhalten.«

Thorsten rührte in seinem Kaffee und ließ dann den winzigen Keks auf dem Löffel zu Brei werden.

»Wie du weißt, ist es bei uns eh schon immer knapp, wir kommen jeden Monat gerade so hin. Deswegen habe ich auch keine Rücklagen, also nicht so eine große Summe zur Verfügung.«

Thorsten steckte den Keksbreilöffel in den Mund, und Adrian hätte ihn am liebsten geschüttelt. Er könnte der armen Lisbeth doch auch mal einen Schritt entgegenkommen.

»Also wollte ich dich fragen ...«

Jetzt hielt auch Moritz es nicht mehr aus. »Ich hab im Moment mehrere Jobs, ich krieg das zusammen, also, ich könnte die Kohle in Raten zahlen.«

»... ja, ob du uns das vorstrecken könntest.« Das Weinglas war leer, und Adrian sah genau, dass Lisbeth sich gerne noch ein zweites bestellt hätte, jetzt aber gerade keinen schlechten Eindruck machen wollte.

Thorsten fingerte ein Taschentuch aus der Hosentasche, schnäuzte sich leise und abgewandt, da betrat Mr Superreich die Caféterrasse, scherzte mit einer Frau, die definitiv nicht auf dem Ölbild zu sehen gewesen war, stockte kurz, als er die Tätergruppe um den Tisch versammelt sitzen sah und wollte wortlos vorbeigehen. Aber Thorsten hielt ihn an der seidigen Hose fest.

»Sind Sie zufrieden?« Man musste ihn nicht kennen, um das dunkle Grollen in seiner Stimme zumindest zu spüren.

»Das hat mit Zufriedenheit nichts zu tun, Herr Bellmer. Ein

gerechtes Verfahren in einem gerechten Rechtsstaat, so kann man es sagen.«

Er wollte weitergehen, aber da stand Thorsten auf und verstellte ihm den Weg, während die Lady schon mal einen Platz suchte, weit entfernt von ihrem Tisch.

»Papa, nicht!«, rutschte es Adrian raus, bekam aber nur einen Wink, halt dich da raus.

»Die Jungs machen nächstes Jahr Abitur, sie haben genug zu tun, wir bezahlen den Schaden und meiner Ansicht nach noch mehr, zu viel, bitte sehr. Musste das sein? Brauchen Sie das, um sich abends an Ihrem Pool die Hände zu reiben?«

»Sicher nicht, da habe ich Besseres zu tun«. Er zeigte auf Thorstens Trikot. »Ah, Sie sind wohl Fußballtrainer, nett. Da hoffe ich doch, dass Sie Ihre Mannschaft besser im Griff haben als Ihren Sohn.«

Adrian stand vorsichtshalber auf. Er war im Training, er konnte Thorsten zur Seite springen.

»War sonst noch etwas, Coach Bellmer?«

Adrian fühlte die ganze Anspannung, wusste, dass Thorsten kurz vor der Explosion stand und wahrscheinlich gerade rückwärts von hundert runterzählte. Es wäre nicht gut, diesem Schnösel jetzt auch noch die arrogante Fresse zu polieren.

»Adrian ist ein guter Junge«, presste er hervor.

»Moritz auch«, meldete sich Lisbeth vom Tisch aus zu Wort.

Mr Superreich nickte, schob Thorsten zur Seite und ging Richtung Tisch und Tussi. »Sie entschuldigen mich!« Kurz bevor er sich setzte, drehte er sich noch einmal um. »Wenn ich in Ihrer Mannschaft gespielt hätte, hätte ich Sie den Beller genannt.« Gespräch beendet.

Thorsten stand einfach nur da, und Adrian kämpfte mit den Tränen.

»Seit wann findest du mich gut, Lisbeth?«, scherzte Moritz.

Thorsten nahm Adrians Arm. »Lass uns gehen!« Dann wandte er sich zu Lisbeth. »Ich werde diesem Idioten jeden einzelnen Cent in den Hintern schieben.« Und zu Moritz: »Du kannst es in Raten abbezahlen.« Moritz faltete dankbar die Hände und verbeugte sich.

Als sich Adrian beim Auto noch mal zum Café umdrehte, bekam Lisbeth gerade einen frischen Wein. Nun hatten sie doch etwas zum Feiern.

Im Auto war es lange still, nur der Motor brummte leise, der Blinker tickte und einmal musste Thorsten hupen. Und als wäre es ein Zeichen für ihn gewesen, fragte er plötzlich: »Sagt ihr Beller? Nennt ihr mich Beller?«

»Davon weiß ich nichts.«

Adrian war ein guter Junge.

Abends war das Boxwerk besonders gut besucht, nach Arbeit oder Schule verschaffte man sich Ausgleich, tobte sich den Tag aus den Gliedern. Sandsackslalom, Seilspringen, in den Ecken boxten Männer stöhnend gegen imaginäre Gegner, ab und zu ein Schlachtruf, den immer irgendjemand erwiderte. Adrian traktierte ein Fitnessfahrrad, bis Nick für ihn Zeit haben würde.

Im Moment rannte der fluchend zwischen Theke und einer Gruppe Jugendlicher hin und her, alles musste er selbst machen.

Meret war nicht da. Schon draußen hatte Adrian nach ihrem pinken Fahrrad Ausschau gehalten. Seit er fünf Tage die Woche hier trainierte, begegneten sie sich öfter. Sie fragte nicht, wie es ihm ging, ob es besser wurde, sie bewunderte nur seine Fortschritte, gab ab und zu Tipps oder nahm einen Powerdrink mit ihm an der Theke. Meret ging schon länger zum Boxen, seit sie Referendarin an Adrians Schule war, hier. Jeder kannte sie, bewunderte ihren Ehrgeiz und die Schlagkraft und mit Nick schien sie ein ausgesprochen freundschaftliches Verhältnis zu verbinden. Moritz hatte recht. Jeder stand auf sie, und so konnte Adrian sich nur einreihen und es genießen, wenn sie ihm einen kleinen Teil ihrer Zeit schenkte.

»Adi? Bist du so weit?«

Nick wirkte angestrengt und nahm seinen Schützling besonders hart ran, ließ ihn in die Pratzen dreschen, blocken, decken, meiden, kritisierte immer wieder die Beinarbeit, leichtfüßig, tänzerisch sollte sie sein, nicht einfach für Adrian, die Kante, aber es wurde besser, er blieb dran, weiter, weiter, nicht aufgeben. Anspannen, entspannen, das war das Geheimnis.

»Nick, machste mir 'nen Drink?«

»Come on, das geht jetzt nicht, bin im Training, Ted, warte noch!«

Adrian nutze die Pause, wischte sich mit einem Handtuch den Schweiß ab, holte Luft.

»Was ist denn mit Ed?«

Nick zuckte mit den Schultern. »Kommt wohl nicht mehr.«

»Ich wüsste jemanden.«

Nick schaute Adrian aus schlitzigen Augen an. »Kann der was?«

»Wenn er eins kann, dann Theke.«

»Soll kommen. Hab ich eigentlich was von Pause gesagt?«

Und wie Moritz Theke konnte. Er war begeistert über das Angebot und die vielen richtigen Männer, kannte alle sofort und war in null Komma nichts ein Teil der Community. Obwohl er äußerlich überhaupt nicht reinpasste, fügte er sich ein wie ein Chamäleon, erfand neue Superspezialdrinks und begrüßte seine

Lehrerin überschwänglich, als sie das erste Mal zu ihm an die Bar kam.

»Frau Mehlsacks, habe die Ehre.«

»Was machst du denn hier?«

»Bin der neue Thekenclown.«

»Na, das passt ja.«

»Einen Drink? Zum Beispiel den brandneuen Mo-Jo?«

Meret nickte und schaute ihm beim Mixen zu. »Ist ja nett, dass ich dich wenigstens hier zu Gesicht bekomme.«

Moritz grinste sie an und zeigte Richtung Adrian, der sich gerade am Sandsack austobte.

»Muss auf ihn aufpassen.«

Meret wandte sich um, es gefiel ihr sichtlich, was sie sah.

»Vielleicht übertreibt er ein bisschen.«

»Wenn Sid etwas macht, dann richtig.«

»Sid?«

»Nur so ein Spitzname.« Moritz stellte den leuchtend grünen Drink vor ihr ab. »Zum Wohl, Frau Mehlsacks, danach können Sie mühelos alles kurz und klein schlagen.«

»Ich könnte dich in die Schule prügeln.«

Moritz beugte sich zu ihr vor. »Jetzt mal ehrlich. Was soll ich denn da?«

»Zum Beispiel dein Abi machen. Oder willst du dein Leben lang Thekenclown sein?«

»Kann ich mir vorstellen. Aber, nee, zum Abi komm ich trotzdem.«

»Wenn der Direktor dich lässt.«

Adrian gesellte sich mit rotem Gesicht und schweißnassen Haaren zu ihnen. »Na, über wen lästert ihr?«

Moritz stellte ihm ein großes Wasser hin. »Ach, wir plaudern nur.«

Adrian exte das Wasser und beobachtete einen Boxer, der im Ring tänzelte und brüllend seinen Schatten bekämpfte. Meret musterte ihn.

»Lust?«

Adrian schätzte den Typ ab, versuchte sich seine Chancen auszurechnen.

»Klar.« Nick hatte ihn bis jetzt noch nicht in den Ring gelassen, und Adrian traute sich nicht zu fragen. Er fühlte sich längst bereit für sein erstes Sparring, aber Nick schien das anders zu sehen. Überhaupt lobte er selten, wenn er nichts sagte und nichts auszusetzen hatte, war das schon gut. Meret winkte ans andere Ende der Halle und rief seinen Namen so laut, dass die Scheiben klirrten. Lässig kam er zu ihnen geschlendert, er ließ sich nicht gerne rufen, aber bei Meret machte er eine Ausnahme. Jeder machte Ausnahmen für sie.

Neulich zum Beispiel hatten sie sich auf der Lichtung getroffen, beide in Laufklamotten und Pongo endlich wieder ohne Halskrause. Meret war zufällig da, aber Adrian wartete dort oft und hoffte, dass sie kam.

Er hatte das von Nick verschriebene Laufpensum noch lange nicht erfüllt, dehnte sich an einem Baum, musste dann aber erst mal Pongo jagen, der unbedingt mit ihm spielen wollte. Der konnte Haken schlagen, der wusste, wie das ging mit der Explosivkraft, da konnte man sich echt eine Scheibe abschneiden.

»Hey Adrian, gut dass ich dich hier treffe. Jetzt bleib doch mal stehen, Pongo, lass ihn in Ruhe!«

»Was gibt es denn?«

»Meine Regenrinne ist verstopft.«

»Aha.«

»Meinst du, du könntest mir kurz helfen? Ich hab's nicht so mit Leitern.«

Sie hatte es nicht mit Leitern, Geheimnis Nummer 4. Und natürlich half er ihr, obwohl Nick sicher nicht begeistert gewesen wäre. Laufprogramm nicht unterbrechen, Kondition, Kondition, Kondition. Wenn er tatsächlich für die Meisterschaft nominiert werden wollte, musste er sich ranhalten, doppelt so viel arbeiten wie die anderen, keine Ausrede, keine Ausnahme. Aber für Meret machte jeder eine.

Er stellte die viel zu lange Leiter an das kleine, blaue Haus. Pongo bellte aufgeregt, als er hochstieg, und Meret hielt sich tatsächlich die Augen zu. Adrian fischte eine Unmenge von Blättern aus der Rinne, die so aussahen, als lägen sie schon hundert Jahre dort, dann war das Loch wieder frei.

»Du musst die ab und zu reinigen«, dozierte er, als er wieder unten stand, und kam sich vor wie Thorsten, wenn er Vorträge darüber hielt, wie ihr Handtuchgarten gepflegt werden musste.

Meret lächelte ihn schief an. »Vielleicht kann ich dich dafür anstellen?«

Adrian grinste. »Mit Leitern hast du es ja nicht so.«

»Komm rein, ich spendiere eine Cola.« Und da machte Adrian schon wieder eine Ausnahme. Erstens Laufpensum, zweitens keine Cola. Jetzt aber doch.

Sie setzten sich auf die hölzerne Terrasse vor dem blauen Haus. Auch die Bretter waren teilweise morsch, eines eingebrochen.

»Dein Vermieter sollte sich kümmern.«

»Dem ist das shitegal. Er kann dieses Haus nicht leiden. Komisch, oder?«

»Sehr, sehr komisch.«

»Viele Sachen kann ich auch selbst machen, aber eben nicht alle.«

»Ich helf dir gern.« Immerhin war das die Gelegenheit ihr nahe zu sein, sich im blauen Haus aufzuhalten, an diesem Wohlfühlort.

Meret lächelte ihn dankbar an. »Und du? Willst echt zu den Meisterschaften?«

»Will ich.«

»Ist das nicht zu früh? Was sagt Nick?«

»Du hast doch sicher schon mit ihm darüber gesprochen. Er meint, es könnte klappen. Wenn ich laufe und keine Cola trinke.«

»Na, dann bist du ja auf dem besten Weg.«

»Ich weiß es einfach, hier ist mein Talent, diesmal bin ich sicher. Und das werde ich beweisen.«

»Wem?«

Adrian zögerte, keine angenehme Frage. »Mir.«

Meret nickte zustimmend. Und rülpste. Adrian hätte es interessiert, ob auch Doro bei ihr eine Ausnahme machen und Rülpsen erlauben würde. Dann tauschten sie Handynummern. Ein Hausmeister musste schließlich immer erreichbar sein, Geheimnis Nummer 5.

»Was ist?« Nick lehnte sich an den Tresen und schaute Meret herausfordernd an.

»Ich habe mich gefragt, ob Kev da nicht ein guter Sparring für Adrian wäre.« Sie deutete mit dem Kopf Richtung Ring und Adrians Herz begann wild zu klopfen. Nick nahm Kev ins Visier, und Moritz beugte sich zu Adrian vor.

»Jetzt mal ehrlich, Bro, du gehst doch da nicht rein. Nicht wirklich!«

Nick hatte das natürlich gehört, schaute von Moritz zu Adrian, erwartete anscheinend eine Antwort von ihm.

»Also doch.«

Nick nickte. »Bandagen und Handschuhe, findest du da hinten.« Dann ging er zu Kev und besprach die Sache mit ihm, und Meret streckte Adrian die Faust zum Fausten hin. Während er sich die Hände umwickelte, dabei nervös auf der Stelle tänzelte und versuchte, ganz gegen sein aufgeregtes Herz, einen klaren Kopf zu bekommen, sich an alles zu erinnern, Taktiken, Techniken, kam Moritz mit besorgter Miene zu ihm geeilt.

»Sid, mach das nicht. Der poliert dir die Fresse nach allen Regeln der Kunst.«

»Oder ich ihm.«

»Das wohl eher nicht, der Typ ist doch viel weiter.«

»Woher weißt du das? Ich kenne Kev, habe ihn genau beobachtet. Er ist ein Angstboxer.«

Moritz starrte zu dem grimmigen Kandidaten, der sich im Ring auf seinen Gegner vorbereitete, Schlagtechniken vorführte, Wucht präsentierte. »Das sieht aber nicht so aus.«

»Hätte man bei Mike Tyson auch nicht gedacht. Der hat seine Kraft aus der Angst gezogen, dem unbedingten Willen, nicht zu verlieren, weil er sonst alles verloren hätte. Nicht ungefährlich, aber gut für einen Aggressionsboxer, wie mich.«

»Hast du denn keine Angst? Also ich schon!«

»Hau jetzt ab, sonst machst du mir noch welche. Ich muss mich konzentrieren.«

Moritz schaute ihn sehr unglücklich an und trottete dann zurück hinter seine Theke. »Viel Glück, Bro.«

Adrian ging aufgeladen bis unter die Hutkrempe in seine Ecke in den Ring. Beim Sparring wird ein echter Wettkampf simuliert, und es war höchste Zeit, dass er sich an das Gefühl gewöhnte, unter den Seilen durch in den Ring zu steigen.

Die anwesenden Boxer unterbrachen ihr Training und versammelten sich als Zuschauer, während Nick zu ihm in die Ecke kam, ihm einen Mundschutz und Instruktionen gab. »Es ist ein Test, aber du musst ihn ernst nehmen. Kev weiß, dass es dein erster Kampf ist, trotzdem wird er dich nicht schonen.«

Adrian nickte nur, hörte alles, was Nick ihm anriet, sagte aber nichts mehr, versuchte ganz in seine Mitte, seine Konzentration und seine Wut zu kommen. Nur in diesem Fall schien sie ihm sein bester Berater.

Er sah Meret, die sich langsam zu den Zuschauern gesellte, Moritz, der hinter der Theke untertauchte, nicht hinschauen wollte. Dann ertönte der Gong und Adrian stürmte los. Angriff war seine Devise, kein Defensivboxer, nein, das wollte er nicht sein. Kev wich aus, tänzelte, hielt die Deckung, Adrian landete nicht wirklich einen Treffer, wurde immer wütender, hörte Nick aus der Ecke brüllen, verstand aber nicht, was er sagte, als würde er chinesisch reden und das auch noch von ganz weit weg. Und dann bekam er richtig einen ab. Kev hatte nur warten müssen, seine Taktik war besser gewesen, er kannte wohl auch die Entschlossenheit der Anfänger. Adrian ging zu Boden, sein ganzer Kopf dröhnte, er konnte das Gleichgewicht nicht mehr halten. Und das sollte es jetzt gewesen sein? Peinlicher geht's ja wohl nicht.

Nick zählte ihn an, aber mit der Kraft der Wut rappelte Adrian sich wieder hoch, bündelte sich, Anspannung pur, wartete, bis Kev keine Geduld mehr hatte und ihm den endgültigen Punch verpassen wollte, seine Deckung aufgab. Und da hatte er ihn, verpasste ihm mit aller vorhandenen Explosivkraft einen Haken und damit den Lucky Punch. Kev ging zu Boden und obwohl er keine Anstalten machte, wieder aufzustehen, drosch Adrian weiter auf ihn ein.

»Halt, halt, bist du wahnsinnig, hör auf, du hast ihn, Adi,

lass das!« Nick zog ihn vom Gegner, stieß ihn unsanft in die Ecke, verkündete den Sieg von Kev und kümmerte sich zusammen mit anderen um ihn.

Adrian keuchte. Sein Herz raste und er konnte sich nicht beruhigen, nicht runterkommen. Er war noch lange nicht fertig mit dem, er wollte noch eine Runde, und wieso sollte der jetzt gewonnen haben?

Er spuckte verächtlich den Mundschutz aus, sein Gesicht war taub, aber als er sich mit dem Arm darüberwischte, war er rot von Blut.

»Adrian?« Merets Stimme, sehr weit weg, warum war sie so weit weg, wenn sie doch da unten stand? »Komm!« Sie half ihm aus dem Ring, nahm ihm den Kopfschutz ab und wischte mit dem Handtuch über sein Gesicht. »Lass mal sehen!« Sie tastete die Nase ab. »Anscheinend nicht gebrochen. Gut so. Irgendwann wird sie brechen, aber nicht gleich im ersten Kampf. Wie geht es dir, Adrian, hörst du mich?«

Er nickte nur und sackte auf der Bank zusammen. Erst jetzt tauchte Moritz wieder hinter der Theke auf.

7. KAPITEL

Ohne es zu wollen, hatte Adrian alles aufs Spiel gesetzt. Alles, was ihm im Moment so viel bedeutete, wofür er lebte, sich aufrecht hielt.

Am Tag des Sparrings sprach Nick kein Wort mehr mit ihm. Er kümmerte sich um Kev, und Adrian trottete nach Hause, als er wieder einigermaßen im Gleichgewicht und der fiese Ton in seinem Ohr nur noch ein Summen war. Er wusste, dass er die Kontrolle verloren hatte, und das war verboten. Selbst beim Boxen musste man sich im Griff haben, besonders beim Boxen. Da half nun auch Mos Trostnachricht nichts. »Du hast recht gehabt, du hast ihn plattgemacht!« Oder Merets beruhigende Worte: »Das war dein erster Kampf. Da ist alles möglich, das wissen wir doch.«

Er musste besser werden, sich noch mehr anstrengen, Selfcontrol hieß sein Zauberwort, fast schon kam es ihm vor wie sein Lebensziel.

Am nächsten Tag stand er sofort nach der Schule auf der Matte. Nick war mit einer Mädchentruppe beschäftigt, nickte nur, als Adrian ihn grüßte und beachtete seine geschwollene Nase nicht weiter.

Die hatte dafür zu Hause für Aufsehen gesorgt. Obwohl er versucht hatte, sich leise und heimlich in sein Zimmer zu schleichen. Aber das war ja nicht möglich. Seit der Offenbarung achteten in diesem Haus alle besonders darauf, was Adrian tat oder nicht tat, seit dem Villatrauma, wie Mo es nannte, standen alle auf Habacht. Doro hörte ihn mit ihren Luchsohren und lief ihm auf seinem Weg nach oben hinterher.

»Adrian, hallo … oh mein Gott, wie siehst du denn aus?« Sie schlug sich die Hand vor den Mund und benahm sich, als wäre er ohne Kopf zurück. Sofort zerrte sie ihn ins Bad, und als er sein verquollenes Gesicht sah, die Blutkrusten überall, die schlimmer aussahen, als sie waren, die Nase, die als solche nicht mehr zu identifizieren war, verstand er sie ein bisschen besser.

»Lass mich, der andere sieht noch schlimmer aus!«, versuchte er sie zu beruhigen, aber sie rannte sofort los, um ein Kühlpack zu holen. Na ja, schaden konnte es ja nicht. Er wusch sich das Gesicht und hörte sie unten aufgeregt alles berichten, Adrian total zusammengeschlagen, das ist doch kein Sport, das ist lebensgefährlich und so weiter. Vollkommen übertrieben, mit ihrer überbordenden Fantasie, die sie Jonas vererbt hatte. Vorsichtig tupfte er sich das Gesicht trocken, – ohne das Blut sah es nicht mehr ganz so schlimm aus –, schleppte sich in sein Zimmer und ließ sich aufs Bett fallen.

Sie kam kurz nach ihm, setzte sich auf die Bettkante, wie früher, wenn er Schnupfen oder Bauchweh hatte, und legte ihm das Kühlpack aufs Gesicht.

»Ich rufe Dr. Schneider an.«

»Quatsch!«

»Und wenn die Nase gebrochen ist?«

»Meret sagt, ist sie nicht.«

»Meret, Meret, ist die jetzt auch noch Krankenschwester?«

Adrian stöhnte. Sein Kopf stand kurz vor der Explosion, Doros aufgeregtes Gequietsche wirkte wie verrostete Ketten auf Zahnrädern, die in ihm nur sehr ruckelig vorankamen. Aber die Kälte tat gut.

»Ich ruhe mich jetzt einfach ein bisschen aus, okay?«, flüsterte er.

Doro nickte und stand auf. »Da gehst du mir auf keinen Fall noch mal hin.«

»Auf jeden Fall.«

Und da war er, schwang sich aufs Fitnessfahrrad und gab alles. Er hatte extra keine Schmerztablette genommen, wollte fühlen, was geschehen war, und büßen, wie er sich verhalten hatte. Mal wieder. Nick beachtete ihn weiter nicht, Mo hatte erst am Abend Thekenclownschicht. Adrian strampelte sich die Seele aus dem Leib, und erst als Kev reinkam, hörte er wieder auf. Weil der echt auf ihn zukam.

»Kriegst du zurück.«

»Du hast gewonnen.«

»Aber nur weil du die Kontrolle verloren hast.«

Adrian nickte. »Tut mir leid.«

Kev boxte ihn in die Seite, und wenn das freundschaftlich gemeint gewesen war, hatte er sich auf jeden Fall in der Kraft vergriffen.

»Entschuldige dich nie als Boxer bei einem Boxer. Nie! Du bist gut.«

Damit ging er, ein einziges Muskelpaket. Wie hatte er sich nur auf den einlassen können, dachte Adrian plötzlich, das hätte mächtig ins Auge gehen können, also nicht nur ein bisschen an die Nase, er hatte wirklich keine Kontrolle und keine Selbsteinschätzung, er war vollkommen drüber. Er gab sich einen Ruck und ging zu seinem Trainer, der das offensichtlich genauso sah.

»Nick.«

Der sehnige Mann schaute ihn aus seinen stechend blauen Augen an.

»Ich weiß, dass es falsch war. Ich weiß ...«

»Komm mit.«

Sie gingen in Nicks Büro. Da war Adrian noch nie gewesen, denn es war entweder eine besondere Ehre oder das Ende.

Nick setzte sich hinter seinen Schreibtisch, auf dem ein Computer aus dem letzten Jahrhundert stand, nahm sich einen Zahnstocher und kaute darauf herum.

Adrian blieb stehen. »Hey, es war scheiße, ich weiß, ich hab dich enttäuscht. Du hast mir diese Chance gegeben, und ich ...«

»Setz dich!«

Adrian setzte sich auf den wackeligen Klappstuhl. Raffiniert, dachte er, er hockt bequem in seinem Bürosessel, und der Delinquent kauert im Ungewissen. Zick, zack haste den fertiggemacht.

»Ich kenne deine Geschichte. Meret hat sie mir erzählt, damit ich dich trainiere.« Fuck, nur aus Mitleid. »Hätte ich aber nicht gemacht, wenn ich dein Talent nicht gesehen hätte.« Okay. »Also, hör auf, ’ne Pussy zu sein.« Doch nicht das Ende. »Kev ist dir haushoch überlegen in Taktik, Technik, Kondition und Kontrolle. Den haut so schnell keiner auf die Bretter.« Adrian musste lächeln, konnte nicht anders, jetzt war er plötzlich stolz. »Hör auf so dämlich zu grinsen.« Okay. »Ich schicke keinen in einen Wettbewerb, der sich nicht unter Kontrolle hat. Da geh ich dann nämlich auch leer aus. Und darauf habe ich keinen Bock.« Er zerbiss den Zahnstocher und spuckte die Teile auf den Boden.

»Ich lerne das. Ich krieg das hin.«

Nick wog den Kopf hin und her. »Vielleicht. Aber es ist Arbeit. Nicht nur hier bei uns. Du musst deine Probleme lösen. Das Boxen hilft dir zu vergessen, bringt dir viel bei über Beherrschung. Aber es löst deine Probleme nicht. Die bleiben.«

Adrian starrte auf seine Füße, in seinem Kopf zogen sich

Wolken zusammen, es wurde dunkel. »Da gibt es keine Lösung.«

Wieder dieser stechende Blick. »Ich weiß nicht viel. Meine Mutter war auch im Arsch. Aber irgendwann hab ich kapiert, dass es nicht reicht, sie zu hassen, dass mich das nicht weiterbringt. Also kümmere dich darum.« Nick stand auf und ging zur Tür. »Und wenn du heute noch trainieren willst, dann wäre jetzt der richtige Zeitpunkt.«

Adrian trainierte durch. Er wollte nicht mehr gehen und er wollte nicht mehr aufhören. Hier, wo Nick war, konnte ihm nichts passieren. Er verstand ihn, er sah ihn, er machte kein großes Gewese.

Als Moritz endlich kam, setzte er sich zu ihm an die Theke und holte das erste Mal Luft.

»Bro, du siehst übel aus.«

»Mir geht's gut.«

Moritz mixte ihm einen Superspezialpowerdrink. »Haste Zeit danach?«

»Wann ist das?«

»22 Uhr bin ich fertig.«

Adrian nickte. »Dann geh ich solange mal duschen.«

»Ich wollte ja nichts sagen!«

Moritz hatte eine Überraschung vorbereitet. »Ich kenn da einen, der macht quasi alles für mich, und der Typ ist ein Profi, musste dir keine Sorgen machen, Bro.«

»Sorgen um was? Und in was ist er Profi? Wo gehen wir hin, was hast du vor?«

»Abwarten.« Adrian fuhr mit Mo hinten auf dem Fahrrad durch die Stadt und ergab sich in sein Schicksal.

Sie hielten vor einem ganz normalen Mietshaus, nichts Besonderes, irgendwann nach dem Krieg hochgezogen und seitdem nicht weiter beachtet worden. Moritz klingelte ein Zeichen, zweimal kurz, einmal lang, und dann standen sie in einer abgerockten Bude bei einem Typen, den Adrian noch nie gesehen hatte. Moritz begrüßte ihn überschwänglich und küsste ihn auf den Mund.

»Hey Wonder, geil, dass du Zeit hast.«

»Für dich immer. Hab schon alles vorbereitet.« Er zeigte auf einen nach hinten geklappten Stuhl, daneben ein Tätowiergerät.

»Mo, was soll das?«

»Wonder, Momentchen!«

Moritz zog Adrian ein Stück weg von dem Typen, undefinierbar, nicht kaputt, und doch, nicht cool, und doch, bestimmt wesentlich älter, nicht einschätzbar. »Pass auf! Du gehst deinen Weg in diesem Boxding und da werde ich dich nicht aufhalten. Aber ich möchte, dass du dich immer daran erinnerst, dass wir Freunde sind, dass es mich gibt, und du ... wie soll ich sagen ... halt nicht allein bist.«

»Was ist denn mit dir los?«

Sein hibbeliger, dünner Freund stand vor ihm und war ganz ruhig.

»Ich weiß, wir reden über so was nicht. Und mach ich auch jetzt nicht. Tu einfach, was ich sage! Und immer, wenn du das Tattoo siehst, dann ... na dann weißt du es eben.«

Mobro und *Bromo* hatte Moritz ausgesucht und Wonder tätowierte es beiden auf den Unterarm. Verzog keine Miene. Moritz machte ein Selfie, schickte es in die Welt, und dann konnte Adrian nicht mehr.

Zu viel Gefühl den ganzen Tag, zu viel auf einmal. Gerade als Wonder das Feierbier anschleppte, sackte er völlig in sich zusammen.

»Ich muss ins Bett.«

»Soll ich dich begleiten?«

»Auf dem Gepäckträger, lieber nicht.«

Wonder legte seinen Arm um Moritz. »Bleibst bei mir.«

Adrian hatte keine Kraft mehr. Er sah aus den Augenwinkeln, dass Mo die Bierflasche zum Abschied hob und dann seinen Arm auch um Wonder legte. Er kam unten an und stellte fest, dass er das Fahrrad nicht abgeschlossen hatte. Sein Arm knisterte, wegen der Folie, die Wonder um das Tattoo gewickelt hatte. Mobro. Komisches Bild da oben. Was war mit dem und Wonder?

Adrian radelte durch die Nacht und obwohl sein ganzer Körper nach Ruhe schrie, fuhr er noch kurz beim blauen Haus vorbei. Da stand es im dunklen Wald, kein Licht. Meret hatte sich heute nicht blicken lassen im Boxwerk, und Adrian wollte nicht, weil unrealistisch, bezog es aber trotzdem auf sich. Er schaute das Haus an, wusste genau, wie es darin aussah, konnte sich vorstellen, wie Meret in ihrem Bett lag und schlief, Pongo neben sich, an sie drangekuschelt. Wenn er mutig gewesen wäre und nicht so vollkommen kaputt, vielleicht hätte er dann den Schlüssel unter dem Blumentopf vorgeholt und wäre einfach zu ihr reinspaziert. Hätte Pongo aus dem Bett geschmissen und seinen Platz eingenommen. Er fühlte Hitze in sich hochsteigen bei der Vorstellung, aber sein Körper war zu schwach, um seine Bedenken aus dem Weg zu räumen.

»Gute Nacht, ihr zwei!«, flüsterte er und eierte nach Hause.

Wo Thorsten am Tisch saß. »Hallo, Sohn!«

Adrian ließ sich auf einen Stuhl fallen und stöhnte. »Ich kann nicht mehr reden. Bin total im Arsch.«

»Glaube ich dir.«

Adrian horchte auf. So was hatte er noch nie zu ihm gesagt.

Sie schauten sich an, und Adrian folgte einem plötzlichen Impuls. »Weißt du etwas über meine Mutter?«

»Nicht mehr, als du, denke ich.«

»Warum sitzt du hier?«

»Hab auf dich gewartet. Vielleicht brauchst du mich ja.« Adrians Körper begann zu zittern. »Komm, ich mach dir ein Brot!« Thorsten verschwand in der Küche.

»Doro schon im Bett?«

»Lange. Die war bei eurer Psychotante heute, das macht sie immer fertig.«

Doro ging noch da hin? Ohne ihn? Plötzlich fühlte Adrian sich schlecht. Die ganze Zeit dachte er nur an sich, Nick hatte recht, er war die Pussy vor dem Herrn.

Thorsten kam mit einem Teller voller Brote und sie aßen, wie zwei, die im Reinen waren.

»Wie geht es Jonas?«

»Gut. Gut, er macht sich gut. Trainiert hart, obwohl er ja nicht so fleißig ist wie du. Er wird lernen müssen, dass man sich auf seinem Talent nicht ausruhen kann.« Adrian kaute, schaute ihn nur an und sah ein weiches Gesicht, voller Gefühl, unbekannt. »Manchmal denke ich, die machen ihn vielleicht kaputt da. Ihn, wie er eben ist.«

Vielleicht. Hatte er bei ihm über so was jemals nachgedacht?

»Ich möchte den Namen meiner Mutter wissen.«

Thorsten dachte nach. »Wie hieß sie noch? Warte ... Rebecca, nein, mit R irgendwas.« Er schüttelte den Kopf, fiel ihm nicht ein, stand auf und zog die Kommodenschublade auf, in die Doro alle Unterlagen warf, ein heilloses Durcheinander. Thorsten wühlte darin herum.

»Hast du sie mal gesehen?«

»Nein.«

»Wolltet ihr das nicht wissen? Wo ich herkomme und so?«

»Du warst ein Baby. Wir wollten ganz neu anfangen für dich, dir unser Leben bieten, nicht diesen kaputten Scheiß. Außerdem war das nicht vorgesehen. Deine Mutter war im Dauerdelirium, wir mussten dich erst mal in deinem Entzug begleiten, du hast sie nicht interessiert.« Eine Kladde in der Hand drehte er sich zu ihm um. »Entschuldige.« Dann las er. »Renate. Renate Lenz.«

Wie der Frühling, dachte Adrian. Sid Lenz. Wie bescheuert. Aber sie hatte ihm einen Namen gegeben. Das war doch gelogen, dass es sie nicht interessiert hat.

»Gib her.«

Thorsten gab ihm die Akte und nahm sich noch ein Brot. Adrian blätterte alles durch. Nur Text, kein Bild von ihr. Von dieser Frau, die ihn geboren hatte. Das war nicht egal, auch wenn er versuchte, sich das einzureden. Er war aus ihr entstanden, sie war in ihm und er hatte keine Ahnung, was das bedeutete.

Und dann die Unterschrift. ... *gebe meinen Sohn zur Adoption frei,* gezeichnet *R. Lenz.* Krakelig. Ohne Charakter oder Linie.

Und doch löste das so einen Liebesschwall in ihm aus, das dringende Bedürfnis, ihr zu helfen, verdammt, wie kann man jemanden lieben, der so unfähig, so ein Vollloser ist und den man überhaupt nicht kennt.

Mama!

»Adrian?« Thorsten hatte aufgehört zu kauen.

»Ihr hättet es mir sagen müssen.« Er konnte die Tränen nicht mehr zurückhalten.

»Ja.« Leise.

»Ich muss ins Bett. Darf ich die behalten?« Adrian wedelte mit der Kladde.

»Ja.«

Er zog sich aus dem Stuhl und hatte das Gefühl, sich nie wieder bewegen zu können. Legte den Ordner unter sein Kopfkissen und fiel ins Bett. Stille. Holte ihn wieder raus. Legte ihn neben sich, versuchte ihn zu umarmen, festzuhalten. Fühlte einen stechenden kleinen Schmerz im Arm. Bromo.

»Hab die Akte von meiner Ma.«

Keine Antwort von Moritz. Zu beschäftigt wahrscheinlich. Moritz. Adrian dämmerte weg, bis er plötzlich den Körper seines Bruders neben sich fühlte.

»Adi?«

»Mmmh?«

»Ich bin nicht mehr böse auf dich. Du hast jetzt genauso eine Nase wie ich. Eins, eins.«

»Mmmh.«

»Morgen kommt einer von dem Internat. Familie angucken und so.«

...

»Kannst du auch da sein?«

»Bist du deswegen nicht mehr böse?«

»Ja klar, deswegen auch nicht mehr. Ich brauch dich doch.«

...

»Adi?«

Am nächsten Morgen fühlte sich Adrian zwar wie gerädert, aber der Kopf war klarer, und das Tattoo erinnerte ihn an einen ereignisreichen und sehr besonderen Tag.

Meret hatte anscheinend Kafka entdeckt und traktierte sie im Deutschunterricht mit seinen sehr merkwürdigen Texten.

Warum war bei dem alles so hintenrum und verschlüsselt? Der schrieb eine halbe Seite und Meret konnte eine Doppelstunde darauf verwenden mit ihnen gemeinsam zu verstehen, was er eigentlich hatte sagen wollen. Er schaute ihr zu und fühlte sich ein bisschen überlegen, weil er wusste, wann sie gestern ins Bett gegangen war. Moritz war wie immer nicht da, hatte aber um fünf Uhr früh zurückgetextet. »Wow. Und?«

»Sie heißt wie der Frühling.«

»Spring?«

»Lenz. Renate Lenz.«

»Echt jetzt Renate?«

»Was dagegen? Noch Spaß gehabt?«

»Adrian?« Meret stand vor ihm und streckte ihm die Hand hin. »Da muss ich wohl leider auf Methoden aus der 5. Klasse zurückgreifen. Her mit dem Handy.«

Adrian zog es zurück. »Ich höre schon auf.«

»Gib! Kannst es dir nach der Stunde wieder abholen.«

Widerwillig händigte er es ihr aus. Es fühlte sich falsch an, wie sie mit ihm umging, sie war doch Meret und schon lange nicht mehr die Mehlsacks.

»So und jetzt lass doch mal hören! Was ist deine Meinung zu der Frage, die wir eben besprochen haben?«

»Wie war die noch mal?«

Meret verdrehte die Augen. »Wie vermehren sich Käfer?«

Die Klasse kicherte, und Adrian fand, dass es nun wirklich genug war.

»Zur Frage der Vermehrung im Allgemeinen und Besonderen hat sich Kafka keine öffentlichen Gedanken gemacht.«

Meret nickte, ein guter Konter forderte ihr stets Respekt ab. Nach der Stunde gab sie ihm das Handy ohne weiteren Kommentar zurück.

»Wir sehen uns«, sagte sie nur und meinte damit das Boxwerk, aber sicher war das nicht, verkürztes Training für Adrian, er hatte beschlossen für Jonas am Nachmittag den braven Bruder zu spielen.

Doro war aufgeregt, natürlich, das forderte ihr ganzes Organisationstalent. Ziel: den besten Eindruck zu machen.

»Was geht die das überhaupt an, wie wir sind?«, wollte Adrian wissen, der am Tisch saß und versuchte, die Servietten so zu falten, wie Doro es sich vorstellte.

Sie kam hektisch mit ihrem frisch gebackenen Kuchen aus der Küche. »Wahrscheinlich wollen sie einfach beurteilen können, aus welchem Umfeld der neue Schützling kommt, sich drauf einstellen, Maßnahmen ergreifen, ach, was weiß ich denn?« Sie nahm Adrian die Serviette aus der Hand und faltete in Windeseile und so, dass man es auf keinen Fall nachvollziehen konnte, einen Schwan. Dann setzte sie sich neben Adrian und musterte sein Gesicht. »Sieht schon viel besser aus. Aber ein bisschen Schminke ... wenn du nichts dagegen hast? Die sollen ja nicht denken, dass Jonas einen Bruder hat, der sich rumprügelt.«

»Ja, oder stell dir vor, sie würden herausfinden, dass er gar keinen Bruder hat«, ätzte Adrian, lief ihr aber trotzdem hinterher ins Bad, ließ sich auf den Wannenrand drücken und abpudern.

»Thorsten hat dir die Akte gegeben.«

Adrian nickte. »Hast du sie auch nicht getroffen?«

»Nein. Das wollte ich nicht. Ihren Schmerz, ein Kind abgeben zu müssen, ich meine, wahrscheinlich hat sie mich total gehasst, gedacht ich nehme es ihr weg. Irgendjemand muss ja immer schuld sein.«

»Thorsten meint, es wäre ihr egal gewesen.«

»Vielleicht. Das hat er sich so zurechtgelegt. Ich weiß nicht, ob du dir das vorstellen kannst, aber wir müssen da jetzt ja auch irgendwie klarkommen.«

Sie hielt Adrian einen kleinen Spiegel vors Gesicht, als wollte sie sagen, schau dich an, das bist du, egal, wer dich geboren hat. Oder einfach nur: »Ist doch viel besser. Sieht man kaum noch was. Haste halt eine ziemlich dicke Nase geerbt.« Sie drehte sein Gesicht zu sich, sodass er ihr in die Augen schauen musste. »Gehst du wirklich wieder da hin?«

»Umso mehr. Ich kann das und ich will das. Eine gebrochene Nase wäre eine Ehre.«

Doro schüttelte unwillig den Kopf. »Ich dachte, wir könnten noch mal zusammen zur Frau Schuhmacher. Es kann doch nicht der einzige Weg sein, andere Leute zu verprügeln.«

Zum Glück klingelte es in diesem Moment, »Huch, sind die schon da?«, und Jonas flitzte die Treppe runter.

»Sie kommen!«

Doro flitzte hinterher und Adrian ließ sich Zeit, bis sie fertig waren mit Small Talk, gute Fahrt gehabt, gleich gefunden, Wetter ist ja auch toll. Der Nagelscout ließ sich mit dem Trainer der Mannschaft, in die Jonas einsortiert worden war, zum Tisch führen, nickte Adrian zu und bewunderte den Kuchen.

»Das ist Jonas' Bruder«, erklärte er dem Trainer, den er Micha nannte, und Jonas warf Adrian einen angstvollen Blick zu. Was glaubte er denn? Er würde ihm seine Karriere nicht versauen, er nicht.

Doro schenkte Kaffee aus, verteilte Kuchen, plauderte formvollendet und kündigte ihren Mann für später an, wie Herr Nägele ja wusste, trainierte er die Kleinen, und das eben sehr pflichtbewusst.

Der Scout wandte sich an Adrian. »Und du? Hast du ein neues Hobby gefunden?«

»Er geht jetzt zum Boxen«, erklärte Jonas eifrig, und Doro zog ihm die rote Mütze vom Kopf. »Nicht am Tisch.« Jonas schnappte sie sich zurück. »Ich brauche die aber.«

Trainer Micha lächelte. »Beim Training kannst du die nicht aufhaben.«

»Weiß schon, aber da kann mir ja auch der Himmel nicht auf den Kopf fallen.«

»Schmeckt Ihnen der Kuchen?« Doro wollte nervös vom Thema ablenken, die mussten ja nicht gleich merken, dass Jonas manchmal so ganz eigene Vorstellungen hatte.

»Sehr lecker.« Gelungen. »Und er boxt jetzt?«

Adrian starrte den Scout an. Sprach der ihn tatsächlich in der dritten Person an?

»Ja, und er hatte auch schon seinen ersten Kampf!«, verkündete Jonas stolz. Adrian lehnte sich zurück. Musste er ja wohl nichts sagen. Der Scout wandte sich an Doro. »Das scheint mir eine gute Entscheidung.«

Na, dann waren ja alle zufrieden, und als jetzt auch noch das Familienoberhaupt in seinem Fußballtrikot erschien, war die kleine Welt der perfekten Familie Bellmer in Ordnung. Ab hier ging es nur noch um Fußball, Abläufe, Jonas' Zukunft, sein Leben. Adrian machte sich vom Acker, ohne dass jemand widersprach. Wahrscheinlich merkten sie es nicht einmal. So kam er doch noch zu seiner angestrebten Trainingszeit und war schon wieder am Limit, als der Thekenclown eintraf.

»Bromo!«

»Mobro! Wie schaut's?«

»Bisschen platt. Lange Nacht.« Vielleicht hätte Adrian weiterfragen sollen. Ob Wonder Mos Freund war, ob es da etwas gab, was er nicht von ihm wusste. Aber er beließ es dabei. Sie redeten über so was nicht, und sicher wäre es Moritz peinlich.

»Wir sind seit zwei Wochen zusammen, aber ist echt anstrengender, als ich dachte. Weiß auch nicht, vielleicht bin ich nicht so der Beziehungstyp.« Okay, es war ihm nicht peinlich. »Aber mal ganz abgesehen von mir – da kommt dein Carosyndrom.« Meret lief strahlend und mit großer Trainingstasche ein, und Adrian wunderte sich, dass nicht alle Applaus klatschten.

»Hi, ihr zwei!«, reimte sie ihnen fröhlich entgegen, und Adrian fiel absolut nichts ein, was er darauf antworten sollte.

Moritz verbeugte sich leicht in ihre Richtung. »Frau Lehrerin.«

»Apropos, hat Adrian es dir schon erzählt? Wir sprechen jetzt über die Vermehrungsvorstellungen von Kafka. Vielleicht könnte dich das in die Schule locken?«

Moritz winkte ab. »Wohl kaum. Mit Vermehrung hab ich genauso wenig zu tun wie der. Außerdem müssen Adrian und ich uns jetzt der Gerontologie zuwenden.« Er zog einen zerknüllten Brief aus der Hosentasche und wedelte damit herum. »Altersresidenz Sonnenschein! Klingt vielversprechend, oder?«

Sonnenschein versprach immer Sonnenschein, das wusste Adrian aus Erfahrung. Die Seniorenresidenz war gut in Schuss, es gab einen großen Park und die Insassen hatten größtenteils ein Zimmer für sich allein, oft sogar, je nach vorhandenem Reichtum, mit eigenem Bad. Das sie meistens allerdings nicht mehr ohne Hilfe benutzen konnten. Moritz war wie immer frohen Mutes, »was wir alles erleben«, und Adrian wie immer nicht, keine Zeit, muss boxen, verstehe mich nicht mit alten Leuten, die riechen, haben keine Zähne und können sich nicht mehr bewegen. Eine unvorstellbare Vorstellung für ihn, unmöglich. Er würde sich das ganze Leben lang so intensiv bewegen, dass er es dann im Alter immer noch genauso gut können würde.

Bei Moritz sah er da allerdings schwarz. So viel, wie der rumlag, könnte ihn das Altenschicksal schon Mitte 20 ereilen.

Sie mussten grüne Klamotten anziehen und Schlappen aus Gummi und dann bekamen sie all die Jobs, die die hauptamtlichen Pflegerinnen nicht so gerne machen wollten. Klar, zwei Knackis, die hatten Dreck am Stecken, da konnten sie hier doch gerne die Suppe auslöffeln. Erst hatte Adrian gedacht, achtzig Stunden, das geht ja schnell, aber jetzt, da er Eimer leeren musste, Windeln wechseln, Klos schrubben, schienen ihm achtzig Stunden eine ganze Ewigkeit zu sein. Moritz pfiff fröhlich vor sich hin, als sie die Alten in den Speisesaal zu Kaffee und Kuchen brachten, so dieses leise Pfeifen, das nur die anderen hören, man selbst merkt es gar nicht. Adrian stieß ihn in die Seite.

»Was denn?«

»Du pfeifst.«

»Und?«

»Das nervt.«

Adrian schob den Rollstuhl mit Frau Schuy darin an ihren Platz. Die Frau hatte kein einziges Wort mit ihm gesprochen, auf nichts geantwortet, keine Reaktion. Ihm sollte es recht sein, musste er sich nicht irgendwelchen unterhaltsamen Kram aus dem Hirn saugen. Er machte, was er machen sollte, und hing dabei seinen Gedanken nach. Und nein, er wollte keinen Kuchen, setzte sich abseits auf einen Stuhl an die Wand und kam sich vor wie ein Museumswärter, der auf Kunstwerke aufpasst. Kunstwerke, die vor mehreren Jahrhunderten erschaffen worden waren. Moritz saß mit ihnen am Tisch, futterte drei Kuchenstücke und unterhielt die ganze Runde. Eine positive Haltung brachte einem auf jeden Fall mehr Spaß, aber Adrian hatte sie einfach nicht. Er wollte boxen gehen, mit Nick Kontrolle üben.

Der hatte ihm gestern mal wieder Grenzen aufgezeigt. Pratzentraining, Adrian drosch auf die Handschuhe ein, die er ihm entgegenhielt. Und dann lachte er ihn aus.

»Was soll das denn sein? Willst du kleinen Fliegen ans Leder? Schlag mal zu!«

Adrian hatte schon alles gegeben oder es zumindest gedacht, jetzt legte er noch eine Schippe drauf. Und Nick lachte wieder, wandte sich an die anderen Trainierenden und machte sie auf das Würstchen aufmerksam, das hier so tat, als wäre es ein Boxer. Die anderen lachten mit, und da platzte Adrian der Kragen. Er ging auf Nick los, prügelte, was das Zeug hielt. Und der wehrte sich nicht. Ließ die Arme hängen und ihn prügeln. Bis Adrian checkte, was gespielt wurde, aufhörte und sich mit den Händen keuchend auf den Knien abstützte.

»Du verarschst mich.«

»Und du hast keine Kontrolle.«

»Noch mal, jetzt!«

»Da fällst du ja jetzt nicht noch mal drauf rein. Wir gehen zu den Sandsäcken.«

»Nick!«

»Komm!«

Er musste das weiter üben, bessere Techniken finden und vor allem die Balance. Denn immerhin war seine Wut ja auch wichtig. Wut mit Mittelmaß, wie sollte das denn gehen?

Moritz kam laut knarzend mit seinem Stuhl am Hintern zu ihm, einen Teller mit Kuchen für ihn auf dem Schoß.

»Hier Bro, kleine Stärkung.«

»Danke, keinen Hunger.«

»Los, iss, du wirst es brauchen.«

»Wozu?«

»Kriegst gleich den Spezialauftrag, mit Frau Schuy zum Friedhof zu eiern.«

Adrian stöhnte und stopfte den Kuchen in sich hinein. Eh schon egal jetzt, auch wenn er noch nie verstanden hatte, warum alle dauernd dieses Zeug aßen.

Moritz lehnte sich in seinem Stuhl zurück und hielt sich den Bauch. »Boah, zu viel gegessen.«

»Kommst du mit?«

»Nee, ich soll mit einem Herrn Meier Schach spielen.«

»Kannst du doch gar nicht.«

Moritz winkte ab. »Er auch nicht.«

Adrian schaute auf die Uhr an der Wand, riesige Zahlen und Zeiger, die beim Weiterlaufen ein Geräusch machten. Damit die Alten nicht vergaßen, dass die Zeit ablief, wahrscheinlich.

»Erst zweieinhalb Stunden. Zweieinhalb von achtzig. Das überlebe ich nicht.«

Mo quälte sich mit seinem Kuchenbauch aus dem Stuhl und klopfte ihm auf die Schulter. »Du schaffst das!«

Adrian musste Frau Schuy warm einpacken, obwohl draußen die Sonne schien, und bekam genaue Instruktionen von dem Pfleger, der sich jetzt vor dieser Aufgabe drücken konnte. Nicht reden, die antwortet eh nicht, Friedhof Reihe 7, Grab 324, da liegt ihr Mann, bisschen gucken, ob alles in Ordnung aussieht, und ihr ungefähr eine Viertelstunde Zeit geben. Das würde reichen. Dann wieder zurück und bettfertig machen.

Was für ein Leben!

Adrian zuckelte also mit ihr los, schob sie die Straße entlang Richtung Friedhof. Sie sagte nichts, er sagte nichts, und außer ihnen war auch niemand unterwegs. Der Friedhof war riesig und Adrian brauchte gefühlte Stunden, ehe er das Reihensystem verstanden hatte. Die Schuy rührte sich nicht, obwohl sie, sollte sie noch was im Kopf haben, den Weg auf jeden Fall kennen musste. Endlich, nachdem sie den ganzen Friedhof von oben bis unten abgeklappert hatten, standen sie vor dem Grab von Ernesto Schuy. Vor fünf Jahren gestorben und so sah es auch aus. Nicht, als würde seine Frau ihn jeden Tag besuchen und sich kümmern, und wenn sie nicht, der Pfleger mit den gelben Raucherfingern.

»Da sind wir«, sagte Adrian, klickte die Bremse beim Rollstuhl ein und schaute nach, ob Frau Schuy auch immer noch ausreichend zugedeckt war. Da saß sie, schaute auf das Grab, und die Tränen liefen ihr die Wangen hinunter. Von wegen keine Reaktion. Adrian ging in die Hocke, und gab ihr ein frisches Taschentuch in ihre faltigen Hände. Sie drückte es fest und weinte weiter.

»Wissen Sie was, Frau Schuy«, gab sich Adrian einen Ruck, »an Ihrer Stelle würde ich auch weinen. Wenn sich niemand drum kümmert, dass das Grab gut aussieht. Das hat Ernesto bestimmt nicht verdient.«

Er marschierte zum nächsten Gießplatz, fand dort Gartengeräte, einen Eimer und eine Harke und ging ans Werk. Zog das Unkraut heraus, harkte die Erde locker, machte den Rand sauber, legte kleine weiße Steine als Zierde außenherum und klaute einen Topf mit gelben Blumen vom Nebengrab. Der hatte wirklich genügend, der Hans Kluge, der konnte Ernesto ruhig was abgeben. Adrian stellte ihn genau in die Mitte, stemmte die Arme in die Seite und schaute Frau Schuy an. »Besser?«

Sie hatte aufgehört zu weinen, immerhin, und ihre winzigen farblosen Augen leuchteten. Adrian beschloss, ihr noch ein wenig Zeit zu geben. Wer ging denn schon um 18 Uhr ins Bett? Sie konnte das nicht mehr entscheiden, das machte Gelbfinger für sie. Und heute eben Adrian.

Er setzte sich neben sie auf den kiesigen Boden, schlang die Arme um die angezogenen Beine und hätte zu gerne gewusst, wie das Leben gewesen war von Ernesto und Frau Schuy. Hatten sie Kinder gehabt? Wo haben sie gelebt und vor allem, was haben sie alles erlebt? Er würde es nie erfahren. So wie vieles. War es normal, dass man Sachen nicht wissen konnte, dass Dinge, Geschichten, Zeiten für immer im Dunklen blieben? Wer war sein Vater? Hatte er gewusst, dass er ein Kind gezeugt hatte? Und wenn nicht, wie war es ihm ergangen? Vielleicht hatte Adrian ja noch andere Geschwister, außer seinen falschen Bruder Jonas.

Und die Mutter? So viele dunkle Löcher.

»Du solltest auch ein Grab haben, das du pflegen kannst«, erklang eine leise, raue Stimme, und da sonst niemand da war, hatte es wohl Frau Schuy gesagt. Sonst sagte sie nichts, und niemand hatte sie bisher sprechen gehört. Vielleicht hatte Adrian es sich auch nur eingebildet, laut gehört, was er leise gedacht hatte. Er betrachtete den kleinen Kopf der alten Dame, der langsam zur Seite fiel. Sie war eingeschlafen. Wahrscheinlich doch ihre Zeit, zu Bett zu gehen. Vorsichtig schob Adrian sie in den Sonnenschein zurück, hob sie aus dem Stuhl und legte sie, wie sie war, ins Bett. Leicht wie eine Feder. Kein Problem für Kante. Gelbfinger brachte dann den ganzen Frieden wieder durcheinander, zeterte herum, palaverte über Nachthemden, Nachtwindeln und Nachtruhe, weckte Frau Schuy mit seinem Gemecker und hackte auf diesen Sozialschmarotzern herum, die ihnen immer wieder geschickt wurden. Als wären sie nicht schon gestraft genug mit ihrer Unterbezahlung und Ausfällen. Adrian blieb ganz ruhig, sagte Frau Schuy Gute Nacht und bildete sich ein, sie hätte ihm zugezwinkert.

Erst draußen, wo er auf Moritz wartete, weil er ja kein Fahrrad hatte und wohl noch mit seiner Schachpartie beschäftigt war, fiel ihm das auf. Er war ruhig geblieben, obwohl er dem Typen am liebsten die zeternde Fresse poliert hätte. Er steckte die Hände in die Hosentaschen, grinste und war stolz auf sich. Und dann, gerade als Moritz rausgeschlurft kam und schrie: »Ich habe gewonnen!«, kam ihm die Idee, wusste er, was ihm die alte Frau Schuy hatte sagen wollen.

Es war nicht so schwierig, wie Doro es vorausgesagt hatte. Vielleicht, weil sie es nicht wollte. 17 Jahre lang war sie die Mutter von Adrian gewesen, jetzt gab es plötzlich eine andere und sie verlor ihre Rolle und Bedeutung.

»Es geht um Adrians Wohl«, hatte die Schuhmacher wahrscheinlich zu ihr gesagt, zumindest änderte sie ihre Meinung, nachdem sie erst mal ganz schnell »kommt nicht in die Tüte« gesagt hatte.

Er wäre ja auch alleine zum Jugendamt gegangen, aber eben noch nicht volljährig. Sie musste unterschreiben, dann er, dann hatten sie den Friedhof, nicht weit von hier in einer kleineren Stadt, deren Name normalerweise Idylle versprach, nicht Gräber von Drogentoten.

Er würde dorthin fahren und es sich anschauen. Das wollten sie doch alle, dass er sich auseinandersetzte, seinen Schmerz nicht nur wegboxte. Nach einer harten Trainingswoche und erfolgreicher Klassenarbeit über Kafka, an der auch Moritz teilgenommen hatte, nutzte er den trainings- und sonnenscheinfreien Sonntag.

Moritz wollte mitkommen. Doro, und auch Jonas boten sich an. Aber seine Sache, seine Mutter, seine Konfrontation. Adrian stieg allein in den Zug, wanderte durch die kleine Stadt. Hatte sie hier gelebt? Konnte man hier überhaupt drogensüchtig werden? Oder gerade hier? Auf jeden Fall gab es hier irrsinnig viele Mütter, junge Frauen, die Kinderwägen vor sich herschoben. Hätte seine gut hineingepasst mit ihrem kleinen Sid.

»Wie heißt der Kleine?«

»Sid.«

»Ausgefallen.«

»Nur für Sie.«

War sie so gewesen? Widersprach, rebellierte? Oder eher angepasst wie ihr Sohn? Vielleicht war er ja auch gar nicht angepasst, sondern nur so erzogen. Sie hatten ihm die Rebellion von vorneherein ausgetrieben. Er folgte einem richtungsweisenden Schild, lief über den Marktplatz, an der Kirche vorbei und stand vor dem alten, eisernen Tor des Friedhofs.

»Geh nicht da rein, lass sie ruhen, das bringt dir doch nichts«, warnte ihn seine innere Stimme, aber er hörte nicht auf sie. Er war schon zu weit, konnte jetzt nicht einfach wieder nach Hause fahren, nur weil er Angst hatte. Die Tür quietschte, wie es sich gehörte, als Adrian sie öffnete, und diesmal ließ er sich keine Nummer geben, er würde das Grab schon finden, das war sicher. Langsam ging er die kiesigen Wege entlang, hörte nichts außer seine knirschenden Schritte, ein paar Vögel, denen es wohl nicht bekannt war, dass hier Totenruhe herrschte, und die Kirchenglocken, die das beläuteten. Lauter Namen, Schicksale, die den Einzelnen und ihren Angehörigen so viel bedeuteten, aber innerhalb des Weltgeschehens, der Menschheit nicht vorkamen, schnell verblassten. Ein Grabstein, drei Reihen weiter, stach ihm ins Auge. Eine weiße Statue, ein Engel, der traurig nach unten schaute. Dort zog es ihn hin. Er war nicht für Kitsch, eigentlich eher das Gegenteil, aber was sollte man machen, gegen ein Gefühl, das einen ausfüllte, und von dem man wusste, dass es nur wahr sein konnte.

Renate Lenz, geliebte Tochter.

Das Grab unterschied sich in jeder Beziehung von dem des Ernesto Schuy. Topgepflegt, Rosenranken um den Engel, frisch geharkt und mit einem ewig flackernden Licht, grün, umsorgt.

Adrian stand davor wie versteinert, sog das Bild in sich ein, studierte das Geburts- und Sterbedatum. Seine Mutter war so alt wie er gewesen, als ihr Leben zu Ende war. Er hatte vergessen, Blumen mitzubringen, sie brauchte aber auch keine, waren ja genug da, jede andere hätte das Gesamtbild gestört. Plötzlich tat ihm alles weh. Seine Brust war zu eng, er bekam kaum Luft und musste sich setzen. Lehnte sich an einen Baum gegenüber, keuchte, hatte alles im Blick.

»Mama?«

Ob sie ihn wenigstens einmal im Arm gehalten, einmal angesehen hatte? Ihren Sohn, ihr Baby? Ein Eichhörnchen kam von einem Baum geflitzt, sah ihn, hielt inne, musterte ihn mit aufgeregt wackelndem Schnäuzchen. Ein Zeichen, würde jeder andere denken, sie ist bei mir, sie will mir etwas sagen. Aber Adrian glaubte nicht an so was, brauchte keine Mythen, um klarzukommen. Seine Mutter war schon lange tot.

»Du hättest wenigstens weiterleben können. Dann hätten wir uns besucht, und ... und ... na ja.«

Das Eichhörnchen tippelte vorsichtig zu ihm, reckte den Hals, schnupperte, und er rührte sich nicht, wollte ihm keinen Schrecken einjagen.

»Ich hätte dir erzählt, dass ich Boxer werde. Hab schon vier Siege jetzt. Bin gut darin. Und du hättest mir geantwortet, dass ich das bestimmt von meinem Vater geerbt habe, der war auch so ein Schrank, das hast du so gemocht an ihm. Schränke bieten Schutz.« Adrian schnürte es die Kehle zu, er musste schlucken. Das Eichhörnchen setzte sich auf die Hinterbeine. »Und wenn du dich jetzt ernsthaft in einem Eichhörnchen versteckt hast, muss ich dir schon sagen, wärst du mir als Mutter lieber gewesen.« Er schluckte wieder, nicht witzig. Auch das Eichhörnchen war beleidigt und flitzte davon.

Die Tränen liefen ihm lautlos übers Gesicht und er erinnerte sich selbst an Frau Schuy. Unnötig, nach einer Verbundenheit zu seiner Mutter zu suchen, sie war einfach da. Nur weil Mutter.

»Magst du Hunde?«, fragte er, als er sich wieder ein bisschen beruhigt hatte. »Meine Freundin hat einen. Pongo.« Er schob mit seinen Füßen Kieselsteine hin und her, schaute schuldbewusst zum Grab hoch. »Ist gar nicht meine Freundin. Man soll tote Mütter nicht anlügen.«

»Nimm dir so viel Zeit, wie du brauchst«, hatte Doro beim Abschied gesagt. Aber wie viel war das genau? Er konnte nicht fühlen, was er brauchte, lehnte den Kopf zurück an den Baumstamm, schaute in die Wolken.

»Wolkenbeobachtung«, sagte Jonas gerne mit erhobenem Zeigefinger, »ein wichtiger Baustein der lebensnotwendigen Ertüchtigungen.«

Er wachte von dem Geräusch von Schritten auf Kies auf. Eine ältere Frau näherte sich dem Grab. Schlicht, aber schick gekleidet, Gesundheitsschuhe der feineren Art, eine Gießkanne in der einen und eine große Tasche in der anderen Hand. Sie holte ein längliches Kissen daraus hervor, legte es vor dem Grab auf den Boden, kniete sich darauf und begann verwelkte Blätter aus dem Bodendecker zu zupfen. Adrian hatte keine gesehen, und die paar, die sie fand, ließen darauf schließen, dass sie hier jeden Tag herkam. Die Mutter der Mutter?

Adrian verhielt sich still und war froh, dass er halb von einem Busch verdeckt war. Die Frau sagte nichts, vollkommen lautlos, machte alles nur noch sauberer und ordentlicher und wechselte das ewige Licht aus, das damit den Ewigkeitsfaktor verlor, stand wieder auf.

Sie goss liebevoll, ließ dabei keinen Zentimeter aus, packte das Kissen und die abgebrannte Kerze in die Tasche, blieb noch einen Moment stehen, schaute, gedachte und ging dann wieder.

Adrian rappelte sich hoch und folgte ihr in gebührendem Abstand. Keine Ahnung warum, immerhin hätte er sie ja auch am Grab ansprechen können, aber vielleicht wollte er das gar nicht, sondern nur herausfinden, wer sie war. Sein Handy brummte, die Frau blieb stehen, schaute sich um und er konnte gerade noch hinter einem Baum in Deckung gehen.

»Und? Wie? Hast du deine Mutter gefunden?«, schrieb Moritz. Klar, der konnte das nicht aushalten.

»Später«, schrieb er nur zurück und schaltete das Handy aus.

Er folgte der Frau über den Marktplatz zurück, einige Blöcke weiter in eine Siedlung, in der alle Straßen nach Singvögeln benannt waren.

In den Starenweg 9 bog sie ein, lief durch den kleinen, ebenfalls sehr gepflegten Garten, schloss die Haustür auf und verschwand. Die Siedlung war statusmäßig eine Nummer besser als ihr Reihenhauskinderparadies. Jedes Haus stand für sich, die Gärten größer, die Autos vor den Garagen nicht zwangsläufig Kindertransportbusse.

Adrian musterte die Fenster der Nummer neun, die von schlichten Gardinen geschmückt waren, sah die Frau in der Küche auftauchen und herumhantieren. Erst als sie da verschwand, ging er zum Klingelschild. Familie Lenz. Er hatte eine neue Oma. Und wer weiß, wer da noch alles hinter den sauberen Vorhängen hauste.

Ratlos stand er da. Auch diese Frau hatte sicher gewusst,

dass ihre Tochter schwanger war. Sie hatte nicht gesagt: »Wo ein Häschen, da ein Gräschen«, hatte nicht ihre Hilfe angeboten, ihre Tochter in eine Entzugsklinik geschickt und so lange den Jungen hochgepäppelt, bis die sich selbst kümmern konnte. Plötzlich fühlte er wie Doro. Warum hatte er hier hinfahren müssen? Man hätte doch auch alles in Ruhe lassen können. In Ruhe die große Wunde heilen und keine unzähligen weiteren aufreißen. Aber nein, du musst das Problem anpacken, eine Lösung finden, du kannst nicht einfach nur boxen, das heilt nicht wirklich, du musst, du sollst, du brauchst. Ratschläge von irgendwem, den die Sache nicht wirklich betraf. Ahmadu zum Beispiel, einer aus der Community, war aus dem Sudan geflohen. Krieg, Vater verschwunden, Mutter krank, Geschwister auf der Welt verstreut. Vollkommen verloren und traumatisiert war er in Deutschland an- und dann bei Nick untergekommen. Konnte sich austoben, einen Platz in der Community, eine Ersatzfamilie finden. Seinen Space.

Er war nicht in den Sudan zurückgefahren oder hatte seine Geschwister in der Weltgeschichte eingesammelt, diese Probleme konnte und wollte er nicht lösen. Er hatte sich um sich gekümmert und machte jetzt gerade den Trainerschein. Adrian hätte es wie er machen sollen.

Aber jetzt war er nun mal da, stand vor dem Haus, in dem seine Mutter vielleicht aufgewachsen war, bei Leuten, die ihm etwas über sie erzählen konnten, und wenn er das jetzt nicht nutzte, würde er es immer bereuen und wahrscheinlich sowieso irgendwann wieder herfahren.

Aber was sollte er sagen? Würde er überhaupt einen Ton rauskriegen? Er wünschte, er hätte doch jemanden mitgenommen. Man war stärker, wenn noch wer neben einem und auf seiner Seite stand.

Adrian schaltete sein Handy wieder ein. Moritz hatte nicht weiter auf Informationen bestanden, wuselte wahrscheinlich schon hinter seiner Theke herum, da wo er hingehörte, im Boxwerk, wo auch Adrian jetzt gerne wäre. Es plingte. Meret hatte angerufen und danach eine Nachricht geschickt.

»Wo steckst du? Klo verstopft – Pongo schuld.«

Adrian suchte den nächsten schützenden Baum, ließ sich darunter nieder und rief sie an.

»Adrian?«

»Ja, ich bin's.«

»Boah, gut, dass du dich meldest. Ich glaube, Pongo hat sein Schaumstoffbällchen ins Klo geworfen. Ich hab's versucht, ehrlich, wollte es wieder rausfischen, aber dadurch ist es nur noch tiefer verschwunden, und ich glaube, jetzt zu einem riesigen Gymnastikball aufgegangen, weißt schon, wegen des Wassers ... Adrian?«

»Ja?«

»Wo steckst du?«

»Ich sitze vor dem Haus meiner Oma. Also, meiner richtigen Oma.«

Am anderen Ende der Leitung war es eine Zeit lang sehr still. »Wow, wie hast du das gefunden?«

»War nicht so schwer. Mama habe ich auch schon gesehen. Also meine Mutter, das Grab.«

»Bist du allein?«

»Ja.«

»Komm nach Hause.«

»Wegen deinem Klo?«

»Nein, wegen deiner Seele.«

»Das Ding ist, diese Frau, die meine Oma ist, ist jetzt in ihrem Haus verschwunden. Ich könnte klingeln und sie alles fragen.«

»Adrian. Das solltest du vielleicht nicht allein tun. Wer weiß? Und was meinst du, wie es dieser Frau ergeht, wenn sie dich sieht und erfährt, wer du bist.«

»Das ist mir egal, sie hat sich ja auch nicht darum gekümmert, wie es mir ergangen ist.«

Meret schnaubte und fand anscheinend keine gute Antwort darauf.

»Du solltest in Ruhe darüber nachdenken.«

»Dafür habe ich keine Zeit. Wenn ich darüber nachdenke, denke ich dauernd darüber nach und kann mich nicht darauf konzentrieren, die letzten drei Kämpfe zu gewinnen.« Sie sagte nichts. »Und mein Abi zu machen, wenn du unbedingt willst.«

»Ist dein Abi. Und warum rufst du mich dann an, wenn du eh schon entschlossen bist.«

»Du hast mich angerufen. Das Klo.«

Ein Auto parkte auf der Straße, und ein älterer Mann stieg aus. Rein äußerlich passte er sehr gut zu der Frau, die Adrians Oma war, schlicht vornehm, gepflegt, eine Aktentasche statt ihrer großen. Er ging durch den Garten der Nummer neun, schloss die Tür auf und verschwand im Haus.

»Adrian?«

»Gerade ist mein Opa von der Arbeit nach Hause gekommen.«

»Sag mir die Adresse. Wir machen das zusammen.«

»Ehrlich?«

»Ehrlich. Du wartest, unbedingt, du wartest auf mich, hast du das verstanden?«

Adrian nickte und holte tief Luft, die endlich wieder seine Lungen füllte und ihm das Gefühl von Stärke und Geborgenheit gab.

PROTOKOLL

»Ich hab keine Ahnung, wo der ist ... halt, Pongo, hierher, Sitz ... entschuldigen Sie. Was meinen Sie mit Verhältnis? Adrian ist mein Schüler und ich habe versucht, ihm zu helfen. Es war nicht ganz einfach für ihn in der letzten Zeit, das haben Sie ja sicher schon gehört. Aber das Boxen hat ihm geholfen, also, zumindest hatte ich das Gefühl. Ach, wissen Sie zufällig, ob er den Kampf gestern gewonnen hat? War ihm wichtig, ich wollte eigentlich hingehen, klar, aber dann ... dann ist was dazwischengekommen. Wo ich war, haha, jetzt brauche ich wohl ein Alibi, nee, brauche ich nicht? Gut. Ach, na ja, eigentlich konnte da fast nichts mehr schiefgehen, Adrian hat sich echt hochgearbeitet, ein Wahnsinnstalent, habe ich gleich gesehen, und halt diese Grundwut in sich, die braucht man ja da schon auch. Was ist denn mit ihm? Warum suchen Sie ihn? Ist etwas passiert? ... Pongo! ... Entschuldigung, der hat aus irgendeinem Grund eine sehr enge Bindung zu Adrian, fährt total auf ihn ab. Ich glaube fast, er spürt, dass es um seinen speziellen Freund geht ... Zu Hause ist er wohl nicht, sonst würden Sie mich ja nicht fragen? ... Ach so, es gibt da so eine Lichtung, eine ganz besondere, vielleicht ist er dort? Wir können Ihnen gerne zeigen, wo die ist, Pongo braucht eh mal bisschen Bewegung, ich zieh mir nur schnell die Schuhe an ... Ist ja schon komisch, dass er nicht in seinem Bett ist. Vielleicht hat er gefeiert, ich meine,

Adrian ist siebzehn ... vielleicht mit Moritz, das ist sein Freund, aber von dem weiß ich nicht, wo er wohnt, da müsste ich in der Schule nachschauen. Ein ziemlich spezieller Typ, kommt nicht oft und kriegt trotzdem alles hin. In den letzten Wochen war er gar nicht da, vielleicht wegen der Sozialstunden, Adrian und er haben da Mist gebaut und sind verdonnert worden, Seniorenheim Sonnenschein, hieß das. So, Schuhe sind an, wir können los! Pongo!
Also, ich weiß, dass Sie mir nicht sagen können, was passiert ist, aber irgendwie will ich jetzt Adrian nicht verpfeifen, der hat schon genug Mist am Hals, nee, natürlich, wenn er irgendwas Schlimmes gemacht hat ... Hat er was Schlimmes gemacht? Er ist ... ja, schon ein bisschen unberechenbar manchmal, hat's nicht leicht, der Junge, kommen Sie, kommen Sie, wir müssen hier lang ...«

Meret Mehlsacks, Referendarin

8. KAPITEL

Meret sah umwerfend aus. Sie war auf irgendeiner Tagung gewesen, »man muss sich ja weiterbilden«, hatte tatsächlich einen Rock an und trug statt des ewigen Rucksacks eine Handtasche elegant über dem Arm. Sie zeigte auf die Nummer neun.

»Das ist es?«

Adrian nickte und Meret schaute ihn prüfend an. »Gehen wir rein?«

Sie öffnete das Gartentor und hielt es ihm auf. Adrians Herz klopfte bis zum Hals, als er den Schritt über die Schwelle in den Garten seiner Mutter machte. Meret lief ihm jetzt voraus und klingelte. Zögerte nicht, zog Adrian zu sich.

Frau Lenz öffnete die Tür. »Ja, bitte?«

Meret schaute Adrian an, aber er brachte keinen Ton raus, starrte die Frau nur an und dachte, siehst du nicht, wer ich bin?

»Meret Mehlsacks, ich bin die Lehrerin von Adrian hier. Er würde gerne etwas mit Ihnen besprechen, also ich bin quasi nur die Begleitung.«

Frau Lenz musterte die beiden irritiert, schaute ins Haus zurück, als erhoffte sie sich Hilfe von ihrem Mann, und nickte dann.

»Kommen Sie rein.«

Meret zog ihre ungeschüttelte Hand wieder zurück, schob Adrian vor und sie folgten der Frau ins Wohnzimmer. Sie zeigte auf den Tisch, wo ihr Mann saß, und in die Tageszeitung vertieft war.

»Setzen Sie sich, kann ich Ihnen etwas anbieten?«

Adrian schüttelte den Kopf, »Nein danke«, sagte Meret.

Herr Lenz ließ die Zeitung sinken, zog die Augenbrauen hoch, sagte aber nichts. Auf der Kommode hinter ihm standen Fotos in schlichten Rahmen. Ein Mädchen, das ohne Vorderzähne in die Kamera grinste, eine Jugendliche auf einer Mauer sitzend und winkend, eine junge Frau mit ernstem Gesicht. Sie war hübsch. Dunkle Haare. Das war sie also.

Frau Lenz setzte sich auf die Stuhlkante und schaute die geheimnisvollen Gäste an. Adrian zeigte auf die Fotos.

»Ist das Renate?« Seine Stimme klang rau, er musste sich räuspern. »Ihre Tochter?«

Das Gesicht der Frau verfinsterte sich sofort, er aber antwortete sachlich: »Ja. Wer sind Sie? Was wollen Sie von uns?«

»Ich bin Sid.« Meret schaute ihn erstaunt an und die Frau verlor sämtliche Farbe aus ihrem Gesicht. »Also, meine Adoptiveltern haben mich Adrian genannt, aber eigentlich Sid.«

Der Mann stand auf und holte sich einen Schnaps, während Frau Lenz ihr Gesicht in den Händen vergrub. »Und was willst du hier?«, fragte er und kippte das Glas.

Adrian wusste nicht, was er erwartet hatte, wahrscheinlich nicht diese Kälte, vielleicht dass sie erfreut aufsprangen und ihn in den Arm nahmen, optimalerweise, »Sid, wir haben dich schon überall gesucht, du bist das Einzige, was uns von unserer Renate geblieben ist, komm her, endlich haben wir dich gefunden!«

Meret legte ihm beruhigend eine Hand aufs Bein, und da platzte alles aus ihm heraus.

»Ich ... ich hab rausgefunden, wer meine Mutter ist und dann habe ich Sie am Grab gesehen. All meine Fragen, ich dachte, Sie könnten sie vielleicht beantworten, weil sonst gibt es ja niemanden, der etwas weiß. Und ... also, wenn man es genau bedenkt, sind Sie ja meine Großeltern.«

Frau Lenz tauchte aus ihren Händen auf, ihre Augen waren tränenschwer.

Ihr Mann stellte sich schützend hinter sie und legte ihr eine Hand auf die Schulter. »Renate ist gestorben, nachdem du geboren wurdest, was gibt es da noch zu fragen?«, schnaubte er.

»Reni ist gestorben, weil du geboren wurdest«, verbesserte seine Frau, wischte sich die Tränen und die Trauer weg, ihr Gesicht wurde hart und wütend.

»Was?«

Meret mischte sich ein. »Vielleicht möchten Sie sich mal in diesen Jungen reinfühlen. Er weiß nichts von seiner Mutter und er möchte Sie sicher nicht verletzen, aber hat er nicht auch ein Recht?«

»Warum wegen mir?«, insistierte Adrian. Er schlang die Arme um seinen Körper. Ihm war kalt.

Der Mann wollte antworten, aber seine Frau unterbrach ihn, warf ihm einen Blick zu, *ich mache das, ich schaff das schon.*

»Kurz bevor sie schwanger wurde, und frag bitte nicht von wem, sie verdiente sich das Geld für ihre Drogen damals auf dem Straßenstrich, hatten wir sie endlich so weit. Sie wollte in eine Entzugsklinik, sie konnte nicht mehr. Dass du da plötzlich in ihr warst, das hat sie überhaupt nicht verkraftet. Aber wir haben sie überredet, ihren Entzug begleitet, damit du heranwachsen konntest und sie dich nicht abtreiben würde.« Frau Lenz bekreuzigte sich.

»Du verdankst uns dein Leben, ich denke, wir haben genug für dich getan«, mischte sich Herr Lenz ein.

Dachte er, Adrian wollte Kohle von ihm? Oder warum benahm er sich wie der herzloseste Oberarsch unter der Sonne?

Frau Lenz machte weiter. »Sie hat dich geboren und Sid genannt, du warst für sie wie der goldene Schuss, den sich dieser

Punker irgendwann gesetzt hat. Sie musste dich abgeben, hätte das gar nicht gepackt ...!«

»Hätten Sie nicht auf mich aufpassen können?«

Meret stieß Adrian an, aber zu spät, die Frage stand im Raum und war sichtlich ein Angriff.

»Auf das Kind von irgendeinem Typen, der sich Nutten ins Auto holt?« Herr Lenz wurde laut.

»Sprich nicht so über Reni«, sagte seine Frau leise.

»Was denn, was denn? Sie war eine Nutte, und als der Junge weg war, hat sie erst richtig Gas gegeben.«

»Weil er weg war!«

Adrian zitterte, und Meret hatte genug gehört. »Sie geben diesem Jungen hier die Schuld am Tod ihrer Tochter? Machen Sie es sich da nicht ein bisschen einfach? Warum hat sie denn Drogen gebraucht? Wer hat denn da nicht aufgepasst? Adrian kann nichts dafür, er ist nur ein Ergebnis und das Opfer von absoluten Totalversagern.« Wütend stand sie auf. »Komm, wir gehen!«

Adrian versuchte ebenfalls aufzustehen, aber es gelang nicht, er zitterte zu stark und die Eiseskälte beherrschte seinen Körper. Das Adriangefühl, herzlich willkommen. Das Ehepaar Lenz schwieg mit versteinerten Gesichtern. Meret half ihm hoch. Als er stand, ging es ein bisschen besser, er konnte Gedanken denken und hörte nicht mehr nur lauter Anklagen wild in seinem Kopf herumtoben. Langsam ging er zu der Kommode, nahm das Bild der jungen Frau, knackte brutal den Rahmen und zog es heraus.

»Was machst du da? Hey!« Der Alte, der nicht auf seine Mutter aufgepasst hatte, der nur aus Stein bestand, stürmte auf ihn los und Meret ging sofort dazwischen, absoluter Alarm.

»Nicht, hören Sie auf, Adrian, es ist gut, es ist nicht gut, aber trotzdem, nicht!«

Adrian starrte den Typen an. Er hätte ihn mit einem Punch erledigen können, diesen Vollschwachmaten. Stattdessen trat er einen Schritt zurück und hielt ihm das Bild vor die Nase. »Es ist meine Mutter. Und sie ist an deiner verfickten Kälte gestorben.«

Steckte das Bild in die Tasche, nahm Merets Hand und ging.

Auf dem Marktplatz gab es ein Eiscafé. Sie brauchten beide dringend eine Stärkung, warteten auf die Monstereisbecher, die Meret bestellt hatte, und sprachen eine Weile nicht. Adrian schaute das Foto an. Da war sie bestimmt schon auf Droge, da ging es ihr schon nicht gut.

Sie blickte traurig aus großen braunen Augen, und ihre Lederjacke sah aus, als hätte sie sie niemals ausgezogen.

Meret suchte irgendwas in ihrem Handy, las, und gab Bruchstücke an Adrian weiter: »Sid Vicious ... kommt aus England, hat bei den Sex Pistols mitgespielt ... Mitbegründer der Punkbewegung ... und hier steht ... spindeldürr, bleich, mit einer Stahlkette samt Bügelschloss um den Hals und selbst zugefügten Rasierklingen-Schnittwunden am Oberkörper wird er zum Inbegriff des Nihilismus der Punk-Bewegung und zum Bürgerschreck ... wurde verdächtigt, seine Freundin erstochen zu haben ... wusste, dass er das Gefängnis nicht überleben würde ... Goldener Schuss.«

Adrian schaute weiter in die Augen seiner Mutter. »Meinst du, sie hat mich nach dem benannt, weil sie wusste, aus dem Jungen kann eh nichts werden mit diesen Genen? Oder hat sie ihn verehrt?«

»Vielleicht war er für sie der Inbegriff der Rebellion. So wie sie es dann wohl mit ihren Eltern betrieben hat, aber nicht losgekommen ist. Keine Ahnung. Und von denen da hörst du kein wahres Wort. Die haben sich alles schön zurechtgelegt. Auch um halt damit klarzukommen.«

»Ein Kind von irgend so einem Freier hätte ich auch nicht gewollt«, murmelte Adrian.

»Ja. Aber sie haben sie gezwungen, kann mir gar nicht vorstellen, wie sie das geschafft haben. Sah so aus, als wären sie gläubig. Dann werden sie deine Mutter auch so erzogen haben, ich glaube, das steckt dann in einem drin. Aber es ist schon ein Unterschied, ob man ein Kind abtreibt, zu dem man noch gar keinen Kontakt aufgenommen hat, oder es zur Welt bringt, seine ersten Schreie hört, und so.« Sie zuckte mit den Schultern und nahm die riesigen Eisbecher entgegen, weil Adrian sich nicht rührte.

»Uuuuh, magst du meine Karamellsoße? Ich hasse Karamell!« Geheimnis Nummer 6 hätte Adrian an dieser Stelle denken können, aber er war gerade woanders.

»Also meinst du auch, dass ich schuld bin an ihrem Tod?«

Meret schaute ihn kopfschüttelnd an. »Was kannst du denn für die Entscheidungen deiner damals 17-jährigen Mutter? Davon ab, dass sie viel zu jung war. Schuld, Schuld, was für ein Wort! Vielleicht hat sie durch dich zum ersten Mal gemerkt, was Liebe bedeutet, wie sich das anfühlt. Vielleicht hat sie es aber auch nur gehasst, alles, das Leben, ihre Eltern und am meisten sich. Wir werden es nie wissen, Adrian. Sie war nicht fähig und nicht gewillt zu leben, nicht mit dir und nicht ohne dich. Und wie es sich angehört hat, hat ihr auch niemand geholfen.«

Sie schabte die Sahne mit der Soße von ihrem Eis und türmte sie auf Adrians.

»Ich glaube, sie haben sie schon geliebt. Die Mutter geht jeden Tag zum Grab, es ist voll in Schuss.«

»Oder sie hat ein schlechtes Gewissen, will wenigstens jetzt alles richtig machen.«

»Möglicherweise waren ihre Eltern früher gar nicht so, sind es erst durch ihren Tod geworden. So hart, meine ich, wie der Alte. Wahrscheinlich kommt er viel weniger damit klar. Dass sie sterben musste oder nicht so geworden ist, wie er es sich gewünscht hätte.«

»Umso stolzer hätte er sein können, dich zu sehen. Einen gesunden jungen Mann, der das Leben noch vor sich hat.«

Adrian saß regungslos auf dem Stuhl und starrte das Eis an, während Meret ihres in einer Höllengeschwindigkeit in sich hineinschaufelte.

»Sorry, ich brauch echt Zucker«, entschuldigte sie sich mit vollem Mund, »du nicht?«

»Ich weiß nicht, was ich brauche«, murmelte Adrian und schaute auf sein Handy.

»Wann ist später?«, wollte sein treuer Freund wissen. Aber auch das wusste er nicht. Er konnte ihm das jetzt nicht schreiben und was überhaupt, wie sollte er ausdrücken, was er gerade erlebt hatte, was er hatte erleben wollen? Er hätte ja nicht hingehen müssen, in der Hoffnung, ein bisschen in den Schuhen seiner Mutter laufen zu können. Man betrat irgendeinen Weg, legte alle Hoffnungen hinein, hatte eigentlich schon im Vorfeld sein eigenes Bild, so wird es werden, so muss es werden. Und wenn es dann genau anders kam, wenn all das, was man erwartete und dringend brauchte, nicht in Erfüllung ging, dann war man enttäuscht und konnte wieder von vorne anfangen.

»Kannst du schon darüber nachdenken, dass es vielleicht gut war, dass du nicht bei ihr geblieben bist? Und dass du Glück hattest mit den Menschen, die dich mit offenen Armen aufgenommen haben und für dich da sein wollten?«

Adrian fegte mit einem wütenden Schlag seinen Eisbecher vom Tisch.

»Ich hasse sie, Scheißmenschen, ich hasse sie!«, brüllte er, sprang auf und rannte davon.

Er ging nicht mehr zur Schule, nicht ins Seniorenheim, nicht zum Boxen. Er ging nirgendwo mehr hin. Konnte sich auch nicht mehr erinnern, wie er nach Hause gekommen war, dass er den Rollladen runtergelassen, das Handy ausgemacht und anscheinend die Tür abgesperrt hatte. Ab und zu klopfte jemand.

»Adrian?«

»Hast du keinen Hunger?«

»Brauchst du meine Mütze, Adi?«

Er brauchte gar nichts. Hörte unten das Leben, vielleicht einmal sogar Merets Stimme, Moritz, er konnte es nicht auseinanderhalten, vielleicht auch nur wieder eine Erwartung. Die Zeit verlor ihre Bedeutung, ob es hell war oder dunkel, vergingen Tage, Wochen, Jahre?

Wenn er rausmusste aufs Klo, kam niemand angeschossen. Sie ließen ihn weitgehend in Ruhe. Nach drei Jahren etwa fing er an nachzudenken, kamen überhaupt erst wieder Bilder in seinen Kopf. Die zwei alten Leute, das Grab, der Eisbecher.

Nach fünf Jahren machte er sein Handy wieder an.

»Ich hoffe, du bist gut nach Hause gekommen?« Meret. Wahrscheinlich sauer. War extra dahin gefahren, hatte sich reingehängt, auf seine Seite gestellt, ihm Karamellsoße geschenkt und dann ließ er sie einfach sitzen.

»Bro?«

»Wo bist du?«

»Gib mal Zeichen!«

»Bro?«

Und noch vierhundert mehr in dieser Art. Dann am Ende. »Ich brauche deine Hilfe, Wonder hat mich abserviert.«

»Wenn ich dir was kochen soll, sag Bescheid.« Doro. Wie hatte Meret es gesagt? Dass er froh sein sollte, bei ihr gelandet zu sein. Konnte er? Sie hatte ihm nichts getan, außer sich gekümmert. Besser, sie hätte es gelassen.

»Morgen Kampf für dich. Sehe dich pünktlich zum Training.« Nick.

Adrian warf das Handy auf den Boden, morgen war schon vorbei, drehte sich auf den Bauch und vergrub sein Gesicht im Kissen, bis er fast keine Luft mehr bekam. Der geborene Loser.

»Hör auf zu jammern und dich selbst zu bemitleiden. Auf die Füße und los«, so hätte Thorsten es ihm gesagt. Als wäre das immer so einfach. Er hatte gut reden. Keine Schwäche zulassen, das hatte er seinem Adoptivsohn beibringen wollen. Nicht geklappt. Gegen die Macht der Gene kann selbst ein Beller nicht an. Adrians Mutter hatte sich bis in den Tod hängen lassen. Und ihre Eltern? Nicht zum Aushalten.

Er konnte nicht aufstehen.

»Nicht können, heißt immer nicht wollen.«

Was weißt du schon, Thorsten Bellmer? Dein größtes Problem war bisher die Ameisenstraße in der Küche gewesen. Vor hundert Jahren.

In Adrians Kopf drehte sich alles, immer schneller, bis er fiel.

Er ist auf der Lichtung. Die Tannen und Fichten haben alle ihre Nadeln abgeworfen, ein riesiger Haufen, durch den er waten muss. Und die Sonne grell wie ein Scheinwerfer zwischen den nackten Bäumen. Er hat etwas zu tun, aber er weiß nicht was, irgendeine Aufgabe.

»Weißt du es wirklich nicht?« Seine Mutter steht dünn wie die Bäume selbst zwischen ihnen, die Lederjacke viel zu groß.

»Keine Ahnung, Mama.«

Sie zeigt auf ihr Ohr, in dem mehrere Ohrringe in einer schönen Reihe glitzern. Nur der unterste fehlt.

»Ich habe meinen Lieblingsohrring verloren, es ist eine ganz winzig kleine Kugel mit einem Stern aus Glas darin.«

»Oje, hier in den ganzen Nadeln!« Adrian fährt mit dem Fuß durch den riesigen Haufen, der die Lichtung komplett bedeckt. Erst jetzt merkt er, dass er vergessen hat, Schuhe anzuziehen. Jede einzelne Nadel hat es auf ihn abgesehen. »Hilfst du mir?«

»Ich kann hier nicht weg. Aber Sid, das ist mein Lieblingsohrring, das weißt du doch.«

Adrian lässt sich auf die Knie runter, wühlt die Nadeln durch, es ist vollkommen unmöglich, hier einen winzigen Ohrring zu finden.

»Wo bist du denn überall gewesen?«

»Nur hier. Ich kann nicht weg, hab ich doch gesagt.«

Adrian steht auf. »Mama! Dann kann er doch nur da bei dir sein. Warum suche ich denn die ganze Lichtung ab?«

»Das kann ich dir nicht beantworten.«

Adrian geht langsam auf sie zu, um den Ohrring zu ihren Füßen zu suchen. Sie sieht ihn mit ihren traurigen, dunklen Augen an.

»Er ist sicher zu winzig, wir können ihn nicht finden.«

»Warte mal ab, der Radius ist ja jetzt deutlich kleiner geworden.«

»Was du für schlaue Wörter kennst, Sid.«

Jetzt steht er dicht vor ihr.

»Aus der Schule.«

Er will sie tröstend berühren, aber sie hält die Hand abwehrend vor sich.

»Nicht, bitte, hör auf zu suchen, bitte, nicht weitersuchen, du wirst ihn nicht finden.«

Jetzt berührt er sie doch und sie zerplatzt wie eine Seifenblase.

Adrian wachte schweißgebadet auf und musste sich erst mal orientieren. Er war nicht im Wald. Seine Mutter war tot. Er sollte aufhören zu suchen. Auf der Treppe waren schwere Schritte zu hören. Ob Thorsten sich jetzt auf den Weg zu ihm machte? Es klopfte, die Klinke wurde gedrückt, aber es war immer noch abgesperrt.

»Adi?« Das war Nicks Stimme. Adrian konnte ihn sich gar nicht außerhalb des Boxclubs vorstellen. Er ging nie da raus, dachte er, er war nur wegen ihm aufgebrochen in das raue Draußen. »Adi, mach auf!«

Adrian bewegte sich nicht. Er war nicht beim Kampf gewesen. Er hatte Nick enttäuscht, so wie Meret und Moritz und alle. Er konnte die Tür nicht aufmachen. »Nicht können ist immer nicht wollen.«

Und Nick trat die Tür einfach ein. Stand da nur als Schatten. Adrian setzte sich im Bett auf. Er schämte sich, wollte nicht, dass Nick ihn so sah. Der konnte doch nicht einfach die Tür eintreten. Ohne ein Wort kam er rein, ging zum Fenster, zog den Rollladen hoch und öffnete es weit.

Draußen schien Tag zu sein, Adrian musste die Augen zusammenkneifen, so hell war es schon lange nicht mehr gewesen.

»Steh auf!«

Adrian wurschtelte sich umständlich unter der Bettdecke

hervor und setzte sich auf die Kante. Er hatte immer noch die Jeans von vor Jahren an.

Nick verschränkte die Arme und schaute ihn an. »K.o.?«

»Nach allen Regeln der Kunst.«

»Plan?«

»Verschwinden.«

»Den Gefallen würde ich ihnen nicht tun.« Wem? Wen meinte er? »Deine Großeltern sind Arschlöcher.«

Adrian versuchte darüber nachzudenken. Er war langsam im Kopf geworden über die Jahre. Waren sie es? War er es? Er sollte aufhören zu suchen.

»Wenn du verschwindest, werden sie sagen, war ja klar.«

»Wenn ich verschwinde, werden sie es gar nicht merken. Für sie bin ich schon vor 17 Jahren verschwunden.«

Nick schaute sich in seinem Zimmer um. Erst jetzt fiel Adrian auf, dass es ziemlich leer war. Keine Poster, kaum Bücher, nichts, das auf ein Leben oder eine Leidenschaft hindeutete.

»Den Kampf hättest du gewonnen.«

»Gegen wen?«

»Einer aus der Schmiede. Hättest du locker gewonnen. Dann wären es schon fünf.«

Adrian schaute auf seine Füße, die seit dieser ewigen Zeit in den Sneakers steckten. Er würde sie nie wieder ausziehen können.

»Wie geht es Meret?«

»Frag sie selbst. Trainiert fleißig.«

Adrian schüttelte leise den Kopf. Er wollte nicht nach draußen, konnte sich nicht vorstellen, dass jetzt einfach alles so weitergehen sollte. Der Besuch bei den Lenzen war wie ein Cut.

Nick setzte sich auf seinen Schreibtischstuhl. »Ich weiß, wie du dich fühlst.«

»Ich fühle gar nichts.«

»Du denkst, du fühlst gar nichts, das ist die eine Schicht. Aber da drunter bist du zu der festen Überzeugung gekommen, dass du nichts wert bist. Nichts und für nichts.« Adrian hatte plötzlich das Bedürfnis zu duschen. »Und weißt du was? Das stimmt auch.«

»Okay. Dann kannst du ja gehen. Wer unterhält sich schon mit einem Wertlosen?«

»Einer, der auch wertlos ist. Wer oder was sollte mir oder dir oder allen einen Wert beimessen? Warum ist das überhaupt wichtig? Keiner ist was wert, und trotzdem sind wir da. So machen wir eben weiter, wertlos, wie wir sind, und der Trick ist, wenn alle es sind, ist es plötzlich nicht mehr kriegsentscheidend.«

»Warum helfen Wertlose Wertlosen?«

»Rein egoistische Gründe. Ich brauche dich. Du bist gut. Wertest mein Boxwerk auf.« Er grinste, der goldene Zahn blitzte und Adrian musste an den Ohrring denken, den er nicht gefunden hatte. Nicht einmal das.

Nick stand auf und boxte ihn schmerzhaft an die Schulter. »In einer Stunde sehe ich dich im Sparring.«

»Sparring? Das schaff ich nicht, ich hab jahrelang nicht trainiert, Nick ...!«

Der schaute auf die Uhr. »59 Minuten.« Und ging.

Adrian wusste nicht, warum er jetzt so in Fahrt geriet, vielleicht weil ihm jemand gesagt hatte, was er machen sollte, präzise, auf die Uhrzeit genau. Auf einmal ging alles ganz leicht, aufstehen, Schuhe ausziehen, duschen, frische Sportklamotten an, aufs Fahrrad und los. Die anderen waren nicht zu Hause, bei der Arbeit, beim Training, in der Schule, und Adrian fragte sich nur kurz, wie Nick überhaupt reingekommen war. Das würden sie schon irgendwie organisiert haben. Außerdem waren Türen ja kein wirkliches Hindernis für ihn.

Als er sich im Boxwerk aufs Laufband schwang, beachtete Nick ihn nicht weiter. Er trainierte einen Neuen, für ihn war es selbstverständlich, dass Adrian kam.

Er war ein bisschen froh, dass Meret nicht da war, wusste noch nicht genau, wie er ihr gegenübertreten sollte, konzentrierte sich ganz auf seinen Körper, der sich anfühlte, als hätte er wirklich jahrelang flachgelegen. Auch die Bar war noch nicht besetzt, und Moritz fiel ihm ein, der vielleicht Liebeskummer hatte, dem es schlecht ging und der von ihm keine Antwort bekommen hatte. Er mixte sich selbst einen Powerdrink, ging an die Sandsäcke, Springseil, Schattenboxen, Beinarbeit. Die Anstrengung tat so gut, endlich wusste er wieder, wo er hingehörte und was er machen musste.

Dann holte Nick ihn in den Ring. Er boxte mit dem Neuen, locker, ohne wirkliche Verletzungsgefahr, tat sich anfangs etwas schwer mit den eigentlich schon lange eintrainierten Bewegungsabläufen, kam aber immer mehr in Fahrt und war schließlich der, der den Kampf führte.

Nach der letzten Runde klatschten sich die beiden durchgeschwitzten Kämpfer ab, und unten stand Meret und sah zufrieden aus.

»Dann kommst du jetzt ja auch wieder in die Schule.«

Adrian nickte in das Handtuch, mit dem er sich abtrocknete.

»Du, Meret.«

»Ja, ich?«

»Es tut mir leid, dass ich einfach abgehauen bin.«

Sie winkte ab. »Kann man ja verstehen. Hab mir bloß Sorgen gemacht, ob du auch gut nach Hause kommst. Und um den Eisbecher war es schade.«

»Ich geb dir das Geld.«

»Mach dir darum jetzt mal keine Sorgen. Ich bin froh, dass du wieder aufgetaucht bist. Wer hat das hingekriegt? Deine Eltern waren ziemlich verzweifelt.«

Adrian schaute zu Nick, der dem Neuen eine Kampfkritik vom Feinsten lieferte, und Meret wusste Bescheid.

»Ich bin schon ein ziemlich egoistisches Arschloch.«

»Du hattest das Recht dazu. Aber jetzt ist gut!«

Adrian nickte. »Ich hoffe nur, dass Nick mir die drei Kämpfe noch besorgen kann.«

»Sicher. Um deine Sozialstunden musst du dich nur auch kümmern, Moritz hat sich da glaub ich ziemlich einen abgebrochen, um dir den Rücken freizuhalten.«

Zerknirscht wickelte Adrian sich die Bandagen von den Händen.

»Wie geht es Pongo?«

»Sehr gut. Du fehlst ihm ein bisschen.«

»Und dein Klo?«

»Hat ein Installateur erledigt. Im Wald war es mir dann doch auf Dauer zu ungemütlich.« In ihren Ohren glitzerten kleine Ohrringe mit einem Stern aus Glas darin.

Nick kam zu ihnen und klopfte Adrian auf die Schulter. »Gut.«

Das hatte er noch nie gesagt. »Oder wie siehst du das?«

»Bin ganz zufrieden.«

»Wieder am Start?«

»So was von.«

»Dann organisiere ich die Kämpfe.«

»Danke, Nick.« Noch ein Schulterklopfer, dann verschwand er in sein Büro. Dafür tauchte Moritz in der Tür auf, sah seinen Bro und blieb stehen. Adrian schaute ihn an, sein ganzer Körper, seine Augen, die Hände zeigten deutlich, wie leid es ihm tat. Meret musterte die beiden, das ging ihr jetzt zu langsam, stupste Adrian gerade an, da startete Moritz hinter seine Theke.

»Der Junge braucht dringend einen Mo-Jo Spezial!«, verkündete er und machte sich gleich an die Arbeit. Meret grinste und Adrian setzte sich in Bewegung.

»Hey Mo, ich wollte dir nur ...!«

»Stopp, halt, nicht!«

»Es tut mir leid.«

»Was? Du tust mir leid. Es muss schrecklich gewesen sein.« Er stellte ihm energisch den Drink vor die Nase. Adrian sagte nichts dazu, trank und wunderte sich, dass ein wertloser Aussortierter so viele Freunde haben konnte.

»Was machen die Alten?«

»Der Meier will nicht mehr mit mir Schach spielen. Er behauptet, was ich spiele, wäre Mensch ärgere dich nicht.« Moritz grinste. »Ansonsten alles beim Alten bei den Alten, du solltest dich bei Gelegenheit mal wieder blicken lassen. Sonst musst du noch mal vor Gericht. Ohne mich! Ach, und weißt du was? Die Schuy hat wieder angefangen zu sprechen. Sie behauptet, am Grab von Ernesto einen Engel gesehen zu haben.« Moritz sah gut aus. Nicht so grau im Gesicht und kein verlangsamtes Denken.

»Hast du aufgehört zu kiffen?«

»Als ob man das merken würde. Aber ja, zwangsläufig.« Sein Gesicht wurde finster.

»Okay. Du hast das Zeug von Wonder bezogen.«

Moritz nickte. »Hat mich echt eiskalt abserviert. Ohne Begründung. Geht nicht mehr ans Handy und nicht an die Tür.«

»Vielleicht ist er tot.«

»Nee. Er wurde gesehen.«

»Ist es schlimm für dich? Also, ich meine, warst du … warst du …!« Mann, sie sprachen normalerweise nicht über so was.

»Liebe kommt, Liebe geht.« Adrian glaubte ihm nicht. »Das Schlimme ist, dass der noch meine Ohrstöpsel hat, die teuren Dinger, und jetzt muss ich mir die Musik im Kopf selbst machen.«

Adrian donnerte mit der flachen Hand auf die Theke. »Das geht ja gar nicht.«

Moritz zuckte mit den Schultern. »Was soll ich machen?«

»Die holen wir. Damit kommt er nicht durch!«

Adrian wollte unbedingt wiedergutmachen, dass er sich nicht bei Moritz gemeldet hatte, einfach kein guter Freund gewesen war. Die Stöpsel bedeuteten Moritz alles, er trug sie eigentlich immer, auch weil Lisbeth sie ihm geschenkt, sich die vom Mund abgespart hatte. Er wartete auf ihn, bis er mit seiner Theke fertig war. »So, und jetzt gehen wir zu deinem Wonder.«

Moritz wurde, unglaublich untypisch für ihn, verlegen. »Das macht keinen Sinn.«

»Hey, der hat was von dir, das ihm nicht gehört. Wir holen deine Stöpsel.«

»Der lässt mich nicht rein. Wenn ich da klingele, sieht er das über seine Videoüberwachung und macht einfach nicht auf.«

Adrian dachte nach. Ihn kannte Wonder auch und würde ihn sofort mit Moritz in Verbindung bringen.

»Habt ihr euch eigentlich gestritten, oder so was?«

Moritz schüttelte den Kopf. »Vermutlich hat er was Besseres gefunden.«

»Was Besseres als dich? Wo soll es das denn geben?«

Moritz schmunzelte ein bisschen, und es war klar, dass hier noch gar kein Stück Verarbeitung stattgefunden hatte.

»Wir holen Jonas. Der soll uns helfen.«

»Dein Nichtbruder?«

»Ja, kann doch auch mal was machen, wenn er jetzt schon die Eltern für sich allein bekommen hat.«

»Ich weiß nicht, willst du ihn da echt mit reinziehen?«

»Er muss doch nur sein Gesicht hinhalten. Dann kann er gleich wieder verschwinden. Jonas macht das, dem ist das egal.«

Jonas war es nicht nur egal, er freute sich sogar. Adi war wieder aufgestanden und bezog ihn mit ein in sein Leben.

Noch dazu eine heimliche Sache, von der die Eltern nichts mitbekommen sollten. Alles genau nach seinem Geschmack.

»Rauben wir eine Bank aus? Entführen wir jemanden? Halten wir einen Zug an?«, quirlig und gut gelaunt hüpfte er neben den beiden her und hatte vorsichtshalber die rote Mütze aufgezogen. Man wusste ja nie und musste bei Adrian seit Neuestem auf alles gefasst sein.

»Joni, du musst nur wo klingeln«, beruhigte ihn Moritz, der immer noch sein unbehagliches Gefühl im Gesicht trug.

»Klingeln, und wenn er fragt Codewort«, erklärte Adrian.

»Uuuh, ein Codewort, wie heißt es?«

»Schnee in der Hütte«, sagte Moritz trocken.

Adrian grinste. »Echt jetzt?« und »Das ist ein Codesatz!«, klugscheißerte Jonas.

Bei dem unspektakulären Haus angekommen suchte Moritz das Fenster von Wonder. Aber es war verhangen, man konnte nicht sehen, ob Licht brannte. Er zuckte mit den Schultern. »Wahrscheinlich nicht da.«

»Test«, meinte Adrian nur. Sie schickten Jonas zum Klingelbrett und stellten sich so in seiner Nähe hin, dass die Kamera sie nicht einfangen konnte. »Zweimal kurz, einmal lang. Er muss nur die Tür hier aufmachen, den Rest erledigen wir.«

»Joni will mit.«

»Auf keinen Fall. Keine Ahnung, ob der Typ gefährlich ist. Du gehst dann sofort wieder nach Hause. Verstanden?«

Jonas nickte nicht besonders überzeugt. Sie schauten sich an. Bereit? Bereit!

Jonas klingelte das Zeichen und senkte den Kopf, sodass Wonder nur die rote Mütze sehen konnte.

Es dauerte ein bisschen, dann: »Was willst du?«

Jetzt schaute Jonas in die Kamera, als würde er sich direkt an ihn und sein gutes Herz wenden. »Schnee in der Hütte.«

Wonder schien zu überlegen, vielleicht kam ihm der Typ da unten zu jung vor, andererseits kannte er den Code, und Adrian konnte nicht anders, als Bewunderung für den Kleinen zu empfinden. Sogar lügen und kleinkriminell sein ging ihm anscheinend rein intuitiv von der Hand.

Wonder drückte auf, Adrian stellte den Fuß in die Tür, winkte Moritz zu sich und schickte Jonas weg. »Hau ab! Und danke.«

Sie liefen die Treppen hoch, standen oben vor der Tür, und Moritz schaute Adrian noch einmal fragend an. Du willst das wirklich durchziehen? Adrian klopfte, aber das war nicht nötig. Moritz drückte die Klinke. Wenn man erst mal unten drin war, erwartete Wonder einen in der Wohnung, keine Codes oder Zeichen mehr notwendig.

Hier war es dunkel, nur eine kleine Funzel in der Ecke des Zimmers brannte. Wonder kruschtete mit dem Rücken zu ihnen in einer Schublade herum.

»Hey Wonder!« Moritz' Stimme klang rau, aber Wonder erkannte sie sofort und drehte sich blitzschnell um, checkte die Lage.

»Was willst du denn hier? Habt ihr irgend so einen Fakeboy vorgeschickt, oder was?«

»Na ja, besonders schwierig ist es nicht deine Sicherheitsmaßnahmen außer Kraft zu setzen.« Adrian versuchte, so cool und verächtlich wie möglich zu klingen.

Moritz trat einen Schritt vor, er wollte das Wort führen, immerhin war das sein Lover gewesen. »Keine Sorge, ich kann die Sprache der Verachtung schon verstehen.«

»Sprache der Verachtung«, äffte Wonder ihn nach.

»Ich will nur meine Kopfhörer. Sonst nichts.«

»Das Codewort für ›ich will meine Kopfhörer zurück‹ geht aber anders.«

Adrian merkte, wie die Wut in ihm aufstieg. Jetzt nur nicht davon überrollen lassen, nicht aus der Kontrolle geraten und wieder alles gefährden. Andererseits, wen interessierte es schon, ob Wonder zu Boden ging oder nicht? Der konnte gar keine Anzeige erstatten oder sonst irgendwas, selber viel zu kriminell. Auf jeden Fall sollte er nicht so arschig zu Moritz sein.

»Rück die Dinger raus«, knurrte Adrian.

Wonder grinste. »Und wenn nicht? Ehrlich gesagt habe ich mich jetzt schon so an die gewöhnt. Geiler Scheiß.«

Moritz streckte einen Arm als Schranke für Adrian aus, er konnte sich sehr gut vorstellen, was in dem vorging. »Es sind meine.«

»Kannst du das beweisen?«

»Ich weiß es, Mo hat sie von seiner Mutter geschenkt bekommen.« Jonas' Stimme schallte durch den dunklen Raum. Adrian seufzte. Natürlich war er nicht einfach wieder nach Hause gegangen, und natürlich mischte er sich ein.

»Jonas, hau ab!«, schnaubte er. Und Wonder, wie alle seiner Art immer ein Näschen für Situationen, die er für sich ausnutzen konnte, setzte sich in Bewegung und ging auf den Kleinen zu.

»Da haben wir es ja, das Rotkäppchen!«

Sofort sprang Adrian dazwischen, dem Wunder in den Weg. »Lass meinen Bruder da raus!«

»Ich hab das Brüderchen nicht reingeholt. Dein Bruder also ...«

Adrian hatte weder das Bedürfnis noch den Nerv diesem Arschloch irgendwas zu erklären. Ganz hinten in seinem Kopf ärgerte er sich natürlich und hätte er die Zeit gehabt, hätte er sich gefragt, wie lange ihm das wohl noch rausrutschen würde, immer wieder. Im Moment war das aber egal, denn Wonder schubste ihn zur Seite und damit, ohne es zu wissen, sämtliche Schranken. Adrian ging auf ihn los, sie rangelten und versuchten sich zu verletzen, Moritz stürzte dazwischen, wollte das Schlimmste verhindern, wurde aber mit einem Stoß bis an die nächste Wand geschleudert. Jonas flitzte an ihnen vorbei, Adrian konnte es nur aus den Augenwinkeln sehen, er musste sich fokussieren, erinnerte sich an all die Fähigkeiten, die Nick ihm beigebracht hatte und war letztendlich schneller und ausgebildeter als der alte Drogi. Ein Haken und das Wunder ging zu Boden. Ausgeknockt. Adrian keuchte, schaute sich nach Jonas und Moritz um. Der rappelte sich gerade an der Wand wieder hoch.

»Schnapp dir deine Stöpsel und dann nichts wie weg.«

Jonas riss den Arm hoch in die Luft. »Ich hab sie schon!«

»Dann los.« Adrian schob ihn Richtung Tür und drehte sich nach Moritz um. Er stand bei Wonder und schaute ihn traurig an, wie er da lag und ohnmächtig war. »Mo, komm jetzt!«

Langsam löste sich der von dem Anblick und setzte sich in Bewegung.

Draußen war es dunkel geworden, dichter Regen fiel. Die Straßen glänzten und es roch nach nassem Teer und mit Wasser verklumptem Staub.

Jonas riss die Arme hoch, jubelte und tanzte durch die Pfützen. »Wir haben es geschafft, wir haben ihn besiegt, Mann, Adi, war das ein Haken. Ich glaube, demnächst wirst du Weltmeister!«

Adrian hielt ihn fest, schnappte sich die Stöpsel aus seiner Hand, und brüllte ihn wütend an. »Ich werde Weltmeister in Scheißsituationen für mich herbeiführen. Weißt du, was ich beim Boxen lernen soll?« Er schüttelte Jonas.

»Aua!«

»Beherrschung, Kontrolle! Nicht auf irgendwen loszugehen und ihn zusammenzuschlagen. Aber wenn du einfach machst, was dir einfällt, nicht zuhörst, mich halt nicht ernst nimmst, dann muss ich los, dann bleibt mir nichts anderes übrig. Hätte ich dich nur nicht gefragt. Ich weiß doch, dass du mir immer alles versaust, mir immer im Weg stehst.«

»Adi …« Jonas' Stimme klang brüchig.

»Und hör endlich auf zu heulen, wie alt bist du denn?«

»Ich will nicht, dass du so redest.«

»Ich will auch viel nicht. Zum Beispiel, dass du da bei so einem Typen in der Tür stehst, obwohl ich was anderes gesagt habe.«

Moritz packte Adrian am Arm. »Hey Bro, komm mal runter!«, sagte er leise.

»Geh nach Hause, Jonas!«, brüllte der. »Geh mir endlich aus dem Weg!«

Jonas drehte sich um und ging. Die rote Mütze leuchtete und seine Schultern bebten im Regen.

Adrian gab Moritz die Stöpsel. Schweigend gingen sie nebeneinanderher und Adrian beruhigte sich. Dieser Wutanfall würde für ihn vermutlich keine Konsequenzen haben, dennoch, er wollte das endlich besiegen, es durfte ihn nicht immer wieder erwischen, keine Macht mehr über ihn haben.

»Danke«, sagte Moritz leise.

»Der Typ ist ein Arsch.«

»Nicht nur.«

Adrian schaute Moritz an und hatte das Gefühl, er wollte reden.

»Bist du schwul?«

Moritz lachte auf. »Was für eine Frage. Schon ewig und alle Tage, hast du das nicht gemerkt?«

»Wie sollte ich?«

»Carosyndrom? Schon mal bei mir erlebt?«

Adrian schüttelte den Kopf.

»Bei mir müsste man es Adriansyndrom nennen.«

Es dauerte eine Weile, bis das in Adrians Kopf angekommen und verarbeitet war. »Du warst in mich verliebt?«

»Immer. Aber spätestens seit Caro weiß ich, dass ich kaum eine Chance habe. Du bist einfach zu hetero. Und jetzt Meret, da bin ich ja so was von raus.«

Adrian winkte ab. »Meret ist ein Traum, mehr nicht.«

»Oh, du meinst, du willst es mit mir versuchen? Ich wäre nämlich gerade frei, weil du meinen Ex zusammengeschlagen hast.«

»Halt, halt, der wollte vorher schon nur deine Kopfhörer.«

»Möglicherweise hätte sich das noch mal ändern können, ich bin ziemlich gut im Bett, weißt du ...«

»Stopp, aufhören, das will ich mir nicht vorstellen.« Ging aber nicht anders, schon passiert, Bilder im Kopf.

»Ich meine, du warst doch nicht ernsthaft in den Arsch verliebt?«

Moritz dachte eine Weile nach. »Ich glaub schon. Er kann unheimlich witzig sein, ehrlich, und sehr bestimmend, das hat mir gut gefallen. Obwohl Lisbeth meinte, er wäre nicht besonders gut für mich, wegen der Drogen und so, aber da kann sie ja auch nicht viel sagen mit ihrem Alkohol.« Er schaute Adrian an, ein Gedanke war ihm durch den Kopf geschossen. »Weißt du eigentlich, wie deine Mutter ausgesehen hat?«

Adrian zog das Foto aus seiner Hosentasche, und Moritz schaute es sehr lange an.

»Man sieht die Drogen.«

»Ja. Und seitdem du nicht mehr mit deinem Wunder zusammen bist, siehst du viel besser aus.«

»Er mochte mich auch vorher.«

»Und warum dann nicht mehr?«

Moritz zuckte mit den Schultern und gab Adrian das Foto zurück. »Das ist vielleicht anders. Es war keine Beziehung, also ich war nicht mit ihm zusammen. Wenn es sich ergeben hat und wir beide Lust hatten, dann halt Sex.«

»Du sollst aufhören damit«, jammerte Adrian.

»Na ja, jetzt wird sich das wohl nicht mehr ergeben.«

»Gibt ja noch andere. Wonder, was soll das überhaupt für ein Name sein?«

»Ich könnte es dir ja erklären, aber du jammerst ja nur wieder rum.«

Adrian schnaubte und dann trennten sich ihre Wege. Er schaute seinem Freund nach, von dem er entscheidende Dinge nicht gewusst hatte, sah, wie er die Stöpsel in die Ohren und die Hände in die Taschen steckte, und schließlich im Regen verschwand.

Adrian hatte keine große Lust nach Hause zu gehen, wo er jetzt jahrelang gelegen und getrauert hatte.

Wo der traurige Jonas Vorwürfe ausstrahlen würde.

Wo seine Ex-Eltern auf ihn warteten, begeistert darüber, dass Nick Erfolg gehabt hatte, dass der Junge wieder aufgestanden war, denen er jetzt erklären und erzählen müsste, aber nicht wollte. Er schaute auf die Uhr. Es war halb zehn, das Boxwerk schloss um 21 Uhr. Aber vielleicht war Nick noch da, brütete über der gehassten Buchhaltung, vielleicht ließ er ihn noch ein bisschen trainieren.

Adrian klopfte an die große Scheibe des Trainingssaales. Hinten im Büro war tatsächlich noch Licht. Er klopfte stärker, da tauchte Nick mit grimmigem Gesicht auf und öffnete die Tür einen Spalt. »Geschlossen.«

»Störe ich dich, wenn ich noch ein bisschen trainiere?«

Er schüttelte den Kopf, öffnete die Tür ganz und ließ ihn eintreten. »Scheiß Buchhaltung.«

»Soll ich dir helfen?«

»Ich dachte, du willst trainieren.«

»Nur ein Angebot.«

Nick winkte ihn mit sich ins Büro. Auf dem Schreibtisch türmten sich Quittungen, Belege, kleine Zettelchen, Rechnungen der letzten drei Monate wild durcheinander.

Nick wedelte mit den Kontoauszügen. »Und das soll man da irgendwie zuordnen. Kannst du mir mal verraten, wie das gehen soll, ohne dass man komplett wahnsinnig wird?«

Adrian zog sich einen kleinen Hocker an den Tisch und begann den Papierhaufen zu sortieren. Art der Ausgaben und Einnahmen und Datum, machte Haufen.

Nick schaute ihm mit hochgezogenen Augenbrauen zu. »Woher kannst du das?«

»Kann ich nicht. Halte ich nur für sinnvoll.«

Sein Mentor nickte zufrieden. »Hab zwei Kämpfe für dich organisiert. Wenn du die gewinnst, hole ich den letzten und dann steht deiner Nominierung zur Meisterschaft nichts mehr im Weg.«

»Wie lange habe ich Zeit?«

»Der erste ist in einer Woche.«

Adrian schnaubte. Viel zu wenig Zeit.

»Nein«, sagte Nick, als hätte er seine Gedanken gelesen. »Ich hab dich heute gesehen. Vieles ist dir bereits in Fleisch und Blut übergegangen. Zumindest hast du es nicht verlernt.«

Er sollte recht behalten. In der Zeit bis zum fünften Kampf trainierte Adrian quasi durch. Er ging auch wieder in die Schule und Meret unterstützte ihn in beiden Richtungen. Sie versorgte ihn mit Materialien, damit er den versäumten Stoff aufholen konnte und fieberte beim Training mit, während Moritz mit seinen Stöpseln in den Ohren hinter der Theke wippte und mixte. Es fühlte sich an, wie eine neue, kleine Familie. Und die alte Fakefamilie verhielt sich erstaunlich ruhig. Keine Fragen, keine Forderungen.

Sie konzentrierten sich auf Jonas. Die Sommerferien standen vor der Tür und danach sollte es für ihn losgehen. Das Fußballding kam Adrian plötzlich sehr weit weg vor. Er hatte damit nichts mehr zu tun und die Verletzung war vernarbt. Es war möglich geworden, sich ganz auf sich selbst und die neue Sache zu konzentrieren. Im Seniorenheim machte er Termine für nach den Kämpfen aus. Sie reagierten locker, die Sache mit Frau Schuy hatte sie weich gemacht.

»Der Engel«, rief sie, als sie Adrian auf dem Gang sah, und er winkte ihr und dachte, dass ihn noch nie jemand so genannt hatte. Er war die Kante, grob und wütend, das waren seines Wissens nach keine Engelsmerkmale.

Adrian gewann beide Kämpfe, Nick, Moritz, Meret und die anderen aus der Community fieberten mit, feuerten ihn an, nichts hielt sie auf den Stühlen. Er würde es schaffen, was selbst

Nick angezweifelt hatte am Anfang. Aber besonders stolz war er darauf, dass er in beiden Kämpfen die Kontrolle behalten hatte, die weiße Wut hatte ihn nicht besiegen können. Als Adrian aus der Dusche kam, das Gesicht noch etwas aufgequollen, was der Ausdruck seines Stolzes aber locker überstrahlte, standen Champagner und feine Gläser auf der Theke.

»Heute feiern wir, bis der Arzt kommt«, verkündete Moritz, sie stießen auf den Sieg an und das kribbelnde Getränk floss Adrians Kehle hinunter direkt ins Herz.

»Das war Technik vom Feinsten«, strahlte Meret, ihre Wangen röteten sich leicht vom Alkohol, ihre weißen Zähne blitzten, alles an ihr war ausschließlich schön. »Wer wird der letzte Gegner sein?«, wandte sie sich an Nick.

Der winkte ab. »Nicht der Rede wert. Adi hat einen Lauf!«

»Niemals unterschätzen!«, warnte Moritz breit grinsend, und Adrian gab ihm recht. Immer auf der Hut sein, immer vorbereitet.

»Was ist eigentlich mit Doro und Thorsten?« Meret verwandte aus Rücksicht auf Adrian nur noch die Vornamen, sagte nicht mehr Eltern.

»Was soll mit denen sein?«

»Na, die wollen dich doch bestimmt auch mal kämpfen sehen.«

»Davon war nie die Rede.«

»Hast du es ihnen denn erzählt? Wussten sie davon?«

Adrian schüttelte den Kopf und Meret legte ihm grinsend ihre Hand auf den Arm. »Wie sollen sie dann davon reden, hä, du Dickkopf. Ich bin sicher, dass sie sehen wollen, welche Erfolge du feierst. Sie wären stolz auf dich.«

Adrian schaute sie verwundert an. Das hatte er bisher nicht für möglich gehalten, nicht einmal in Betracht gezogen. Sie waren stolz auf ihren Sohn Jonas, der jetzt bald zur Elite der Auszubildenden im Fußball gehören würde. Doro mochte das Boxen nicht, fand es gefährlich, verstand nicht, warum zwei Männer Spaß daran hatten, aufeinander einzuprügeln. Aber vielleicht irrte er sich auch. Vielleicht sollte er ihnen zum letzten Kampf in der Siebenerreihe Bescheid sagen.

Sie vernichteten völlig aufgekratzt den gesamten Prickelwasservorrat, Adrians zukünftige Erfolge im Blick, und er genoss es, dass sich Menschen für ihn freuten, als wäre es ihr eigener Erfolg.

Moritz geriet immer mehr aus dem Gleichgewicht und seine Worte überholten sich beim Reden selbst, bis er beschloss, lieber nach Hause zu gehen und mal zu horchen, was sich unter seinem Kopfkissen so abspielte. Nick hatte noch irgendetwas im Büro zu tun, hob mahnend den Zeigefinger Richtung Adrian, nicht vergessen, keine Party, und verschwand ebenfalls. Adrian konnte sich null Komma null vorstellen jetzt ins Bett zu gehen, aufzuhören mit Meret zusammen zu sein und glücklicherweise ging es Meret anscheinend ähnlich.

»Ich kenne eine ganz tolle Bar, da gehen wir jetzt noch hin, ich und der Champ!«

Der Champ war einverstanden und warf die Warnung seines Trainers über Bord.

9. KAPITEL

Es war eine Samstagnacht und die Stadt voller meist jüngerer Leute, die sich amüsieren wollten, in Grüppchen auf Treppen und Plätzen saßen, barfuß oft, ein Getränk in der Hand immer. Die Außenplätze waren überall voll besetzt, und Adrian wäre heimlich lieber mit Meret in einer Stadt gewesen, in der sich sonst keiner aufhielt, zum Beispiel im total leeren Venedig. Er stellte sich vor, wie er sie auf einer Gondel durch die Kanäle ruderte, er könnte ihr sogar etwas singen, weil das konnte er ja, im Gegensatz zu vielen anderen, vielleicht hatte sie ein weißes Schirmchen aufgeklappt und hielt es über ihren Kopf, nicht wegen Regen oder Sonne, nur weil es eben verdammt gut aussah, und genau an der Stelle hörte er auf, sich so was auszudenken, er war nämlich erstens bekanntermaßen überhaupt nicht kitschig veranlagt und zweitens stieß Meret ihn an. Sie hatte sich bei ihm eingehängt, gerader Gang war nach dem Gelage im Boxwerk schon nicht mehr gewährleistet.

»Hallo, Adrian, kriege ich noch eine Antwort?«

»Oh, sorry, wie war die Frage?«

»Ich wollte wissen, ob du Lust hast, mir zu erzählen, wie es weitergeht. Hast du irgendwelche Pläne für nach dem Abi, nach der Meisterschaft?«

»Du?«

»Hä, ich hab schon Abi!«

»Aber du wirst doch irgendwann eine richtige Lehrerin. Bleibst du dann hier?«

»Manchmal kann man sich das nicht aussuchen, aber ja,

wünschen werde ich es mir schon. Ich liebe das blaue Haus und für Pongo ist es ideal.«

»Oh nein, der ist die ganze Zeit allein, den hab ich total vergessen!«

»Das hält er schon mal aus. Und sei sicher, ich habe ihn nicht vergessen.«

Schon wieder schlugen Adrians Gedanken romantische Kapriolen. Würde Meret ihn eines Tages genauso lieben wie Pongo, ihn auch nie vergessen, ihn an ihre erste Stelle setzen?

»Weichst du mir aus?« Meret grinste ihn an. Sie liefen durch die sommerlichen, belebten Straßen und waren nicht Schüler und Lehrerin, nicht sieben Jahre auseinander, nicht aus verschiedenen Welten, einfach nur männlich und weiblich, befreundet oder mehr, das konnte man von außen nicht sagen, aber innig, vertraut auf jeden Fall.

Adrian zuckte mit den Schultern. »Nein. Ja, vielleicht. Ich weiß es nicht, es sind nur so Träume. Im Moment versuche ich die Gegenwart hinzukriegen, wie soll ich da schon an die Zukunft denken?«

»Ich weiß, dass du daran denkst. Jeder macht das.«

Adrian musste grinsen. Er mochte ihre hartnäckige Art, sie gab nicht auf, wenn sie etwas wissen wollte. Doro war auch so gewesen. Das hatte sie erst gelassen, seit die Wahrheit ans Licht gekommen war. Seitdem traute sie sich nicht mehr, fühlte sich nicht mehr ganz so zuständig und berechtigt wie vorher. Sie waren alle vorsichtig, sogar Thorsten, es war, als wäre er irgendwie aus dem System geflogen, aber nur weil er das wollte.

»Ich möchte versuchen, Boxprofi zu werden. Aber das bespreche ich erst mit Nick, wenn ich bei der Meisterschaft was gerissen habe. Ich möchte es ihm und mir beweisen und dann von einem Traum zu einem Ziel kommen.« Meret nickte versonnen. Es sah so aus, als könnte sie sich das zumindest vorstellen. »Ich fühle mich zu Hause da, mehr als sonst wo.«

»Meinst du, dass sich die Dinge zwischen dir und deiner Ex-Familie, wie du sie nennst, noch mal ändern werden? Also, dass ihr euch wieder näherkommt?«

»Das weiß ich nicht.« Adrian dachte nach und Meret legte ihm eine besänftigende Hand auf den Arm.

»Entschuldige. Ich hab immer so eine scheiß Ausfrageart. Wenn du nicht antworten willst, dann lass es. Ich gebe meistens irgendwann auf.«

Adrian grinste. »Kann ich mir nicht vorstellen! ... Sie werden sich jetzt auf Jonas konzentrieren, noch mehr als vorher. Und wenn ich mit dem Abi fertig bin, suche ich mir so schnell wie möglich was Eigenes. Weißt du, eigentlich sind sie ja ganz nett, sogar Thorsten meint es ja nicht böse. Wenn man in einer Familie lebt, die die Familie ist, zu der man gehört, also so ganz und gar, blutmäßig, meine ich, dann kennt man die Fehler und Schwächen der anderen, dann akzeptiert man das zwangsläufig, weil das eben die einzige Familie ist, die man hat.«

Meret blieb stehen, um ihm genauer zuhören zu können, überhaupt eine Eigenart von ihr, stehen zu bleiben, sich zu fokussieren.

»Und jetzt auf einmal kannst du das nicht mehr?«

»Jetzt fühlt es sich an, als wäre ich frei. Ich gehöre zu niemandem, sollte ich es aber wollen, dann kann ich es mir aussuchen.«

»Auch nicht so schlecht.«

»Man muss sich erst dran gewöhnen. Vielleicht ein bisschen zu früh zu frei.«

»Und schmerzhaft und etwas ungerecht den anderen dreien gegenüber.«

Adrian fühlte, wie er wütend zu werden drohte. Was sollte das, ungerecht? Die hatten ihm sein Leben lang was vorgespielt und gelogen, das war ungerecht.

Meret schaute ihn prüfend an. »Jetzt wirst du wütend auf mich. Ich hab da vorhin nur drüber nachgedacht, weil du sie ja überhaupt nicht in deine Boxwelt reinlässt, und ... also, da kann ich mir vorstellen, dass das nicht einfach ist für deine Ex-Familie. Hey, nicht wütend werden.« Sie lächelte ihn mit ihren weißen Zähnen an und brachte ihn mit einem für sie vollkommen untypischen mädchenhaften Augenaufschlag zum Lachen. »Es ist auch viel zu früh, darüber zu sprechen. Man kann es sich ja nicht vorstellen, wie man sich irgendwann wohin entwickelt, was man fühlen wird.«

Im Moment wusste Adrian das sehr genau. Meret regte ihn auf, positiv und negativ, sie brachte ihn ganz nah an ganz einfache Gefühle, die er sofort benennen hätte können, hätte sie gefragt. In diesem Moment ging sie weiter und hatte wohl erst mal genug von diesen schwergewichtigen Themen.

»So, jetzt sind wir gleich da. Keine Ahnung, ob dir so was gefällt, ist ein bisschen puffig.«

»Meine Mutter war eine Nutte, da werde ich mich sicher wohlfühlen.«

Meret blieb sofort wieder stehen, schaute ihn erschrocken an, *ich habe vergessen, wie empfindlich er noch ist, ich bin total unaufmerksam, ich bin echt die letzte Pädagogin auf dem Kontinent.* Adrian grinste, zuckte mit den Schultern und ging weiter. »Kleiner Scherz.«

Meret lief ihm hinterher, holte ihn ein und schimpfte. »Also, wenn das ein Scherz sein sollte, dann ging er gründlich daneben. Wir können echt auch woanders hingehen, muss ja nicht ausgerechnet da sein, wo ich immer rumlungere.«

»Genau das möchte ich aber sehen.«

Es war eine dunkle, schwere Holztür, vor der sie schließlich standen, durch die verhängten Fenster schimmerte es rot, und als Meret den goldenen Löwenkopfklopfer betätigte, musste Adrian kurz an Wonder und seine geheimnisvollen Einlassmethoden denken.

»Hier dürfen wohl nur besondere Menschen rein.«

Meret nickte grinsend, ein kleines Fenster in der Tür ging auf und ein Mann, dessen Gesicht vollständig von Haaren umrandet war, schaute heraus.

»Hi Joe, ich bin's.«

Sofort ging das Fenster wieder zu und die Tür auf.

»Hey Metti!« Küsschen links und rechts, strahlendes Männergesicht. Adrian seufzte und erkannte zum wiederholten Male, dass man es nicht leicht hatte und haben würde als Merets Begleiter. Wo sie hinkam, war sie willkommen und wurde von großen, starken und vor allem erwachsenen Männern auf Händen getragen.

Das »Moulin Rouge« war vollkommen in Rot gekleidet. Plüsch, Plunder, kleine Couchecken mit Tischchen und Anknipslampen, düstere Lüster von der Decke, übrig geblieben aus prunkvollen Zeitaltern, eine kleine Bühne mit verstaubtem Vorhang, früher mal Samt, rot natürlich, und leise Musik, so eine Art Jazz, genau kannte sich Adrian damit nicht aus.

»Ist dein Freund denn überhaupt schon achtzehn?«, fragte der Bartmann, der sie zu einer der gemütlichen Plüschecken begleitete.

»Ja sicher, was denkst du denn?« Sie zwinkerte Joe zu, bestellte irgendeinen speziellen Cocktail und ließ sich in die weichen Kissen fallen.

»Ah, herrlich, na, was sagst du?«

»Hast du eigentlich einen Freund?« Adrian hatte das nicht fragen wollen. Erstens fürchtete er die Antwort, zweitens schien es ihm unhöflich und drittens aufdringlich.

»So was fragt man seine Lehrerin nicht.« Patsch. Direkte Ohrfeige. Meret grinste. »Kleiner Scherz.« Retourkutsche also. »Ich bin hier samstags oft. Ich mag die Leute, die sich hier reinflüchten und später tritt vielleicht noch der ein oder andere schräge Vogel auf.«

»Dürfen Lehrerinnen denn in solche Schuppen?« Er fühlte sich gedämpft. Sie hatte nicht geantwortet und dafür musste es einen Grund geben. Er wünschte kurz, Moritz wäre hier und würde mit seiner lockeren Art das Feuer wieder anzünden, aber stattdessen kamen die Cocktails, riesige, eimerartige Gläser mit ganzen Früchten und Schirmchen und Chichi darin. Aufgeregt prostete Meret ihm zu.

»Auf dich, Adrian, auf den Champ!« Es schmeckte süß und nach viel Alkohol, floss durch alle seine Adern gleichzeitig und auch Merets Wangen röteten sich erneut und ließen sie noch schöner sein.

»Weißt du, Lehrerinnen dürfen eigentlich alles, was andere auch dürfen. Denn wenn sie nicht in der Schule rumlaufen, sondern in ihrem ganz normalen Leben, dann sind sie gar keine mehr, sondern in meinem Fall einfach eine junge Frau, die Spaß haben will.« Sie machte eine kleine Pause. »Ich habe gern Spaß mit dir, Adrian, und ich rede gerne mit dir, das kannst du nämlich genauso gut wie boxen.« Sie lachte laut. »Ein Boxer, der reden kann. So was hat es noch nie gegeben!«

Adrian war noch dabei zu verdauen, was sie da gerade gesagt hatte. Ein Freibrief? Eine Aufforderung? Oder nur Freundschaft, weil gut reden können? Er ärgerte sich über sich selbst, zu unerfahren, um zu wissen, was genau sie gemeint hatte und was jetzt von ihm verlangt wurde. Angreifen? Weiter gut reden? Ihr Freund werden, falls sie nicht schon längst einen hatte? Er war dabei, sich in all diesen Gedanken und Unsicherheiten zu verlieren, den Moment zu verpassen, da stürmte mit großem Hallo eine aufgekratzte Truppe in Merets Alter herein, alle ebenfalls leidlich angetrunken und in Feierlaune.

»Hey Metti, du hier?« und »Haha, hab ich doch gesagt, samstags ist sie immer hier!« und »Jetzt geht die Party erst richtig los.«

Metti ... was für ein bescheuerter Name für diese Frau! Und warum wurden eigentlich in Deutschland alle Namen hinten mit einem i versüßt? Diskriminierung, konnte man schon fast sagen. Meret begrüßte jedenfalls alle mit lautstarkem Hallo zurück, sie schien sich ehrlich zu freuen, und Adrian bereute es jetzt schon, ihr Angebot nicht angenommen zu haben, woanders hinzugehen. Er lächelte etwas eingefroren in die Runde, als Meret ihn als den Champ vorstellte, versuchte möglichst nicht so mies gelaunt rüberzukommen, wie er sich fühlte, und dann baute sich ein ebenfalls kantiger Typ vor ihm auf und hielt ihm die Hand zum Einschlagen hin: »Adrian.« Daniel Jakobus, Referendar, aber heute anscheinend auch privat unterwegs. »Hab schon gehört, du bist auf der Siegerstraße.«

Adrian schlug ein. Der Typ war eigentlich nett, machte guten und ambitionierten Sportunterricht, er konnte sich nicht erklären, warum er ihm gerade am liebsten die Zähne ausgeschlagen hätte. Die Truppe setzte sich zu ihnen, bestellte unterschiedliche Eimer mit unterschiedlichem Chichi, war laut und lustig. Adrian saß links neben Meret und der Jakobus rechts. Sie plauderte mit jedem, lachte, erzählte Anekdoten und es schien ihr ganz selbstverständlich, dass sie jetzt ein Date mit vielen und nicht mehr nur mit Adrian hatte. Er versuchte seinen Groll zu unterdrücken, er wollte ihr nicht den Spaß verderben, solche Leute mag man auf Dauer nicht, die ihre besonderen Vorstellungen hatten und wenn die nicht genau so in Erfüllung gingen, schmollten.

»Und du bist echt so richtig Profiboxer?«, quatschte ihn das Mädchen links von ihm an. Sie war sehr klein und trug dafür eine riesige mehreckige Brille und aufgemalte Sommersprossen. Adrian hatte keine Lust groß zu erklären, wie die Umstände sich verhielten und nickte.

»Oh mein Gott, tut das denn nicht weh?«

Sie würde wohl nicht lockerlassen, er ließ sich auf das Gespräch ein und irgendwer hatte noch weitere Eimer bestellt.

»Manchmal schon, aber das gehört ja dazu. Man versucht möglichst nicht der zu sein, dem es wehtut!«

»Und kann man da viel Geld verdienen?«

Adrian zuckte mit den Schultern. Daran hatte er noch nicht eine Sekunde gedacht, ging einfach davon aus, dass es eine Arbeit oder ein Sport wie jeder andere war, für den man bezahlt wurde, wenn man einigermaßen mithalten konnte. »Henry Maske kann, glaub ich, ganz gut von seiner Vergangenheit leben. Und du?« Er wollte nicht mehr über sich sprechen. Viel zu utopisch das Ganze.

Die Kleine wurde rot, freute sich, dass der Champ sich für sie interessierte, beugte sich zu ihm vor und verschaffte ihm damit einen großzügigen Einblick in ihren üppigen Ausschnitt.

»Kindergarten. Ich weiß schon, das hat jetzt nicht gerade den besten Ruf, aber ich wollte das schon immer werden. Ich hatte vier kleinere Geschwister, also man könnte sagen, das war von Anfang an so vorgesehen. Und irgendwann wird das auch besser bezahlt werden, da bin ich sicher, das kann ja nicht so bleiben ...!«

Adrian hörte nur mit halbem Ohr zu, nippte an seinem Eimer und sah aus dem Augenwinkel, wie Meret und der Jakobus sich sehr angeregt unterhielten, sich dabei immer wieder berührten, wie sie laut auflachte, weil man mit dem anscheinend nicht nur gut reden konnte, sondern er auch noch unfassbar witzig war, und wie er sie auf die winzige Tanzfläche vor die Bühne mitnahm, als die Musik plötzlich lauter wurde, sodass auch die Kleine nicht weiterreden konnte, neben ihm auf dem Plüschsofa im Takt wippte und wahrscheinlich gleich anfangen würde Klatschspiele vorzuschlagen, wie ihren Schützlingen im Kindergarten.

Adrian entschuldigte sich bei ihr, nuschelte irgendwas von Klo und verließ den Laden. Joe schloss die schwere Tür hinter ihm und sein Blick lag irgendwo zwischen Hohn und Mitleid, *hast du wirklich gedacht, du hättest mehr Chancen als ich* und *ja, ja, ich kenne das, so ist es mir auch ergangen.*

Adrian stopfte seine Hände tief in die Hosentaschen und ging durch die feierlaunige Innenstadt, glücklich, als es endlich ein bisschen ruhiger wurde. Sein Herz wog schwer und der benebelte Geist tat alles, um die Sache noch schwieriger und dramatischer zu machen. Als schließlich das Adriangefühl klopfte, wieder einmal fühlte er sich aussortiert, versuchte er es mit der erlernten Kontrolle. Wenn er zu diesem Zeitpunkt ein Ding mit Meret angefangen hätte, noch dazu sein erstes, seit Neuestem wusste er ja, dass Moritz schon wesentlich mehr Erfahrungen gesammelt hatte, dann würde ihn das nur ablenken, all seine Sinne beanspruchen, kein Fokus auf das, was er eigentlich vorhatte: bei der Boxmeisterschaft teilzunehmen, einen möglichst guten Platz zu belegen und Profi zu werden. Bevor er endgültig versunken war in seine romantischen Gondelgedanken, hatte

Meret die Bremse gezogen, ihm die Augen geöffnet. Er seufzte und tauchte ein in den Wald, in dem das blaue Haus stand. Ja, ja, anders wäre es trotzdem schöner gewesen. Dennoch, er wollte vorbeigehen, er wollte nicht stehen bleiben und ihr schönes Haus, in dem er sich so wohlgefühlt hatte, sehnsuchtsvoll anstarren. Schon gar nicht den Schlüssel unter dem Blumentopf hervorholen. Aber Pongo heulte. Wie ein Schlosshund. Wie ein ganzes Wolfsrudel. Es war nicht seine Sache, er war nicht sein Hund, aber er konnte es nicht ertragen und was machte es schon? Meret würde sich mit dem scheiß Jakobus die Seele aus dem Leib tanzen, noch mehrere dieser süßen Eimer trinken und sich erst im Morgengrauen wieder an ihren Hund erinnern. Sie würde nicht merken, dass Adrian ihm zwischenzeitlich Linderung verschafft hatte. Außerdem konnte er es echt nicht mit anhören. Und war betrunken.

Als er die Tür öffnete, raste das Heulknäuel auf ihn zu, sprang an ihm hoch, winselte und quiekte und konnte sich gar nicht mehr beruhigen. Adrian ging hinein, um die Leine zu suchen, sah, dass die Näpfe leer und trocken waren, und gab dem Armen erst mal was zu fressen.

»Böse Mama, kümmert sich gar nicht um dich, armer Pongo!«

Der schmatzte, schaute sich immer wieder um, ob der Mensch auch bloß noch da war, und es schien ihm egal zu sein, ob Meret oder Adrian, Hauptsache einer. Adrian fühlte sich zuständig, fand die Leine auf dem Sessel zusammengeknüllt im Wohnzimmer und machte sich mit dem total überdrehten Hund auf in den Wald.

»Komm, Pongo, wir gehen zur Lichtung.«

Als hätte er ihn verstanden, zog er an der Leine in die richtige Richtung, ließ sich dann aber schnell von Gerüchen und Pinkelpausen ablenken und beruhigen. Adrian schaute in den

Himmel. Kein Mond in Sicht, aber so viele Sterne, dass er das Gefühl hatte, das Universum in seiner Dreidimensionalität erkennen zu können. Sie machten genügend Licht. Er hörte seine eigenen Schritte und Pongos Hecheln in der Stille und hatte das Gefühl, genau zur richtigen Zeit am besten Ort der Welt eine Pause machen zu dürfen.

Adrian setzte sich an die Stelle, wo im Traum seine Mutter gestanden hatte, auf die Lichtung und Pongo neben ihn. Zwei gute Freunde in der Nacht.

»Ich bin verliebt in dein Frauchen. Aber umgekehrt ist es nicht so. Das ist traurig.« Pongo rührte sich nicht. Hörte einfach nur zu. »Ich muss sie mir abgewöhnen, da werden wir uns wohl nicht mehr sehr oft sehen, du und ich.« Er seufzte und schob die Erde vor sich mit den Füßen hin und her. »Vielleicht komme ich samstags heimlich zu dir. Da ist sie immer im Puff und tanzt mit dem scheiß Jakobus.«

»Manchmal geht sie aber auch früher und dann besucht sie die magische Lichtung.« Wie aus dem nichts stand Meret da und Adrian wurde sofort heiß. Was hatte sie alles gehört? Das war nicht für ihre Ohren bestimmt gewesen, nur für Pongos und die Nacht.

Der Hund sprang auf und begrüßte sie stürmisch. Dann setzten sie sich neben Adrian.

»Du warst auf einmal weg, Lale war ganz traurig.«

Adrian nickte nur. Lale also.

»Und ich auch.«

»Na ja, du warst doch beschäftigt«, murmelte Adrian. »Woher weißt du überhaupt, dass wir hier sind?«

»Ausgezeichnete Spurenleserin. Pongo nicht da, die Näpfe halb voll, die Leine weg, und ... also in so einer Nacht wäre ich auch hierher gegangen.«

»Hast du eigentlich nie Angst?«

»Vor was denn?«

»Na, dass ein Einbrecher da war und Pongo entführt hat oder so.«

»Das macht doch keiner.« Sie knuffte ihn in die Seite. »Außer du natürlich.«

»Pongo hat geheult.«

Meret seufzte. »Ja, ich weiß, das ist auch nicht richtig. Aber er kann nun mal nicht mit in die Bar, er muss es einfach lernen.« Sie strich Pongo zärtlich über den Rücken. »Andere Hunde schlafen dann brav, aber er hält es einfach nicht aus allein zu sein, noch nie. Da haben sich schon mehrere Hundetrainer die Zähne dran ausgebissen.« Pongo legte sich hin und seinen Kopf auf Adrians Bein. Er war zufrieden, alle da und er mittendrin. »Aber manchmal muss ich einfach auch mal raus ins Leben.«

»Sag mir das nächste Mal Bescheid, dann passe ich auf ihn auf.«

»Oh, dann hast du schon zwei Jobs bei mir: Hausmeister und Hundesitter.«

Jonas hätte jetzt nachgedacht und dann gesagt: »Nur Jobs mit H.«

»Nur Jobs mit H«, probierte Adrian den Witz, und Meret grinste tatsächlich.

»Warte, was gibt es noch: Handtuchhalter ... oder Heizungsmonteur, ach nee, das ist bei Hausmeister mit drin, Hochstapler, Himmelsgucker, Herzensbrecher.«

Adrian rührte sich nicht, aber er hatte das Wort gehört, und sein Herz brach nicht, sondern hüpfte höher. Er fand keine Antwort darauf, hatte sowieso gerade das Gefühl, dass ihm jedes noch so kleine Wort im Hals stecken bleiben würde und legte seine Hand übersprungsmäßig auf Pongos Rücken, um ihn zu streicheln. Aber da war auch Merets, er hatte es gewusst, aber nicht dran gedacht, oder doch dran gedacht, aber nicht bewusst. Als die beiden Hände sich berührten, erschraken sie nicht, blieben einfach aufeinander liegen, und die Erde drehte sich nicht mehr.

»Wir könnten uns küssen«, sagte Meret.

Adrian wurde am nächsten Morgen von seinem Handy geweckt. Es war nicht Meret, wie er gehofft hatte, vielleicht um gemeinsam zu frühstücken, oder auch nur um zu fragen, wie es ihm ging, es war das Seniorenheim. Frau Schuy lag im Sterben und wünschte sich, den Engel noch einmal auf dieser Erde zu sehen. Adrian war zu allem bereit. Er hatte seinen ersten Kuss bekommen und danach noch einige mehr. Und zwar nicht von irgendwem, sondern von Meret. Der Meret, die alle küssen wollten. Er zog seine schwarze Hose und ein Hemd an, weil er nicht wusste, was man trägt, wenn jemand stirbt, winkte Doro, die im Handtuchgarten die Beete bearbeitete, und gab Arschie, der seinen Hauptaufenthaltsort mitten auf dem Küchentisch gefunden hatte, einen Klaps. »Na, du Wurst?«

»Hallo, ich bin Arschie!«

»Bekannt.«

Plötzlich hatte er so etwas wie Sehnsucht nach Jonas, nach seinem früheren kleinen Bruder, nach dem Gefühl ihn zu haben, plötzlich fühlte sich alles nicht mehr so schlimm an.

»Kommst du heute zum Abendessen?« Doro stand in einer riesigen Gartenlatzhose in der Terrassentür, Dreck im verschwitzten Gesicht und ein freundliches Lächeln.

»Jep!«

Er schwang sich auf sein Rad, überlegte, kurz bei Meret vorbeizufahren, nur um »Guten Morgen!« ins Fenster zu rufen, ließ es dann aber. Er wollte nicht aufdringlich sein, nicht zu viel verlangen, zufrieden sein. Sie hatten sich geküsst, bis Meret sehr müde geworden war und unbedingt ins Bett musste. Natürlich hatte er kurz gehofft, sie würde ihn reinbitten, er könnte sie vielleicht sogar beim Schlafen begleiten, aber sie hatte sich mit einem letzten Kuss verabschiedet und war mit Pongo im blauen Haus verschwunden. Und man ließ eine Sterbende nicht warten.

Frau Schuy lag in ihrem kargen Zimmer. Ihr Gesicht war so weiß wie der Kopfkissenbezug, ebenso ihre Haare, als wäre sie schon weg oder wollte sich zumindest beim Sterben tarnen, ihre Augen geschlossen. Auf dem Nachttisch stand ein Bild von einem gut aussehenden jungen Mann, vielleicht Ernesto, denn einen Sohn konnte sie ja nicht haben, der wäre doch sicher anwesend, wenn die Mutter stirbt. Gelbfinger wirkte aufgeräumter als letztes Mal, sagte kaum etwas, der Tod forderte ihm wohl Respekt ab.

»Sie hat immer wieder nach dir gefragt. Also, nach dem Engel, die anderen meinen, du bist das.« Er schaute Adrian misstrauisch an, konnte so wie der selbst nichts Engeliges an ihm finden, nahm es aber bis auf Weiteres hin und ließ Adrian mit der Schuy allein. Ab und zu die Lippen befeuchten und Bescheid sagen, sollte sie Schmerzen andeuten.

Er zog sich einen Stuhl an das Bett, schaute die alte Frau an, lauschte ihrem rasselnden Atem und versuchte sich vorzustellen, wie es ist, wenn man das Leben hinter sich hat und nicht wie er vor sich. Hatte man irgendwann genug getan und erlebt, um sterben zu können? Das galt es auf jeden Fall anzustreben, bevor es so weit war. Zum Beispiel Meret noch mal küssen. Er zog sein Handy aus der Hosentasche, immer noch keine Nachricht von ihr, sicher schlief sie wieder ewig lang, wie meistens sonntags nach dem Samstag.

»Engel.« Frau Schuy hatte die Augen geöffnet, zwei kleine Punkte in einem weißen Gesicht, verschwommen, schon woanders.

Adrian steckte sein Handy weg und nahm ihre Hand. »Ich bin da, Frau Schuy.«

»Hast du dein Grab gefunden?«

Er nickte. »Jemand anderes kümmert sich darum.«

Sie schloss die Augen wieder, und es wurde nicht klar, ob sie mit der Antwort zufrieden war.

»Geht es Ihnen gut?«, flüsterte Adrian. Er wollte nicht mit ihr allein sein, wenn sie starb, kannte sich damit nicht aus, wusste nicht, was zu tun war. Sie drückte seine Hand, als wollte sie sagen, *reg dich nicht auf, es ist ganz einfach.* Er konnte nicht weg, keine Chance jemanden zu rufen, sie hielt seine Hand, und er konnte und wollte sie nicht loslassen.

»Pass auf, Engel!«, sagte sie noch, dann hörte sie auf zu rasseln und fing einfach nicht wieder an. Ihre Hand löste sich, und als Adrian erfuhr, dass er fünf Stunden an ihrem Bett gesessen hatte, konnte er es fast nicht glauben.

In einer kaum beschreibbaren Stimmung setzte er sich seit Langem wieder zu seiner Fakefamilie an den Tisch. Dass er seit Wochen nicht mehr da gewesen war, war ihm genauso wenig aufgefallen wie die viele Zeit bei Frau Schuy. Es hatte ihn auch niemand gebeten, ermahnt oder gefragt. Die Bellmers hatten wohl das Abkommen geschlossen, Adrian in Ruhe zu lassen. Umso mehr freuten sie sich jetzt, dass er da war. Jonas plapperte unentwegt, als wäre nie irgendwas gewesen, erzählte von seinen Plänen, was er alles mitnehmen würde, wie der Junge hieß, mit dem er sich ein Zimmer teilte, zeigte ihm Fotos, Fußballschuhe, Bettwäsche und konnte keine Sekunde stillsitzen.

Adrian hörte ihm geduldig zu, sagte nicht viel, nickte nur und aß Doros Spezialbrote, die sie extra für ihn gemacht hatte.

»Jonas, nun lass doch Adrian auch mal was erzählen«, unterbrach sie ihren Sohn schließlich, und der hielt sich sofort erschrocken die Hand vor den Mund. Alle schauten ihn erwartungsvoll an.

»Heute ist Frau Schuy gestorben.« Fragende Blicke. »Im Altenheim.«

»Und du warst dabei?«, fragte Doro erschrocken. »Du Armer, dir bleibt aber auch nichts erspart.«

Adrian schüttelte den Kopf. »Es war nicht schlimm. Eigentlich sogar schön. Überhaupt nicht beunruhigend oder so was, sehr friedlich.«

Doro lehnte sich zurück und staunte, während Thorsten sein Brot auf den Teller gelegt hatte, als wäre ihm der Appetit vergangen.

»Und jetzt ist sie tot?«, fragte Jonas.

»Na ja, wenn man gestorben ist, ist das meistens so, Arschkeks.«

Jonas grinste, so hatte Adi ihn schon lange nicht mehr genannt.

»Und wie geht es sonst so voran?«, wechselte Thorsten das Thema, der Tod anscheinend nicht so sein Ding, da löste er lieber das Keine-Fragen-Gelübde auf.

Adrian musste nicht lange überlegen. Er hatte die versöhnliche Ruhe des Todes im Körper und Merets Küsse auf den Lippen und der Seele. Außerdem ihre Worte zum Thema Doro und Thorsten im Hinterkopf. »Demnächst habe ich den entscheidenden Kampf, den siebten. Wenn ich den gewinne, kann ich an der Meisterschaft teilnehmen.«

»Wow!«, rief Jonas. »Joni will mit!«

Unsicher schauten Doro und Thorsten sich an und Adrian half ihnen raus. »Wenn ihr Lust habt, könnt ihr zuschauen kommen. Also, ich würde mich freuen.«

»Jaaa, das machen wir, Mama, Papa, das müssen wir unbedingt machen!«

Mama! Papa!

Sie schauten ihn an und lächelten. Auf allen Gesichtern die pure Freude. »Wir kommen gerne, auf jeden Fall.«

»Dann feuern wir dich an. Darf Arschie auch mit?«

»Auf keinen Fall«, sagte Thorsten.

»Klar«, sagte Adrian.

Seit Langem kam Jonas mal wieder in sein Zimmer und kroch zu ihm unter die Decke. Er fühlte sich warm an, es fühlte sich gut an, und Adrian wünschte sich nur kurz, Meret würde statt seiner da liegen. Sie hatte sich nicht gemeldet.

PROTOKOLL

»Ich hab keine Ahnung, wo der steckt, tut mir leid, da kann ich Ihnen nicht helfen. Sonst noch was? Hab viel zu tun und nicht gerne die Polizei im Haus ... ja, nein, natürlich. Möchten Sie was zu trinken? Ich kann Ihnen einen Powerdrink mixen, mein Thekenclown ist leider mal wieder nicht im Haus. Hm? Moritz Becker, ja, ein Freund von Adrian. Gehört zur Community. Die haben beide hier so ihren Space gefunden, wir halten zusammen, wenn man einmal dazugehört, dann immer ... gestern?

Ja, kein guter Tag für uns. Oh Mann, es war eigentlich schon alles klar, alles in trockenen Tüchern. Wenn er auch nur einigermaßen in Normalform gewesen wäre, hätte er das locker geschafft. Aber der Kopf spielt ja auch immer mit, also eine extrem wichtige Rolle. Ich dachte eigentlich, er wäre schon weiter, hat hart gearbeitet, der Adi, wirklich, und ein großes Talent. Und war dann natürlich krasse Enttäuschung gestern, weil siebter Kampf, Sie wissen schon, er wollte zur Meisterschaft und Profi werden ... nein, nein, nein, das kann er noch mal versuchen, aber da ist halt dann auch erst mal die Luft raus, er ist ein labiler Charakter, wir hatten das im Griff, dachte ich. Warum suchen Sie ihn denn? ... Vielleicht ist er bei Moritz, sonst weiß ich nicht, wo er sich rumtreibt, war auch meistens hier, keiner war so oft hier wie Adrian. Den müssen wir jetzt wieder aufbauen, das muss er lernen, dass man auch

mal verliert, das muss er wegstecken können und sich nicht gleich wieder verkriechen. Das letzte Mal hab ich ihn aus dem Bett gezogen. Aber da haben Sie ja sicher schon nachgeschaut. Er hat so Momente.
Das meinte ich mit labilem Charakter. Andere winken ab, wenn ihnen jemand in die Eier tritt, gehen weiter. Er bezieht alles sehr stark auf sich und rast dann in Höchstgeschwindigkeit in seinen eigenen Abgrund.
Das Boxen hat ihm sehr geholfen, also, wir haben viele so Typen hier, die kriegen sich damit in den Griff.
Es tut mir leid. Lassen Sie mich wissen, wenn Sie ihn gefunden haben? Und richten Sie ihm bitte aus, dass er hier anzutreten hat. Ich erwarte ihn! Und meinen Kampfmantel, den hat er einfach mitgenommen ... oh, da muss ich in den Unterlagen nachgucken, weiß ich nicht auswendig, wo der Moritz wohnt. Einen Moment, bitte ... ach, da kann ich Ihnen auch Adrians Handy mitgeben, das hat er gestern hier vergessen.«

Nick Kramer, Geschäftsführer Boxwerk

10. KAPITEL

»Guten Morgen. Geht es dir gut?«

Als Adrian sich am nächsten Morgen einen Ruck gab und Meret anschrieb, bekam er auch darauf keine Antwort. Es war Montag, vielleicht war sie schon in der Schule, musste noch etwas vorbereiten oder hatte eine Besprechung im Lehrerzimmer. Oder sie hatte ihr Handy in das, in diesem Fall leider nicht mehr verstopfte Klo geschmissen, konnte nicht schreiben und traute sich nicht vorbeizukommen. Dachte, wir sehen uns ja eh in der Schule. Wollte nicht als Meret bei Doro und Thorsten klingeln. Wusste keine Ausrede. Oder war krank, zu lange im nächtlichen Wald gewesen. Lag mit Fieber im Bett, Delirium. Adrian fielen eintausend Gründe ein, warum Meret anscheinend nicht so wie er das dringende Bedürfnis hatte, die Geschehnisse der Samstagnacht zu wiederholen oder im Optimalfall auszubauen. Er kannte sie ja jetzt auch schon ein bisschen, vielleicht sah sie das einfach lockerer, so wie halt mit dem Jakobus tanzen, obwohl sie eigentlich mit Adrian unterwegs war. Sie war spontan, man konnte sie nicht einfangen oder festhalten, und Adrian versuchte, sich zu bändigen, nicht maßlos zu sein. Was er wollte? Dass sie nur ihn sah, dass sie sich ganz gegen ihre Art grenzenlos in ihn verliebte, ihn immer, jede Sekunde um sich haben wollte, zusammen sein, zusammenziehen, zusammen Kinder kriegen. Maßlos übertrieben. Ruhig bleiben. Bekanntermaßen konnte man dem anderen nicht abverlangen, was man selbst wollte, und ebenfalls bekannt, wenn man verliebt ist, will man alles. Aber warum sie nicht? Oder sie wollte auch alles, dachte aber, man kriegt das auch ohne sich anzustrengen. Sie auf jeden Fall. Schließlich kam Adrian zu dem Schluss, dass er einfach durchgeknallt war. Meret hatte ja auch andere Sachen zu tun und nicht jeder konnte so abgedreht sein wie er. Zum Glück. Er fuhr also in die Schule, hatte sich wieder im Griff, aber den ganzen Bauch derart voller Schmetterlinge, dass ihm kotzübel war.

Deutsch zur Vierten. Es war kurz vor den Sommerferien, alle Klausuren geschrieben, Frau Mehlsacks betrat den Klassenraum forsch wie immer mit einem Film im Gepäck. Adrian versuchte, sich normal zu verhalten, ein gelangweilter Schüler, der anderes im Kopf hatte. Hatte er aber nicht. Nur sie. Er wollte ihren Blick fangen, was ihm aber nicht gelang. Sie dozierte über den Inhalt der Kafka-Doku, den Regisseur, den Hauptdarsteller, den Kafka, er verstand kein Wort. Sie fuhr die Leinwand runter, ließ die Schüler und Schülerinnen die Stühle und Tische neu ordnen und machte das Licht aus.

Jetzt verging Adrian die schlechte Laune. Klar, sie wollte das Licht ausmachen, die anderen mit bewegten Inhalten ablenken, um ihm ungestört in die Augen sehen und verruchte Zeichen geben zu können. Er lächelte, schaute zu ihr rüber. Sie hockte mit halbem Hintern auf dem Lehrerpult und starrte gebannt auf die Leinwand, auf den Film, den sie mindestens schon einmal gesehen haben musste, sonst würde sie ihn ja nicht zeigen.

Mit dem Pausengong war der Film vorbei, alle stürmten raus, nur Adrian musste dringend noch etwas in seinem Rucksack finden, aber als er daraus auftauchte, war auch Meret verschwunden. Nicht im Pausenhof, nicht in den Gängen, nicht zu sprechen für Adrian.

Im Training war er unkonzentriert. Sosehr er es auch versuchte, es war so, wie er es sich schon gedacht hatte: Finger von ihr lassen, sonst würde sie seinen Kopf und sein Herz ausfüllen, das eigentlich das Herz eines Boxers war, der gewinnen wollte.

Moritz beobachtete Adrians Pratzentraining mit Nick von hinter der Theke, fühlte, wie jeder, dass irgendwas nicht stimmte und sein guter Bro mal wieder aus dem Gleichgewicht gekommen war. Am Ende verpasste Nick ihm einen derartigen Haken, dass er zu Boden ging und erst mal an nichts anderes mehr denken konnte als an die Sterne, die er sah.

»Wo ist dein Kopf, Adrian? Was ist los, verdammt?« Damit stampfte er davon und überließ Moritz die Aufgabe, dem Gefallenen aufzuhelfen.

»Scheiße.«

»Kannste laut sagen, Bro. Hast du am Samstagabend beschlossen, alles zu verlernen?«

Erschrocken zog Adrian sich das Handtuch vom Kopf, unter dem er sich eigentlich hatte verstecken wollen und schaute ihn an. »Was weißt du über Samstag?«

Moritz setzte sich zu ihm auf die schmale Turnbank und verschränkte die Arme. »He, ich bin doch nicht ganz blöd! Und ich war dabei, wir haben dich gefeiert, weißt du noch?« Adrian verschwand wieder unter dem Handtuch. »Nick und ich sind gegangen, Meret und du seid übrig geblieben. Und hattet sehr gute Laune.«

Adrian sagte nichts und Moritz wartete einfach.

»Wir haben uns geküsst«, kam es schließlich sehr leise unter dem Handtuch hervor.

Moritz sprang auf, hüpfte wie ein Flummi durch die Gegend, »yeah, yeah, yeah, endlich!«, schleuderte die Fäuste in die Luft und fing sich einen mürrischen Blick von Nick ein.

»Hör auf, Mo, komm her, das geht niemanden etwas an.« Adrian zog ihn auf die Bank zurück.

»Aber das ist doch so was von cool. Wie war es? Nicht gut?«

»Doch, doch, natürlich.«

»Und? Deswegen schwebst du auf Wolke was weiß ich und kriegst keinen einzigen Schlag mehr zustande ... hm, kein guter Zeitpunkt, wenn man es so bedenkt.«

Adrian schaute zu Nick, der mit einem anderen Jungboxer beschäftigt war und ihm keinerlei Beachtung schenkte. »Ich habe ihn enttäuscht.«

»Jeder hat mal 'nen Hänger, pass auf, morgen geht es wieder besser.«

Adrian schüttelte den Kopf, zog sein Handy aus der Trainingstasche, nur um zu sehen, dass sie natürlich immer noch nicht geschrieben hatte. Keinen Mucks. Seine Jobs mit H bei ihr konnte er wohl allesamt an den Nagel hängen. Außer vielleicht Hanswurst.

Moritz war in der Lage, eins und eins zusammenzuzählen, das war schon immer eine seiner Kernkompetenzen. »Sie meldet sich nicht?«

»Kein Ton.«

»Und in der Schule?«

»Kein Blick, nichts.«

Moritz kaute auf seiner Unterlippe und dachte nach. »War sie am Ende sauer oder so was? Hast du ihr auf die Zunge gebissen? Oder etwa die Sache mit der Zunge weggelassen?«

»Nein, natürlich nicht, Mann, du nervst. Wir waren sehr betrunken, beide, irgendwann musste sie einfach ins Bett.«

»Und? Hat sie dich mitgenommen?«

Adrian schüttelte den Kopf, und Moritz fing wieder an, seine Unterlippe zu traktieren.

»Fühlt sich irgendwie nicht gut an.«

Adrian schleuderte das Handtuch auf den Boden und stand auf. »Scheiße, echt.«

»Immer schön die Finger von den Weibern lassen, alte Bauernregel!«

»Haha, das kannst du ja leicht sagen.«

Moritz begleitete ihn zu den Duschen, stand einfach da in seinen Klamotten, hielt Kurzreferate über die Liebe im Allgemeinen und die Frauen im Besonderen, und Adrian fand es plötzlich nicht mehr selbstverständlich, nackt vor ihm unter der Brause zu stehen, wegen Adriansyndrom und so. Er schickte ihn zu den Umkleiden und kam in ein Handtuch gewickelt nach. Da saß er und grinste nicht wie erwartet, sondern schaute ziemlich ernst aus der Wäsche.

»Geh zu ihr.«

»Nein, das ist doch megaaufdringlich.«

»Du brauchst eine Antwort, Bro, sonst wird es dich weiter zu sehr beschäftigen, um den siebten Kampf zu gewinnen.«

»Und wenn sie dann sagt, dass alles nur Spaß war, sie einfach Bock, es aber nichts zu bedeuten hatte? Wenn sie mich abblitzen lässt, meinst du, das beschäftigt mich dann nicht? Ach, verdammt, warum mache ich immer alles falsch? Warum werde ich immer und von jedem aussortiert?« Er trat gegen den Spind.

»Wenn sie dich aussortiert, bist du wenigstens wütend genug.«

Adrian ließ sich mit finsterem Gesicht auf eine Bank fallen. »Ich hab Angst.« Moritz schaute ihn voller Mitleid an. »Kommst du mit?«

»Das würde, glaube ich, keinen sehr guten Eindruck machen. Außerdem bin ich noch verabredet.«

»Mit wem?«

Moritz zwinkerte ihm zu. »Kennst du nicht. Also, gehst du hin?«

»Ja, ja!«

Auf dem Weg raus schaute er noch bei Nick im Büro vorbei. Er saß hinter seinem Schreibtisch und starrte vor sich hin. Sofort gab Adrian sich die Schuld für diese Missstimmung.

»Es tut mir leid.«

»Und jetzt? Ich hätte einen Kampf für dich in zwei Wochen. Aber so schicke ich dich nicht in den Ring. Kontinuität ist gefragt, Adrian.«

»Ab morgen wird es wieder besser.«

»Weißt du das oder willst du das?«

»Beides.«

»Gut.«

»Gut.«

Meret saß auf der Holztreppe vor dem blauen Haus, Joggingdress, barfuß, erholte sich von einem Lauf. Neben ihr Pongo, der Adrian sofort überschwänglich begrüßte und sich vor lauter Wedeln und Springen und Umihnherumrennen beinahe mit seinem Hinterteil selbst überholte.

Merets Freude dagegen hielt sich in Grenzen. Sie schaute ihn nur an.

»Hey!« Adrian blieb vor ihr stehen, Pongo schaute von einem zum anderen.

»Dachte mir schon, dass du kommst.« Sie klopfte neben sich und Adrian setzte sich.

»Und ich dachte, vielleicht schreibst du mir mal.«

»Mein Handy ist ins Klo gefallen.«

»Quatsch!«

»Ja, Quatsch, wollte nur was Lustiges sagen.«

»Nicht nötig. Sag mir lieber, was los ist. Wir haben uns geküsst, Meret, das bedeutet mir was.«

Sie senkte den Kopf und raufte sich die Haare. »Ich weiß. Mir ja auch.«

»Und?«

»Adrian, das geht nicht. Es war ein Fehler, ich hätte das nicht tun dürfen. Zu viel Alkohol, verlier ich immer die Kontrolle. Es tut mir leid.«

»Ein Fehler? Wirklich?«

»Ich mag dich sehr und ...«

»Ja, ja, mit mir kann man ganz toll reden.«

»Kann man auch. Aber ich bin deine Lehrerin, das geht nicht. Ich habe sozusagen eine Verantwortung.«

»Aber wenn man nicht Lehrerin ist, darf man alles, soweit ich mich erinnere.«

»Ich war betrunken. Es geht einfach nicht, ich will mir hier nicht alles versauen, das hätte ernsthafte Konsequenzen für mich.«

Adrian stand auf. Das Blut rauschte in seinen Ohren, Merets Stimme klang wattig und der Inhalt ihrer Worte faul. Hätte sie echte Gefühle für ihn, wären ihr die Konsequenzen doch egal.

»Ich verstehe.«

Sie schaute traurig zu ihm hoch. »Ich glaube nicht. Ich würde gerne weiter mit dir befreundet sein, aber das ist wahrscheinlich nicht möglich.«

»Und ein fucking abgelutschter und blöder Satz.«

»Ja. Aber wenn ich es doch so fühle.«

»Wir sehen uns im Deutschunterricht, Frau Mehlsacks. Übrigens echt ein Scheißname!«

Damit drehte er sich um und ging. Pongo lief mit ihm mit,

hüpfte an ihm hoch, vielleicht könnte man ja wenigstens noch ein bisschen spielen, aber Adrian hatte keinen Bock.

»Geh zu deinem Frauchen, los, hau ab, Pongo, geh!«

Tatsächlich blieb er stehen und schaute Adrian erstaunt nach. Der drehte sich noch mal um, sah Pongo und Meret auf der Treppe, fühlte, wie sich das Adriangefühl in seinem Körper ausbreitete.

»Ruf deinen Scheißhund, Mann!«

Meret pfiff, Pongo schaute noch einmal, dann drehte er sich um und trottete zu ihr zurück.

Natürlich war Adrian wütend, so wie Moritz es vorausgesagt hatte. Er fühlte sich benutzt, einer von vielen, und zumindest das sollte eine Lehrerin seiner Meinung nach nicht tun. Aber da war auch noch so ein anderer Schmerz, der ihm nicht sonderlich bekannt vorkam. Er hatte es wirklich ernst gemeint, er war bis über beide Ohren verliebt, und das hörte nun leider nicht einfach auf, bloß weil es dem anderen nicht so ging. Wobei sie das nicht gesagt hatte. Meret disziplinierte sich, und wenn er all den Schmerz verschmähter Liebe, sein Beleidigtsein, seine Wut mal kurz zur Seite schob, konnte er es sogar verstehen. Aber es war zu spät, er hatte am Honigtopf geleckt, er wollte mehr. Und damit es nicht ganz so wehtat, glaubte er ihr einfach nicht. Zumindest nicht ganz. Sie disziplinierte sich, aber eigentlich war sie ebenso wie er schwer verliebt und wollte nichts lieber, als mit ihm zusammen zu sein.

In dieser Nacht vor dem nächsten Tag, an dem er als Boxer wieder voll und ganz funktionieren musste, wenn er nicht wollte, dass Nick den Kampf absagte, konnte er nicht schlafen und dachte über all diese Dinge nach. Die Dinge mit der Liebe, von denen er herzlich wenig verstand. Was war die Wahrheit?

Gab es überhaupt eine? Vielleicht war nichts weniger wahr als das Wahre. Er dachte, er könnte ein guter Boxer sein, but? Er glaubte, er würde Meret lieben, wenn das nun aber gar nicht stimmte, er sich das nur einredete, so eine Art Flucht in Zärtlichkeit und diesen Kram. Er war der Ansicht gewesen, Eltern, eine Familie zu haben. Fail. Keine Wahrheit, nirgendwo.

Es fühlte sich schön an, die Frau zu küssen, auf die man stand, aber schön genug, um dann den Schmerz auszuhalten, wenn sie einen nicht mehr küssen wollte? Das war es vielleicht nicht wert. Oder doch?

Er versuchte sich aufs Boxen zu fokussieren. Das Letzte, was er wollte, war Nick zu enttäuschen, nicht zu gewinnen, an dieser Stelle auch nicht weiterzumachen. Er würde jetzt nur noch daran denken. Und kaum hatte er das gedacht, hatte er schon wieder das Bild von Pongo und Meret im Kopf, wie sie ihm nachschauten und traurig waren. Er hielt es nicht mehr aus, sprang aus dem Bett und unter die Dusche. Alles wegwaschen, sauber sein und neu anfangen.

Als er aus der Kabine kam, saß Jonas auf dem Boden an die Wand gelehnt, Schlafanzug, rote Mütze, fragender Blick.

»Warum duschst du mitten in der Nacht?«

In diesem Moment freute Adrian sich, dass er da war, das Rauschen in seinen Ohren übertönte, die Bilder verscheuchte und die Schlaflosigkeit mit ihm teilte.

»Ich kann nicht schlafen. Und du?«

»Ich auch nicht. Aber duschen wäre mir jetzt nicht eingefallen. Arschie sagt, Schlaflosigkeit kommt von Sorgen.«

Adrian trocknete sich ab, zog sich was über und kämmte sich die nassen Haare. »Und? Hast du denn welche?«

»Ich hab eigentlich gedacht nicht, weil es mit dir ja auch wieder besser ist und du wieder mit mir sprichst und so, aber als

Arschie es dann gesagt hatte, habe ich überlegt und gemerkt, dass ich Angst habe.«

Adrian setzte sich auf den Wannenrand und schaute ihn an. »Vor dem Internat?«

Jonas nickte. »Ich möchte gar nicht dahin. Ich will kein Fußballspieler werden, das war immer dein Ziel, warum sollte ich das dann machen?«

Adrian seufzte. Es war, als würde jetzt wieder alles von vorne anfangen. Oder musste es so sein? Musste man zurück an den Anfang, wenn man in die falsche Richtung gelaufen war?

»Aber jetzt habe ich ein anderes Ziel. Du kannst das alte haben.«

»Was soll ich da allein? Ich kenn keinen. Und ich möchte lieber auf dich aufpassen und zuschauen, wie du ein Boxer wirst.«

»Du musst nicht auf mich aufpassen. Das kann ich schon selbst.«

Jonas schaute ihn prüfend an. »Und warum kannst du nicht schlafen?«

»Zu viel im Kopf, was da nicht sein sollte.«

»Hast du auch Angst?« Adrian überlegte, aber nein, das war es nicht, dieses Gefühl war bei all den anderen nicht dabei.

»Also ich hätte ganz schön Schiss in der Hose, wenn ich mich da mit einem prügeln müsste. Das tut doch weh. Oder?«

»Eigentlich schon, aber eigentlich auch nicht. Man ist da in so einem Film und der ganze Körper voll mit Adrenalin. Du hast einfach das Ziel zu gewinnen und auf dem Weg dahin, also wenn man gewinnen will, muss man halt auch ein paar Schläge einstecken.«

Jonas gähnte. »Ich geh nicht dahin.«

Adrian stand auf, packte ihn am Schlafanzug und zog ihn hoch auf die Füße. »Natürlich gehst du. Du kannst mir nicht mein Ziel wegnehmen und es dann einfach so in die Tonne kloppen. Das geht nicht. Verstanden?«

Jonas riss sich los und blitzte ihn sauer an. »Warum bist du eigentlich wegen jedem Scheiß gleich wütend. Das muss doch furchtbar anstrengend sein.« Drehte sich um und stampfte in sein Zimmer.

Adrian schnaubte ihm hinterher. Das tut weh und das ist anstrengend, alles hatte einen Aufkleber und war mit Befindlichkeiten belegt. Das langweilte ihn. Das langweilte ihn zu Tode. Bei Meret war es nicht so gewesen. Bis sie auf einmal beschlossen hatte, ihrer Liebe, oder was auch immer das sein sollte, ebenfalls ein Etikett zu verpassen. Das Es-geht-nicht-Schild.

Adrian trainierte wie ein Besessener. Unter der strengen Beobachtung von Nick, der prüfte, ob das nur wieder eine seiner Phasen oder ernst zu nehmen war. Nach einer Woche Boxwerkpause tauchte auch Meret wieder auf. In der Schule ging Adrian ihr, so gut es ging, aus dem Weg, an Deutschtagen war er krank. So kurz vor den Sommerferien unerheblich.

Ausgerechnet heute kam sie wieder. Er war ihr schon auf dem Parkplatz der Schule begegnet, also nicht direkt, sie hatte auf dem Parkplatz gestanden und zwar neben dem scheiß Jakobus und seinem Flitzer. Cabrio, natürlich. Meret lehnte lässig an dem Wagen, lachte, warf den Kopf zurück und berührte ihn viermal am Arm.

Jetzt im Boxwerk wirkte sie aufgeräumt. Energischen Schrittes ging sie am Ring vorbei Richtung Frauentraining und nickte ihm und Nick zu. So wie Ed und Fred und Hans und Franz und Hinz und Kunz. Zwei von vielen, nicht der Rede wert.

Moritz beobachtete alles mit seinen Adleraugen, nach dem, was Adrian ihm von dem Gespräch mit Meret erzählt hatte, war er auf der Hut, wusste er, dass sein Bro unter dem Betonmantel, den er sich angezogen hatte, flüssig war. Wie eine Blutblase, die mit einer hauchdünnen Haut überzogen war. Ein kleiner Stich, sie würde platzen und dem gesamten Blut freien Lauf lassen.

Adrians finsteres Gesicht sprach Bände. Er wickelte sich die Bandagen fertig um die Hände, heute Sparring gegen Nick, eine Ehre, eine Prüfung, auf jeden Fall wichtig. Der war schon fertig, wartete nur auf ihn, tänzelte in seiner Ecke mit gespannten Muskeln.

»Habt ihr Streit?« Adrian schüttelte den Kopf und zog die Handschuhe über. »Bereit?« Mundschutz und los. Nick betätigte den automatischen Rundenzähler, immer drei Minuten, und griff an. Die anderen Trainierenden stellten ein, was sie gerade taten, und schauten zu. Es war selten, dass Nick so hart ranging. Er war ein erfahrener Kämpfer, aber auch ein Senior und sowieso bekannt als Defensivboxer. Davon war heute aber nichts zu sehen.

Moritz ging hinter seiner Theke in Deckung, konnte wie immer nicht hinschauen, wenn seinem Bro die Fresse poliert wurde, und spätestens nach der zweiten überstandenen Runde trudelten auch die Mädels von nebenan ein. Adrian ließ sich die Butter nicht vom Brot nehmen. Und wenn Nick heute in Angriffslaune war und Lust hatte auf mehr, dann sollte er es bekommen.

Seine Wut und Verletzung kamen an die Oberfläche, die Haut auf der Blutblase bis zum Zerreißen gespannt. Er hielt die Deckung, tänzelte vor und zurück, steckte mächtig ein, aber teilte noch mächtiger aus.

»Komm, keine Schüchternheit hier, das ist ein Kampf, dein Kampf, der siebte, der entscheidende, mach hin, du Weichei.«

Nick feuerte ihn an, provozierte ihn und nahm ihm die letzte

Scheu, seinem Trainer und Vaterersatz gehörig einzuheizen. Natürlich kannte er auch die Stärken der Defensivboxer. Abwarten, ausweichen, den Gegner mürbe machen, auspowern und dann, bei der geringsten Schwäche oder Konditionseinbruch zuschlagen. Meistens genügte ihnen ein Haken, ein Lucky Punch.

Vierte Runde. Jemand hatte ihm in der kurzen Pause in seiner Ecke ein kaltes, feuchtes Handtuch gebracht. Es war eine Frauenhand, Merets Hand. Jetzt trainierte definitiv niemand mehr und keiner saß mehr auf den Bänken oder lehnte lässig an der Wand. Angespannt feuerte die Community den einen oder den anderen an, heulte den Schlachtruf, und auch Moritz hielt nichts mehr im schützenden Untergrund. Es war ein guter Kampf, aber kein Sparring, niemand wurde geschont.

Und dann fing Nick an, ihn zu provozieren. Mitten im Herz.

»Hey, hast du wirklich gedacht, ausgerechnet du Wurst könntest die Frau haben, die alle haben wollen? Hast du das gedacht?«

»Stop it!«, keuchte Adrian und verpasste ihm eine Doublette, die Nick ins Straucheln brachte. »Lass das sein!«

»Selbstüberschätzung, Fehler Nummer eins bei Boxern und bei Männern!« Nick spuckte Blut aus, ging auf Adrian los und verpasste ihm einen Headbutt vom Feinsten. Adrian konnte kurz nichts mehr sehen, dann übermannte ihn die Wut. Was machte der Scheißkerl da? Sie waren doch Freunde oder so was, er hatte ihn gerettet, aus der Scheiße gezogen und jetzt? Musste er ihn ausgerechnet über Meret und vor Meret in die Zange nehmen? »Hat es wohl nicht gespürt, das Mäuschen!«

Adrian ging brüllend auf ihn los. Schluss mit dem Defensivgeschisse und dem Gelaber, er würde sich hier nicht weiter am Nasenring durch die Arena ziehen lassen. Einmal konnte Nick ihn noch abwehren, dann Haymaker, und er ging zu Boden. Adrian hatte gewonnen, seinen Trainer besiegt. Dabei war er vielleicht nicht ganz sauber vorgegangen, aber auch nicht überzogen. In einem echten Kampf wäre es jetzt eine Entscheidung der Judges gewesen, in diesem Sparring aber hatte er eindeutig gewonnen.

Die Community reagierte nervös, einige kümmerten sich um Nick, andere trainierten lieber weiter, wollten sich da nicht einmischen.

Adrian stand keuchend in seiner Ecke.

»Alles im Lack, Bro?« Moritz kam zu ihm, brachte ihm eine Flasche Wasser, aus der er gierig trank und sich den Rest über den Kopf schüttete. Meret saß in einiger Entfernung auf einer Bank, die Arme verschränkt, das Gesicht verschlossen. Es war nicht zu erkennen, was sie dachte oder fühlte, nur dass sie wahrscheinlich nicht darüber reden wollte. Nick hatte einen Cut über dem Auge, der notdürftig getaped worden war. Zwei seiner Bodys wollten ihm aufhelfen, aber er stieß sie zur Seite und stand allein auf. Stand in der Mitte des Ringes und grinste Adrian an.

»Dein Kampf ist nächsten Sonntag um 20 Uhr. Prime Time gegen Ed von Schleck.«

»Was?«, kreischte Moritz. »Das ist mein Lieblingseis.«

Nick winkte ab. »Nein, das ist der härteste Knochen aus der Boxschmiede. Nennt sich nur so, heißt eigentlich Franz.« Er drehte sich um und kletterte dann doch etwas mühsam aus dem Ring. Bevor er in seinem Büro verschwand, um sich die Wunden zu lecken, zeigte er noch einmal auf Adrian. »Bleib genau so!«

»Ja, ja, ja!« Moritz drückte Adrians Arm vor lauter Aufregung und hüpfte auf der Stelle.

Adrian schnaubte. »So ein Arsch!«

Er ging neben Moritz zur Theke, wobei der ungefähr den doppelten Weg hinter sich brachte, weil er um ihn herumsauste, nicht stillhalten konnte, vor, zurück, im Kreis herum.

»Mann, Mann, Mann, Bro, du bist echt ein Knaller, du hast es geschafft. Das wird ein Kampf, den hast du in der Tasche, nieder mit Ed von Schleck!« Er schüttelte die Faust in der Luft, dann überholte er Adrian wieder und mixte ihm Energie hinter seiner Theke.

»Er ist kein Arsch, er hat nur voll die Checke, er weiß, wie er dich kriegt, wie er alles aus dir rausholen kann. Und jetzt mal ehrlich, manchmal brauchst du so was ja auch.«

»Nicht mit Meret. Ausgerechnet.«

Moritz beugte sich über den Tresen zu ihm und grinste von einem Ohr zum anderen. »Mit wem sonst, Bro?«

Adrian seufzte, exte den Drink und wischte sich mit dem Handtuch das Gesicht ab, weil er stark nachschwitzte.

»Gehen wir noch raus?«

Moritz wedelte mahnend mit dem Zeigefinger. »Keine Partys mehr.«

»Nee, nur bisschen chillen, vielleicht auch bei dir?«

Moritz stellte die Gläser eng aneinander in eine Reihe, Übersprung, es tat ihm leid. »Kann nicht, sorry, bin schon verabredet.«

Adrian grinste schwach. »Hast du einen Neuen?«

Moritz schüttelte den Kopf. »Das nicht.« Es war deutlich, dass er nicht mehr erzählen wollte, und Adrian beließ es dabei. »Aber zu deinem Kampf komme ich, da werde ich auf jeden Fall dabei sein, das lasse ich mir nicht entgehen.«

»Ich auch.« Meret tauchte neben Adrian auf. »Also, wenn ich darf. Du hast es wirklich weit gebracht, Adrian, und irgendwie bin ich stolz.«

Wie auf einen Schüler oder einen kleinen Sohn, dachte Adrian verächtlich. »Stört es dich, wenn ich komme?«

»Nein, natürlich nicht«, sagte Adrian sofort. Sicher war er

sich nicht, aber wenn er ganz tief in sich hineinhorchte, wäre es wohl viel, viel schlimmer, wenn sie nicht käme.

»Okay, dann werde ich da sein«, sagte Meret, klopfte auf die Theke und ging.

Moritz machte die Augen zu Schlitzen und schaute Adrian prüfend an. »Geht's wieder los?«

Er winkte ab. Nein. Nein. Nein. Er würde sie nicht mehr vorlassen in seinem Kopf. Nach dem Kampf vielleicht, wenn er gewonnen hatte, dann war die Zeit für profanen Liebeskummer. Jetzt nicht. Aber sie wollte kommen, unbedingt. Sie wollte Adrian kämpfen sehen. Nur als Freundin? Wahrscheinlich konnte selbst sie nicht einfach jemanden küssen, nur so, und ihn dann in die Wüste schicken, nicht, ohne sich wenigstens manchmal daran zu erinnern. Sie hätte ja auch gar nicht erst kommen müssen, könnte ihm ja auch aus dem Weg gehen.

»Sid?« Moritz' Gesicht war so nah an seinem, dass er zurückschreckte. »Ich weiß, wo du bist.«

»Im Boxwerk. Dusche und dann nach Hause, weil mein bester Freund was Besseres zu tun hat, als mit mir abzuhängen.«

»Hör auf, an sie zu denken. Lass es. Das wird nichts!«

Woher wollte Moritz das wissen? Er kannte sich nicht aus mit Frauen.

Die Woche vor dem Kampf war die letzte Woche Schule. Adrian besuchte wieder den Deutschunterricht. Er meldete sich öfter als sonst zu Wort, dann musste sie ihn ansehen und zumindest überlegen, ihn dranzunehmen. Adrian ging ihr nicht mehr aus dem Weg, vielmehr versuchte er ihr zu begegnen, folgte ihr unauffällig, um dann überraschend aufzutauchen.

Sie war freundlich und schöpfte keinen Verdacht. Er wollte, dass sie ihn nicht vergaß, dass sie immer wieder an die eine

Nacht und die vielen Küsse denken musste. Das war eine gute Taktik, wie er fand, um die Zeit bis zum Kampf zu überbrücken. Dann Sieg. Nach der Schule trainierte er. Konzentriert, fleißig und erfolgreich. Nick war sehr zufrieden, obwohl der Cut über seinem Auge schließlich doch hatte genäht werden müssen.

»Hab ich ein Andenken an dich, wenn du dann groß rausgekommen bist und mit einem Profitrainer in Vegas herumturnst«, meinte er nur grinsend, während Moritz' Gesichtsfarbe Tag für Tag grauer wurde, seine Gedanken langsamer und er schon zweimal zu spät gekommen war, was ihm zwar Ärger mit Nick einbrachte, ihn aber nicht sonderlich interessierte. Weedstimmung. Es fiel auf, sogar Adrian, aber er konnte sich darum jetzt nicht kümmern, nicht in dieser einen wichtigen Woche, in der er seinen Kopf möglichst mit nichts anderem belasten sollte. Manchmal fuhr er den Umweg durch den Wald nach Hause. Sah Licht im blauen Haus, blieb eine Weile stehen und versuchte, sich ihr nah zu fühlen.

Zu Hause fieberten alle mit Adrian mit. Wie früher, als er noch ein Fußballstar zu werden versprach, kochte Doro gesund und proteinreich extra für ihn. Thorsten fragte ihn über das Boxen an sich aus, wollte wissen, auf was er achten musste, wie die Regeln waren. Er war Sportler, aber mit dem Boxen hatte er sich nie beschäftigt.

»Muss man etwas Besonderes anziehen, als Zuschauerin, meine ich?«, wollte Doro wissen.

»Auf jeden Fall keins deiner Autoritätskostüme.« Adrian grinste und stellte sich Doro und Thorsten im Boxwerk vor, schier unmöglich.

»Und du? Du brauchst doch bestimmt auch irgendein cooles Outfit, ich meine, damit alle gleich sehen, mit wem sie es zu tun haben, den Sieger erkennen und auf der richtigen Seite sind.« Sie war tatsächlich aufgeregt.

»Ach, das geht schon, was ich habe!«

»Nein, nein, nein, wir gehen Samstag in die Stadt, mein Junge muss ordentlich aussehen, wenn er dem anderen die Fres ... äh, eine verpasst.« Jetzt wäre Jonas dran gewesen mit »Joni will mit«, aber das Sonnenscheingesicht trübte eine Wolke, er war merkwürdig still und uninteressiert. »Joni, da kommst du doch mit, dann suchen wir Adi was Tolles aus.«

Jonas schüttelte den Kopf, Thorsten und Doro wechselten einen Blick, dann schauten sie Adrian an. *Weißt du, was mit ihm los ist?*

Er zuckte mit den Schultern, obwohl er, anscheinend im Gegensatz zu ihnen ein Gespräch mit ihm und von seiner Angst gehört hatte.

Thorsten klopfte seinem Kleinen auf die Schulter.

»Na ja, der große Tag rückt näher, da kann man schon mal aufgeregt sein. Das wird dir guttun, ein bisschen in die Stadt und an was anderes denken. Da gehst du schon mit. Allein Adrian zuliebe.«

Jonas schaute seinen großen Bruder an und der nickte lächelnd. *Komm mit.*

»Na gut, Joni kommt mit.«

Am Samstag, einen Tag vor dem Kampf, zogen sie nach dem Training los. Adrian fühlte sich müde und ausgelaugt, Nick hatte ihn hart rangenommen, die letzte Gelegenheit. Morgen nur noch lockeres Laufen, einschwingen, aber kein Training mehr.

Er hätte sich am liebsten ins Bett gelegt, aber Doro war so begeistert, freute sich, dass Adrian sich darauf einließ, fühlte das alte Familiengefühl und hoffte. Das wollte er ihr nicht verderben. Mit großen Schritten lief sie vorneweg auf das Megasportkaufhaus zu. Adrian schlenderte neben Jonas hinter ihr her.

»Du bist sauer auf mich?«

Jonas zuckte mit den Schultern. »Ich dachte, du würdest mir helfen. Aber du bist wie Papa.«

»Obwohl er nicht mein Papa ist, schon vergessen?«

»Das ist mir egal. Früher haben wir immer zusammengehalten.«

»Die Zeiten ändern sich. Jetzt muss eben jeder für sich gucken, wie er weiterkommt.«

Jonas schaute ihn traurig an. »Früher warst du lieb.«

»Was willst du? Doch nicht im Ernst kneifen? Und ich soll dich dabei noch unterstützen? Das mache ich nicht. Wir haben beide eine große Chance und wir werden sie beide ergreifen. Hast du mich verstanden?«

Jonas reagierte nicht. Adrian stieß ihn an.

»Arschkeks?« Der Sonnenschein musste grinsen, und Doro hielt die große Glastür auf und winkte aufgeregt.

»Kommt ihr jetzt endlich? Und das sollen Sportler sein, schleichen wie die Schnecken.«

Es gab eine Extraabteilung für Boxer und Adrian bestaunte, was man alles kaufen konnte.

»So, was brauchen wir denn?«, wollte Doro wissen, sie hatte ja keine Ahnung und ging die Muscleshirts durch, die in allen Größen und Farben auf einem Ständer hingen.

»Eigentlich nichts. Handschuhe, Bandagen, Handtücher, das kriege ich alles vom Boxwerk.«

Jonas grinste. »Das ist deine Chance, die solltest du ergreifen.« Er sauste zu den Handschuhen, während Doro ein Shirt nach dem anderen an Adrian hielt, um zu sehen, welche Farbe ihm am besten stehen würde.

Als sie an der Kasse standen, lagen zwei neue Shirts, zwei Hosen, die bis über die Knie, nicht die ganz kurzen, und ein Paar eigene Boxhandschuhe in Adrians Korb. Jonas hatte mit seiner Glückshand und Intuition die besten, teuersten und gleichzeitig auch noch schönsten rausgesucht, und als der Mann an der Kasse vorschlug, Adrians Namen ins Leder zu brennen, nur ein geringer Aufpreis, machten sie das auch noch.

»So, jetzt kann aber wirklich nichts mehr schiefgehen«, meinte Doro zufrieden, als sie den Laden verließen. »Jetzt haben wir uns ein ordentliches Eis verdient.«

Eis. Meret. Karamell.

Da saß sie unter einem der Schirme, eine riesige Sonnenbrille auf der Nase und einen sehr kurzen Rock am Körper und ihr gegenüber der Jakobus.

»Lasst uns woanders hingehen!«, schlug Adrian vor, dem es sofort sie Stimmung verhagelte, aber die anderen beiden waren gut drauf, und Jonas mochte nun mal das Eis hier am liebsten.

»Ach guck mal, da ist die Mehlsacks. Und der Jakobus!«, freute sich der Idiot auch noch viel zu laut, winkte zu den beiden rüber, und die winkten freundlich zurück, um sich dann gleich wieder in ihr angeregtes Gespräch zu vertiefen. In Adrian wurde es finster, während Jonas zu seiner üblichen guten Laune zurückgefunden hatte und Doro erklärte, wer der Jakobus war, die Mehlsacks kannte sie ja schon, und dass Adrian sogar schon mal bei der zu Hause gewesen war. Vollidiot!

»Ach, tatsächlich, was habt ihr da bei ihr gemacht? Die sieht aber echt nett aus.«

Adrian knallte ihnen die Eiskarten aus dem Ständer vor die Nasen. »Schaut lieber mal nach, was ihr bestellen wollt!«

Das taten sie, und Doro vergaß zum Glück noch einmal nachzuhaken, entschied sich für den Karamell-Becher. »Ich liebe Karamell!«

Ich liebe nur Leute, die Karamell nicht mögen, dachte Adrian grimmig, versuchte noch sich einzufangen. Sicher hatten sie sich nur getroffen, um über Schulsachen zu reden. Sportunterricht nächstes Jahr oder das Sportfest oder ihre Prüfung, mussten sie ja beide noch bestehen, bestimmt redeten sie darüber. Er bestellte nur ein Wasser. Das machte nicht so viel Dreck, wenn man es vom Tisch fegte.

Doro und Jonas redeten über den Kampf, ob Adrian Plätze besetzen konnte, den Namen Ed von Schleck, albern wirklich, siegesgewiss machten sie sich über ihn lustig. Jonas holte die Handschuhe aus der Tüte, zog sie an und boxte in Adrians Richtung in die Luft. Intuitiv machte er die Bewegungen richtig und strahlte dabei mit dem Sonnenscheingesicht. Peinlich. Adrian starrte in sein Wasser, während die anderen beiden den üppigen Inhalt ihrer Eisbecher in sich hineinstopften, natürlich versuchte Jonas es erst mit Boxhandschuhen, aber da griff Doro zum Glück ein.

Und dann standen Meret und der scheiß Jakobus auf zum Gehen und kamen an ihrem Tisch vorbei.

Doro erhob sich höflich, stellte sich vor, gab beiden die Hand und erzählte, warum sie hier waren, was sie alles eingekauft hatten, und wie sehr sie sich freute, sie hier zu treffen.

»Wir drücken Adrian natürlich ganz fest die Daumen für morgen«, plauderte Meret. »Ich werde mir das auf jeden Fall auch nicht entgehen lassen. Aber jetzt müssen wir los, wir wollen noch ins Kino, da läuft so ein alter Klassiker, stehen wir beide drauf.«

»Oh ja, natürlich, ich wollte Sie gar nicht aufhalten«, verabschiedete sich Doro. »Dann viel Spaß.« Winke, winke. »Nett.«

Adrian kippte das Wasser in sich hinein und stand auf. »Gehen wir auch?«

»Was ist denn jetzt mit dir, wir haben ja unser Eis noch gar nicht fertig.«

Adrian konnte es keine Sekunde länger an diesem Ort aushalten. »Ich geh schon mal vor. Bin total kaputt. Macht ihr mal in Ruhe.«

Er ging in die entgegengesetzte Richtung, nur nicht Richtung Kino, nur nicht den beiden hinterher, die auf alte Klassiker standen.

Und landete bei Moritz. Er hatte ihn angeschrieben, Gesprächsbedarf, egal, ob er sich jetzt mit Frauen auskannte oder nicht, aber keine Antwort, was ungewöhnlich war. Außerdem wieder nicht bei der Arbeit aufgetaucht, irgendwas war megafaul und Nick würde sich das nicht mehr lange gefallen lassen.

Das Souterrainfenster stand offen, Adrian klopfte leicht und kletterte hinein. Da saß er nur in Boxershorts auf seiner durchgesessenen Couch und neben ihm Wonder, ebenfalls mäßig bekleidet. Sie waren an der PS und auf dem Tisch vor ihnen lagen nicht nur ihre Füße, sondern neben schmutzigen Tellern, leeren Pizzaschachteln und unzähligen Bierflaschen aller möglicher Kiffkram, Bongs, Papers, Tabak, volle Aschenbecher.

Die Luft war zum Schneiden, da nutzte der kleine Spalt offenes Souterrainfenster gar nichts, und die beiden waren so dicht und so vertieft, dass sie Adrian nicht bemerkten.

»Hey, warte, ich krieg dich, das ist verboten, Mann, du hast ja echt keine Ahnung!« Moritz küsste Wonder grinsend auf die stoppelige Wange und Adrian räusperte sich.

Beide Gesichter drehten sich langsam zu ihm, und Moritz reagierte nicht wie sonst *cool, setz dich, Bro,* sondern rappelte sich in eine gerade Sitzposition, hustete und versuchte ein freudiges Lächeln. »Hey Bro, was machst du denn hier?«

»Ich hab dir geschrieben.«

»Oh ja, nee, wo ist denn mein Handy?« Moritz klopfte seine Boxershort ab, die naturgemäß keine Taschen hatte, schaute sich um, zuckte mit den Schultern.

»Willst du mitmachen? Wonder ist echt ’ne Niete in diesen Dingen hier«, er schielte zu ihm rüber, »nur in diesen.«

Adrian war wütend. Da machte er sich zum Affen für Moritz, riskierte seine Karriere und Gesundheit, und der? Holte diesen Idioten einfach wieder zurück.

»Nein. Ich will, dass du mitkommst. Jetzt.«

Wonder hatte sich bisher zurückgehalten, obwohl er Adrian im Auge behielt, es war deutlich, dass er unauffällig auf dem Sprung war, Schiss hatte in seiner verranzten Hose.

»Du bist nicht dran«, traute er sich jetzt zu sagen und legte Moritz besitzergreifend den Arm um.

»Sorry, Bro.«

Adrian ging einen Schritt auf sie zu, krempelte seinen Ärmel hoch, nur damit Moritz das Tattoo sah, und wusste, was jetzt wichtig war.

»Mo. Kommst du bitte.« Ja, er hatte das Problem nicht lösen wollen, lieber bis nach dem Kampf warten, bevor er sich damit auseinandersetzte, aber jetzt war es da, und aus seinem Bedürfnis mit jemandem zu reden, der ihn verstand, war eine Rettungsaktion geworden, jemanden rausziehen aus dem Sumpf und den Kopf waschen. Diesmal war es nicht er, der loste.

Der Entscheidungskampf, den Moritz führte, war ihm deutlich im Gesicht anzusehen. »Wohin eigentlich?«

Adrian antwortete nicht, stand nur da, mit verschränkten Armen, unerbittlich, bewegte sich keinen Zentimeter. Da schob

Moritz Wonders Arm weg und rappelte sich umständlich aus den Polstern.

»Bin gleich wieder da!« Das Wunder schaute finster drein, sagte aber nichts, sondern beugte sich über den Tisch, um einen Joint zu drehen.

Draußen musste sich Moritz erst mal sammeln. Es war viel zu hell, in seinem Körper waberten Unmengen von Weed, er suchte das Gleichgewicht, fand es schließlich und folgte Adrian, der schnellen Schrittes Richtung Lager marschierte.

»Hey, spinnst du eigentlich? Stell dir mal vor, du hättest ein Date mit deiner Misses M., und ich käme einfach so reinspaziert!« Er hatte Mühe, mit Adrian Schritt zu halten. Seine Kondition ließ grundsätzlich mehr als zu wünschen übrig, aber wenn dann noch das ganze Weed ins Spiel kam, war alles verloren. »Kannst du mal bisschen langsamer gehen?«

»Was soll das, Mo? Wozu habe ich den eigentlich zu Boden geschickt? Und erinnerst du dich vielleicht dunkel, dass du einen Job hast? Dass Nick auf dich wartet?«

»Ja, ja, sorry, ich konnte ihm nicht widerstehen, als er angedackelt kam. Mit Weed für umsonst und seinem großartigen Penis.«

»Hör auf damit. Ich hab's mir ja schon die ganze letzte Woche gedacht, man sieht es nämlich an deiner ungesunden Gesichtsfarbe, wenn du wieder mit dem rummachst.«

»Ich mache nicht rum. Also doch, auch. Das ist Liebe im Prinzip.«

Adrian lachte verächtlich. »Als ob.«

Moritz blieb stehen. »Und du kannst das beurteilen?«

»Ich seh dich halt, das reicht mir. Und jetzt komm!«

»Wir können das doch auch hier besprechen, Wonder hat gleich den Joint fertig und der raucht ihn eiskalt ohne mich.«

»Kann ja nicht schaden, los, Mann!« Moritz folgte ihm widerwillig. »Ich hab keinen Bock auf diese elende Energie von dem.«

»Energie, Energie. Das ist mein Lover, vielleicht akzeptierst du das einfach mal.«

»Muss man jeden akzeptieren, auch wenn man genau sieht, was der aus dem besten Freund macht? Ein Wrack, einen, der wieder alles um sich herum vergisst, ohne Rücksicht auf Verluste.«

Sie erreichten das verwilderte Gelände, und Adrian tauchte als Erster unter.

»Ich weiß gar nicht, was das soll. Ich sag doch auch nichts, wenn du deine Lehrerin fickst.«

»Ich ficke sie nicht.«

»Würdest du aber gerne.« Moritz kam zu ihm in die Höhle, wo sie für sich waren und keiner sie vermuten konnte. Jonas vielleicht, aber der war ja mit Eisbechern aller Art beschäftigt.

»Sie hat mich abserviert, dann aber den Kampf zugesagt und jetzt geht sie mit dem scheiß Jakobus ins Kino. Sie haben gemeinsame Interessen.«

Moritz schaute ihn mit hochgezogenen Augenbrauen an, versuchte sich zu konzentrieren, seine Geisteskraft zu stabilisieren. »Schlampe.«

»Ist sie doch nicht.«

»Na ja, so lange ist das schließlich auch noch nicht her mit eurem Kuss.«

»Vielleicht verstehen sie sich ja nur einfach gut, das ist doch was anderes.«

»Klang anders, wie du es erzählt hast. Aber vielleicht hast du recht und bist nur eifersüchtig. Normal.«

Adrian vergrub verzweifelt das Gesicht in seinen Händen.

»Ich schaff das nicht, ich krieg sie einfach nicht aus meinem Kopf.«

»Geht mir mit Wonder auch so.«

»Aber Wonder ist ein Arsch.«

»Und Meret eine Schlampe.«

Sie schauten sich kampflustig an. Moritz senkte als Erster den Blick, gegen Adrian würde er niemals eine Chance haben. Wie gegen keinen eigentlich.

»Wir machen einen Deal«, schlug er vor. »Du schlägst dir Meret bis nach dem Kampf aus dem Kopf, raus damit. Und ist ja nicht mehr lang.«

»Und was genau ist der Deal daran?«

»Na, und ich komme jeden Tag pünktlich ins Boxwerk.«

Adrian schaute ihn verächtlich an. »Das ist selbstverständlich und kein Opfer, keine Anstrengung.«

»Oh, du hast ja keine Ahnung, wie anstrengend das ist, wenn man die ganze Nacht lang durch…!«

»Stopp! Der Deal ist: Ich schlage mir Meret aus dem Kopf und du Wonder.« Er hielt Moritz die Hand zum Einschlagen hin. »Hey, ich brauche deine Unterstützung. Wenn ich da morgen mit Meret und dem scheiß Jakobus im Kopf antrete, verliere ich.«

In Moritz' Gesicht war sein ganzes Dilemma abzulesen. Natürlich wollte er seinen Bro unterstützen und sicher wusste er, wie wichtig der Sieg für ihn war. Andererseits wollte er sich das Wunder nicht aus dem Kopf schlagen, er fühlte sich gerade ziemlich wohl und genau richtig mit dem da drin. Und überhaupt, warum war er auf einmal für Adrians Glück verantwortlich? Irgendwas stimmte ganz und gar nicht an dieser Idee. Er schlug nicht ein, sondern rappelte sich mühsam vom kalten Boden hoch. »Weißt du was? Das mache ich nicht. Du willst diesen Kampf gewinnen, das ist nicht mein Turf. Ich komme gerne und feure dich an. Sonst nichts.« Er ging zum Ausgang, und drehte sich noch einmal zu Adrian um. »Und vielleicht bringe ich Wonder mit.«

»Ja, okay, hau ab! Aber von dem scheiß Joint ist eh nichts mehr übrig. Meinst du, der denkt auch nur eine Sekunde so an dich, wie du an ihn?«, schrie Adrian ihm hinterher. Er bekam keine Antwort, fühlte aber quasi den Stinkefinger, den Moritz in seine Richtung zeigte.

Ach, egal. Sollte er doch in die Grütze fahren. Moritz war nicht verantwortlich für seinen Sieg und er nicht dafür, was er sich für ein Leben aussuchte. Sollte er vor die Hunde gehen, seine Entscheidung.

Adrian blieb noch eine Weile sitzen und versuchte sich zu beruhigen. Er konzentrierte sich auf seinen Gegner morgen, Ed von Schleck, totaler Angeber, aber ein Brocken, fast eine Gewichtsklasse höher als er.

»Dafür ungelenk, keine gute Beinarbeit, kommt schnell aus dem Tritt«, hatte Nick ihn beruhigt. »Der ist kein Problem für dich. Er wird dir eine verpassen und du so wütend werden, dass er nicht mehr weiß, wo rechts und links ist. Meine Prognose.« Und Nick kannte sich aus. Adrian verließ sich auf ihn und versuchte, sich auch auf sich selbst zu verlassen. Meret würde morgen kommen, Doro, Thorsten und Jonas, Moritz, mit oder ohne Wonder. Sie würden alle da sein, um ihn zu sehen und für ihn zu sein. Das fühlte sich unaussortiert an, präsent, wichtig und gut.

Meret würde ihn siegen sehen.

Als er wieder über die Erde kam, war es schon dunkel. Wie von einer Schnur gezogen ging er zum blauen Haus. Er hoffte, sie wäre nach dem Kino nach Hause gegangen, nicht mit Jakobus ins Moulin Rouge, es war doch auch nicht möglich, jedes

Wochenende eimerweise dieses Zeug zu trinken. Und morgen musste sie fit sein, für Adrian, den, den sie als Letztes geküsst hatte und eigentlich wollte. Sie würde diesen Vernunftsanfall, *ich bin deine Lehrerin, ich trage Verantwortung*, überwinden. Passte ja auch gar nicht zu ihr.

Schon von Weitem hörte er Pongo heulen. Das Haus war dunkel, nur im Flur hatte sie Licht für den Hund angelassen. Adrian starrte das Haus an, das Heulen wie eine Sirene für ihn, die zum Angriff blies. Langsam stieg er die Holztreppe hoch, auf der sie immer so gerne saß, meinte fast, den Abdruck ihres Hinterteils darin zu erkennen.

»Pongo! Hey, nicht aufregen, ich bin ja da!« Pongo antwortete mit einem kläglichen Winseln. »Warte, warte, ich hol dich raus, dann gehen wir ein bisschen spazieren.«

Adrian hob den Blumentopf an, aber der Schlüssel war nicht mehr da. Wegen ihm? Wollte sie nicht mehr, dass er einfach so bei ihr reinspazierte? Oder hatte sie vielleicht nur vergessen, ihn letztes Mal zurückzulegen? Adrian wäre am liebsten aus der Haut gefahren. Sein ganzer Körper kribbelte, so nervös machte ihn das. Nachdem er alle anderen Blumentöpfe kontrolliert hatte, möglich, dass es ein neues raffiniertes Versteck gab, aber nein, ließ er sich auf die Holztreppe fallen, hörte Pongo voller Erwartung hecheln, dann bellen.

»Sorry, Alter, aber dein Frauchen hat uns einen Strich durch die Rechnung gemacht.« Winsel. »Du musst besser auf sie aufpassen, wenn ich mal nicht da bin, dann wird alles gut für dich, wirst schon sehen.«

Er hörte, dass Pongo schnüffelte, wahrscheinlich an dem kleinen Schlitz unter der Tür, wo ein wenig der Außenluft und Adrians Geruch zu ihm drang.

Adrian stand auf, klopfte leise und beruhigend an die Tür

und verabschiedete sich. »Ich muss ins Bett, mein Guter, hab morgen einen wichtigen Kampf. Drück mir die Pfoten. Und sei nicht traurig, bestimmt kommt sie gleich wieder, bestimmt macht sie heute nicht so lange.«

Schweren Herzens ließ er den Hund allein und hörte ihn schon, kaum war er zehn Meter weg, wieder heulen. Hartes Herz, das Frauchen, aber da würde er sich drum kümmern. Morgen. Morgen wird alles gut!

11. KAPITEL

Adrian stand extrem früh auf. Draußen war es noch still, nur ein paar Vögel begrüßten zaghaft den Tag. Den großen Tag. Seinen großen Tag. Der, der alles entscheiden würde.

Er zog seine Joggingklamotten an und packte die Tasche für den Abend. Mit dem Outfit, das Doro und Jonas ausgesucht hatten. Er wollte nicht mit ihnen frühstücken, es erinnerte ihn zu sehr an die Situation am letzten großen Tag, als er einen Scout von seinem Fußballtalent hatte überzeugen wollen. Keine Proteine von Doro, kein optimistisches Dauergeplapper von Jonas, keine Zweifelkeime durch Thorstens Schweigen. Auf einen Zettel schrieb er alles, was sie wissen mussten, aber eigentlich auch schon längst wussten, nur zur Erinnerung. 20 Uhr, Adresse vom Boxwerk, ein bisschen früher da sein. Dann schloss er leise die Haustür hinter sich und lief los.

Die Luft drang kühl und frisch in seine Lungen. Locker laufen, hatte Nick gesagt, allein das schon eine Herausforderung für Adrian, er ging lieber an seine Grenzen, überwand den Schmerz. Sein Weg führte ihn die Straße entlang, nicht in den Wald, nicht zum blauen Haus, das hatte er sich fest vorgenommen. Nach dem Streit mit Moritz und der Aktion gestern konnte er nicht einschlafen, seine Gedanken nur mühsam flach und leise halten. Manchmal dachte er sogar, Pongos Heulen bis in sein Zimmer zu hören, wusste aber, dass es nur Einbildung war. Um sich zu beruhigen, entschuldigte er sich sogar bei Moritz, aber der antwortete nicht. Weil er Spaß hatte. Mit diesem Vollpfosten. Also fing er an, Boxbegriffe in alphabetischer Reihenfolge aufzuzählen, Bout, Break, Brawler, Bolo Punch, Canvas ... und schlief darüber endlich ein.

Dennoch fühlte er sich frisch und ausgeruht, sein Körper optimal trainiert, das Laufen fiel ihm leicht. Eine vereinzelte ebenso Frühaufsteherin kam ihm mit ihrem Hund entgegen und obwohl sie groß und schlaksig war und dunkle Haare hatte, tauchte Meret sofort in seinem Kopf auf. Natürlich war sie das nicht und konnte es auch kaum sein, sie hatte gestern mehrere Eimer getrunken und schlief ihren Rausch aus. Oder war gerade erst ins Bett gekommen. Aber was, wenn sie verschlief? Nicht rechtzeitig zum Kampf kommen würde? Das wäre schrecklich, auch für sie, weil sie dann für immer ein schlechtes Gewissen hätte und sich ärgern würde, dass sie den zukünftigen Meister und Profiboxer Adrian Bellmer nicht in seinem entscheidenden Kampf gesehen hatte.

Meret ist alt genug, das musst du schon ihr überlassen.

Manchmal kann man sich auch einmischen und Leute vor ihrem Unglück bewahren.

Hat ja wunderbar geklappt bei Moritz.

Ach der! Meret ist nicht so verbohrt. Und Pongo muss ja auch raus, das wird sie sich dann wieder vorwerfen.

Du wolltest nicht zum blauen Haus.

Aber da habe ich noch nicht so drüber nachgedacht wie jetzt.

Adrian war schon abgebogen.

Die Waldluft erregte ihn und wenn nicht die, die Verantwortung, die er zu tragen glaubte, und wenn nicht die, der Gedanke an Meret, in ihrer Nähe zu sein. Sie würde heute Abend kommen, sie würde ihn siegen sehen.

Das Haus lag ruhig und friedlich im verschlafenen Wald. Auch von Pongo kein Mucks. Unschlüssig blieb Adrian stehen. Meret war also da und im Bett, Pongo ging es gut.

Und wenn sie nicht da war? Wenn er halbverdurstet, zu schwach, um sich noch zu melden, im Flur lag, ihn brauchte?

Langsam näherte er sich dem Haus.

Verdammt noch mal, Meret hat das ihr Leben lang allein hingekriegt, warum glaubst du, dass sie jetzt ausgerechnet dich braucht?

Vielleicht hat sie mich schon immer gebraucht, aber eben noch nicht gekannt.

Leise ging er an der Hauswand entlang in die Richtung ihres Schlafzimmers, da wo er vor vielen Jahrzehnten ihren Boxsack traktiert hatte, wo alles so easy war mit ihr, nur mit ihr, damals hatte er das gar nicht richtig zu schätzen gewusst. Achtete auf seine Schritte, kein Geräusch machen, lieber nicht. Vorsichtig schaute er um die Ecke in das große Schlafzimmerfenster hinein. Andere Leute hätten da Vorhänge und würden sie jeden Abend zumachen, Meret nicht. Die Sicht war frei und man hatte das Gefühl, mitten im Raum zu stehen. Vor dem Bett. In dem ein nackter Mann lag. Adrian starrte ihn an, vergaß jede Vorsicht und ging aus der Deckung, um besser sehen zu können. Es war Jakobus. Eindeutig. Durchtrainierter Körper, Knackarsch, die Beine um die Decke gewickelt, sehr zufriedener Gesichtsausdruck. Die eben noch so wohltuende Waldluft verdichtete sich zu Eiswürfeln in Adrian, überall in ihm. Aber Meret war nicht da.

Sie hat mit ihm geschlafen, aber dann hat es ihr leidgetan, als sie wieder nüchterner geworden ist, wegen Adrian, sie hat gemerkt, wem wirklich ihr Herz gehörte, und ist mit Pongo abgehauen.

Oder sie hat nicht mit ihm geschlafen, was noch besser wäre, hat ihn da übernachten lassen und liegt selbst im Wohnzimmer auf der Couch. Nach dem Abend im Moulin Rouge konnte Jakobus nicht mehr fahren. Nett von Meret.

Oder sie ist ganz früh in die Schule gefahren, um zusammen mit dem Kunstlehrer ein Transparent für Adrians Kampf anzufertigen. »Adrian – Go for it«, in der Art. Also wahrscheinlich nicht auf der Couch. Aber was machte dann der Jakobus hier und grinste so, als hätte er gewonnen? Hatte er sie umgebracht, weil sie eben nicht mit ihm schlafen wollte? Vielleicht lag sie blutend auf dem Küchenboden, Pongo leise winselnd neben ihr, konnte sich selbst nicht helfen.

Gerade als er das dachte und den unwiderstehlichen Drang verspürte, das Fenster einzuschlagen und sich auf den Jakobus zu stürzen, kam Meret ins Zimmer. Sie war auch nackt, befahl Pongo, der ihr auf den Fersen war, leise zu sein, Finger an den Mund, kletterte ins Bett und kuschelte sich nah an den Mann, der es im Halbschlaf spürte und seine Hand auf ihren Hintern legte. Adrian war instinktiv ein Stück zurückgewichen, damit sie ihn nicht sah, konnte aber selbst noch sehr gut verfolgen, wie Pongo aufs Bett sprang, sich in die Beinkuhlen kuschelte, wie alle die Augen schlossen und in tiefer Eintracht und Glück einschliefen. Er ging rückwärts, weg davon, stolperte über eine Wurzel, fiel auf den Hintern und ließ sich dann ganz zurückfallen. Lag einfach nur da. Neben seiner Tasche mit den Handschuhen und den Wettkampfklamotten. Ja, da lag er, nicht neben Meret wie der Jakobus oder Pongo. Starrte in den knallblauen Himmel, der keinen Halt bot, ohne Wolken. Der Aussortierteste der Aussortierten, lost. Adrian.

Er wusste nicht, wie spät es war. Ging wie ferngesteuert zum Boxwerk, lief nicht, auch nicht locker. Normales Vormittagstraining, schwach besucht, aber ein paar Eiserne gab es immer. An der Tür hing das Plakat, das seinen Kampf am Abend ankündigte. Deswegen heute ab 18 Uhr geschlossen. Alles musste vorbereitet werden, Abendtraining muss leider ausfallen. Keine Sorge, dachte Adrian, keine Sorge, ging schnurstracks in Nicks Büro, ließ seine Trainingstasche auf den Boden und sich in den Drehstuhl vor dem Schreibtisch fallen.

Nick war nicht da, trainierte in der Halle eine Truppe 15-Jähriger, hatte ihn wohl gar nicht gesehen. Adrian starrte auf das windschiefe Regal, auf dem alle Preise standen, die das Boxwerk schon mit seinen Talenten gewonnen hatte. Pokale, Boxer in Position und Gold, Glaskunstwerke. Daneben Urkunden in Rahmen an der Wand, auch Nicks Trainerschein und der Zeitungsausschnitt, als sie einmal Boxclub des Jahres geworden waren. Nun, da würde Adrian nichts hinzufügen können. Noch nie in seinem Leben hatte er sich so leer gefühlt.

Oder doch? Neulich erst, als seine Eltern plötzlich nicht mehr seine Eltern gewesen waren. Und, ach ja, als der Scout gesagt hat, er soll sich ein anderes Hobby suchen. Und da, bei Omi und Opi in real, die ihn so kalt hatten abblitzen lassen. Zu viel.

Adrian drehte mit dem Stuhl hin und her, lümmelte kraftlos darin herum, erwartete nichts, meldete sich nicht und staunte nur über sich selbst. Was für ein Esel wäre der, der an ihn glaubt.

Und der kam herein. Nick wunderte sich kein bisschen, dass er da saß, oder zeigte es nicht, setzte sich in seinen Stuhl hinter dem Schreibtisch, Chef, der er war, und schob sich einen Zahnstocher zwischen die Zähne. Schaute ihn an aus den kleinen, blitzenden Rattenaugen und wusste Bescheid. »Du willst den Kampf absagen?« Er schaute auf die Küchenuhr an der Wand. »Acht Stunden, bevor es losgeht?«

Adrian drehte sich mit dem Stuhl zu ihm und setzte sich ein bisschen gerader hin. »Ja.«

Nick zerbiss den Zahnstocher und spuckte ihn auf den Boden. »Welches Läuschen ist dir denn jetzt wieder über die Leber gelaufen?«

Das war Verachtung. In Adrians Kopf begann es zu rauschen, alle Gedanken und Gefühle flogen durcheinander, er würde Nick verlieren, er war ein Weichei, der würde ihn mit dem Arsch nicht mehr angucken.

Na und? Irgendwann sortiert er dich eh aus, nur eine Frage der Zeit, dann besser jetzt. Das Schmerzzentrum ist taub, da kann gerne noch jemand mit seinem Messer reinstechen, er würde es nicht mehr fühlen.

»Ich muss das nicht begründen. Ich trete nicht an. Das wollte ich dir nur sagen.«

Adrian stand auf, ging zur Tür und zeigte auf seine Trainingstasche auf dem Boden. »Da sind paar coole Sachen drin. Kannste für deinen nächsten Star verwenden. Nee, warte, für den, der wirklich ein Star ist und nicht nur so tut.«

Er öffnete die Bürotür und hatte keine Ahnung, wie Nick es so schnell aus seinem Stuhl zu ihm geschafft hatte. Jedenfalls stieß er ihn weg, schlug die Tür wieder zu, schloss ab und zog den Schlüssel.

»Setz dich!«

Adrian rührte sich nicht.

»Setz dich!«, brüllte Nick, und da konnte er nicht mehr anders, als zu folgen. Hockte sich auf die Drehstuhlkante und faltete die Hände im Schoß. Nick lehnte sich an den Schreibtisch und schaute ihn an.

»Meret?«

Adrian hasste ihn. Immer wusste er alles, immer war er überlegen, selbst wenn er ihn k.o. geschlagen hatte, stand er auf und fand es gut. Überlegen, nicht erschütterbar.

»Lass mich doch einfach! Wenn ich antrete, werde ich mehr Schaden für dich anrichten, als wenn ich es nicht tue. Lass mich, ich bin zu nichts zu gebrauchen.«

»Möglich. Aber ich hab hier jetzt nicht Monate mit dir zugebracht, damit du wegen einer Ische den Schwanz einziehst.«

»Sie vögelt mit dem Jakobus.«

»Und? Wer ist das?«

»Sportreferendar an ...!«

»Uninteressant.«

Adrian knickte ein. In diesem Moment zerbrach etwas in ihm, auch all die mühsam antrainierte Beherrschung. »Nein, Nick!«, schrie er. »Das ist nicht uninteressant. Ich liebe diese Frau. Und sie liebt mich. Aber sie weiß es nicht oder will es nicht wahrhaben oder traut sich nicht und deswegen lässt sie sich mit irgendwelchen halbseidenen Typen ein, nur um nicht dazu zu stehen, was die Wahrheit ist, nur um sich nicht festzulegen, obwohl sie das unbedingt will. Und Pongo, dieses Arschloch, dem ist das voll egal, wer da neben ihr liegt. Der mag jeden. Ha«, seine Stimme überschlug sich, »und ich hab gedacht, ich wäre was Besonderes für ihn, hab mich um ihn gekümmert, war für ihn da. Egal, hat keinen Wert, nicht für ihn und für sonst auch keinen.« Plötzlich war alles nass in seinem Gesicht, überall Tränen und alles, was zu viel war, bahnte sich seinen Weg. »Jetzt mal ehrlich, Nick«, schluchzte er, »das gibt es doch nicht. Bin ich so schrecklich? So verkehrt? Dass mich nur eine einzige, uralte Frau liebt, die aber auch schon tot ist?«

Nick stieß sich vom Schreibtisch ab und ging zu einem Schränkchen, das verloren zwischen den Erfolgsurkunden an der Wand hing. Holte eine Flasche und zwei Gläser daraus hervor, Whisky oder Rum, irgendwas Goldbraunes, schenkte ein. »Du bist jung. Und sehr verletzt.« Das Geräusch der beiden Gläser, wie sie aneinanderstießen, klang so laut in Adrians Ohren wie der Schmerz überall in seinem Körper. »Und deswegen ungerecht.«

Adrian kippte das Getränk in sich hinein. Es brannte wie Feuer. Er hustete, krümmte sich, heulte. »Ich bin nicht ungerecht. Und vergiss, zähl mir nicht auf, wer mich alles liebt oder zu mir hält und der Scheiß. Ja, sie kaufen mir Boxhandschuhe mit Ledergravur, und ja, sie behaupten, mein Bro zu sein, ja, Joni will mit, ja, immer nur das Beste, und die gute Lehrerin hat sich gedacht, armer Junge, da muss ich mich aber kümmern. Oder? Oder nicht? In Wahrheit sind alle genauso wie meine Oma, Fakeoma. Aber die hat sich nicht verstellt. Die war so, wie Menschen sind, ohne großes Getue. Schlaf, iss, beschäftige dich mit dir selbst und geh keinem auf die Nerven.«

Jemand versuchte reinzukommen, Tür zu. »Nick! Hier sind Leute, die wissen wollen, ob es für heute Abend noch Plätze gibt?«

»Wir sind voll. Die sollen dann zur Meisterschaft erscheinen.«

Adrian wischte sich mit dem Ärmel die Tränen und den Rotz weg. Schwach wie noch nie. Ganz leer und unbeschrieben. Welche Leute? Welche Meisterschaft?

»Komm!«

»Nick, ich ... es tut mir leid, aber ...!«

»Kommst du?«

Um diese Uhrzeit waren nicht viele Besucher im Zoo. Ein paar Mütter mit kleinen Kindern, die die Grünfläche zum Spaziergang nutzten, nicht mal Schulklassen, Sommerferien und Sonntag.

Nick ging vorneweg, die ganze Zeit schon, zahlte an der Kasse und blieb erst vor dem Paviangehege stehen. Eine simulierte Felsenlandschaft, unglaublich viele Affen, rote Ärsche, kleine, große, alles in Bewegung. Lausen, vögeln, Babys säugen, kämpfen, jagen, schlafen, essen. Und thronend über allem der Boss, Pavian pur und mächtig. Sie schauten eine Weile zu, Adrian entspannte sich ein bisschen. War das das Abbild? Und wenn ja, wer von denen war er? Was wollte Nick ihm damit sagen?

»Manchmal bin ich hier, damit ich wieder runterkomme. Den Ursprung sehe. Für mich sind das wir.«

»Das sind Affen.«

»Und? Schau, die zwei, scheinen sich zu mögen, er laust sie. Sei sicher, dass es in Kürze anders ist.«

Adrian wurde ungeduldig. »Das ist Kacke, ich kann nicht sehen, was du meinst, darum geht's mir auch nicht.«

»Sie haben eine Rangfolge. Nicht jeder ist wirklich was wert. Aber jeder wird gebraucht für die Gemeinschaft. Ich denke immer, keiner von denen, die einfach so mitlaufen, suhlt sich im Selbstmitleid. Und wenn einer eine Idee hat, dann greift er eben an oder fickt das Weibchen vom anderen. Wir machen einen auf Gefühl und Schmerz und jammern rum und wollen wer sein, ich, ich, ich.«

»Das sind Affen, Menschen sind eben anders, höher, verletzlicher.«

»Nein. Schraub dich zurück, lass die Luft raus! Du hast viel einstecken müssen, ja. Aber es ist deine Entscheidung, wie du damit umgehst. In Kürze findet dein Kampf statt. Das wolltest du so. Und alle haben sich danach gerichtet und dich unterstützt. Alle! Das unterscheidet uns von den Affen.«

Und schon lauste der Pavian eine andere.

»Ich soll mich nicht so wichtig nehmen?«

»Ja. Aber wenn, dann lass es auch begründet sein! Du machst dich wichtig, stellst dich ins Licht, alle gucken ... und dann passiert nichts. Das lässt dir das Rudel nicht lange durchgehen. Und ich auch nicht.«

Adrian starrte finster auf die Affen und ihr ganzes Getue. »Und weißt du, was ich mache, wenn ich lange genug zugeschaut habe?«

»Wieder ins Boxwerk gehen?«

»Nein. Ich esse eine Wurst.«

Nick bestellte für sich ein Bier, für Adrian ein Wasser und für beide Wurst im Brötchen.

»Wird ein guter Abend heute!« Zu viel Ketchup auf Nicks Brötchen, lief ihm links und rechts am Mund runter, Vampir, Forderer, Bestimmer. Adrian konnte nicht essen. »Ich mach das nicht!«

Nick nahm sein Wurstbrötchen und hielt es ihm auffordernd entgegen. »Trau dich. Ist warm und lecker.«

Adrian schaute ihn genervt an. Er konnte doch nicht einfach ignorieren, was sein Wille und seine Überzeugung waren.

»Hör auf, ein launenhafter Arsch zu sein! Wenn du heute Abend nicht auftrittst, verliere ich echt viel Kohle. Schlecht für die Community. Schlecht für mich. Schlecht für dich!« Ein kleiner Totenkopfaffe sprang vom Baum auf den Tisch und schaute Adrian erwartungsvoll an. Nick auch.

»Ich kann nicht«, jammerte Adrian und krümmte sich innerlich vor Schmerz.

»Also, jetzt mal Schluss mit dem ganzen Scheiß!« Nick beugte sich vor und nahm seine Hand. Die Augen blitzten hell. »Ich kenne Meret schon länger als du. Sie wird auf jeden Fall kommen. Ich weiß schon, was zwischen euch ist. Und du meinst, das kommt gut an, wenn sie da sitzt und ich in den Ring steige und den Kampf absage? Vielleicht bringt sie sogar deinen Lehrer mit, ich kenne sie, das ist ihr egal, nicht weil sie böse ist, nur weil sie im Moment so fühlt. Aber was ist besser? Die Absage oder du steigst doch in den Ring und gewinnst? Du gibst zu früh auf, Adi! Ein Pavianweibchen nimmt immer den, der stark ist. Nicht den Jammerlappen, der in der Ecke sitzt und sich am Schwanz rumspielt!«

Adrian riss ein Stück von seinem Brötchen ab und gab es dem Totenkopfäffchen. Es sollte aufhören, ihn mit seinen kleinen Augen anzusehen. Zufrieden sprang es mit seiner Beute davon und Nick wischte sich endlich das Blut aus den Mundwinkeln. Dann stand er auf.

»Ich sehe dich um 18 Uhr 30. Lockeres Aufwärmen, na, du kennst das ja.« Er klopfte ihm auf die Schulter und ging.

Adrian biss ein Stück von der Wurst ab, rollte es im Mund hin und her, bis es nach nichts mehr schmeckte. Er saß unter einem weißroten Sonnenschirm, der einzige Gast jetzt an diesem Kiosk, der Himmel noch immer haltlos blau. Er lauschte den Geräuschen der Tiere, die ihren Bedürfnissen nachgingen, sowie dem lauten Protestkreischen eines Kindes, das ebenfalls etwas wollte, aber bisher nicht bekam. Wann hörte man eigentlich auf damit, seine Empörung direkt in die Welt zu schreien? Wird es einem aberzogen oder entscheidet man irgendwann selbst, dass das peinlich ist und den anderen möglicherweise nur auf die Nerven geht? Was wenn er einfach laut losgeplärrt hätte vor dem Schlafzimmerfenster des blauen Hauses?

»Ich will nicht, dass du bei diesem Typen liegst, du sollst bei mir liegen, schmeiß ihn raus, ich will in dein Bett, deine Nähe, deine Wärme, uhuhu!«

Die Frau mit dem schreienden Kind im Wagen hielt unmittelbar neben ihm. »Da kannst du schreien, wie du willst, stundenlang meinetwegen, du kriegst nicht noch ein Eis!« Das Kind wollte weiterschreien, es tat Adrian leid. Genau neben dem Laden, wo es das gab, was es wollte, hielt die Mutter an und sagte ihm, dass es das nicht bekommen würde. Genau vor dem Fenster, hinter dem das war, was er wollte, hatte er gestanden. Sie hatte ihn nicht gebeten zu kommen, er hatte die Wahl und sich dafür entschieden genau hinzuschauen. Nick hatte recht. Er war ein Jammerlappen.

Sie hatte ihm deutlich gesagt, wie es aus ihrer Sicht stand, er hatte es nicht geglaubt und glaubte es immer noch nicht. Denn sie wollte kommen. Auch das hatte sie gesagt, und er hatte wiederum die Wahl. Sich klein zu machen, zu fühlen und zu verschwinden oder anzugreifen. Sollte der Jakobus doch glücklich grinsen, sollte er diesen kleinen Moment genießen. Später würde er denken, ach hätte er nur ein bisschen länger gedauert!

Er aß sein Brötchen auf, kaufte sich ein Eis und ging demonstrativ damit an dem schreienden Kind vorbei. Es würde noch ein bisschen warten müssen, bis es selbst entscheiden konnte. Und er würde noch ein bisschen warten müssen.

Neben dem Pavianhügel lag das Affenhaus und hinter einer Glasscheibe saß ein mächtiger Gorilla mit silbernem Rücken.

Adrian schaute ihn an, und er schaute direkt in seine Augen zurück. Zwei dunkle Kugeln voller Intensität. Adrian setzte sich auf eine Bank an der Wand und schämte sich, weil er ein Eis hatte, der Gorilla aber nicht, weil er vor der Glasscheibe saß und der Gorilla dahinter. Er warf das Eis weg.

»Ich heiße Adrian.«

»Ich heiße gar nicht, aber die Menschen nennen mich Kong.«

»Ah, wie der Affe aus dem Film.«

»Ja, nicht sehr einfallsreich.«

»Heute ist der schlimmste Tag und der beste.«

»Heute ist ein Tag wie jeder Tag.«

»Stört es dich, wenn die Leute dich anglotzen?«

»Nicht mehr.«

»Heute Abend bin ich dran. Da schauen sie alle auf mich.«

Kong sagte nichts, kratzte sich am Hintern und dachte wohl, warum sollten sie das tun?

»Ich habe einen entscheidenden Kampf, deswegen.«

»Ich kämpfe nicht mehr.«

»Musst du ja auch nicht. Du bist der Oberste, der Chef aller Gorillas, du hast es schon bewiesen.« Kong runzelte ein bisschen die Stirn und in seinen Augen funkelte es, als hätte er das so noch gar nicht gesehen. »Heute Abend werde ich es beweisen.« Adrian hatte sich entschieden. Endgültig. Komme, was wolle. Denn mit einem hatte Nick ganz besonders recht: Was auch immer passiert war, sie hielten ihm alle die Stange, sie kamen, um ihm Mut zu machen, ihm beizustehen, ihn zu unterstützen, auch wenn sich zumindest einige von ihnen ganz und gar nicht für den Boxsport interessierten. Er stand auf und verbeugte sich leicht Richtung Kong. »Ich werde gewinnen!«

Da stand der riesige Menschenaffe auf, ballte die Fäuste, reckte den Kopf in die Höhe, bleckte scharfe Zähne, brüllte und schlug sich gegen die Brust.

Punkt 18 Uhr 30 lief Adrian im Boxwerk ein. Die ganze Community war versammelt, wollte seinen Kampf sehen und ihn unterstützen. Sie hatten Bänke aufgestellt und alle Stühle, die zu finden gewesen waren, außerdem einen Einzeltisch für die Judges, einer vom Boxwerk, einer von der Schmiede und ein neutraler. Außerdem hatte Nick noch einen professionellen Ringrichter bestellt.

»Gut für die Gerechtigkeit, aber auch gut, wenn er dich sieht. Für später«, hatte er Adrian erklärt.

Jetzt stand er hinter der Theke, tat so, als wäre es das Selbstverständlichste von der Welt, dass Adrian erschienen war, und mixte ihm einen Powerdrink.

»Wo steckt eigentlich dein toller Bro?«, fragte er knurrig. »Der hätte Dienst heute, die Leute wollen was zu trinken.«

Adrian wusste es nur so ungefähr. »Hast du ihn angerufen?«

»Klar, Handy ist aus.« Wobei ihm etwas einfiel und er Adrian die Hand hinhielt. »Gib mir deins.«

»Mein Handy?«

»Keine Ablenkung vor dem Kampf!« Nick schaute ihn eindringlich an und Adrian legte ihm sein Telefon in die Hand. Sie würden schon alle herfinden.

»Moritz wollte aber kommen, sich den Kampf anschauen.«

»Wenn der seinen Arsch hier reinbewegt, kriegt er was zu hören.«

Nick hatte ja recht. Unmöglich ihn hier bei so einer Großveranstaltung hängen zu lassen. Adrian verschwand in die Garderobe, zog das Zeug an, das sie eingekauft hatten, konnte es jetzt beim Aufwärmen schon mal ein bisschen einschwitzen.

»Lass das Shirt weg.« Nick stand in der Tür. »Profiboxer kämpfen nicht mit Shirt. Und das willst du doch mal werden.« Dann inspizierte er die Handschuhe, befand sie für gut, schnappte sich Adrians Trainingstasche und brachte ihn ins Büro. »Du trittst von hier auf, das kommt besser.«

Erst jetzt wurde Adrian klar, dass es hier nicht nur um den Kampf ging, dem er entgegenfieberte, sondern um einen Auftritt, ein Spektakel. Eigentlich nicht so sein Fall, er hatte ja schon bewusst nie in der Theater-AG mitgemacht.

Nick öffnete einen alten Spind, in dem er Aktenordner aufbewahrte und einen Mantel mit großer Kapuze und so einem ähnlichen schrillen Muster, wie Henry Maske ihn mal getragen hatte. »Hier. War früher meiner.«

Adrian war gerührt, fuhr andächtig über den seidigen Stoff und hängte ihn vorsichtig, als wäre er zerbrechlich, über einen Stuhl.

»Danke, Nick. Danke für alles.«

Nick schob ihn in den Stuhl und ging vor ihm in die Hocke. »Hör zu! Du gehst dich jetzt aufwärmen, deine Muskeln müssen wissen, dass sie dran sind. Um halb acht verschwindest du hier rein. Ich möchte nicht, dass Ed dich vorher sieht oder du ihn. Nimm dir ein Springseil mit oder lauf locker auf der Stelle, der Körper muss warm bleiben. Ich sage dich dann an, das hörst du, ich hab ein Mikro, und dann kommst du, mit dem Mantel, Kapuze auf dem Kopf. Ich werde selbst in deiner Ecke stehen und dich in den Pausen aufpeppen, dich an die Strategie erinnern. Weißt du sie noch?«

»Ich lasse ihn kommen und erst wenn er sich in Sicherheit wiegt, zeige ich ihm den Aggressionsboxer.«

»Richtig. Maximal 12 Runden, alle drei Minuten Pause.« Er stand auf und klopfte ihm auf die Schulter. »Und los!«

Adrian schnappte sich die Trainingstasche und seine Jacke und ging in die Halle, belegte damit fünf Plätze für seine persönlichen Zuschauer. Wonder und den scheiß Jakobus zählte er nicht mit. Von ihm aus konnten die stehen oder sich in Luft auflösen. Aus der Trainingstasche zog er das Foto seiner Mutter, *schade, dass du nicht dabei sein kannst,* und steckte es in die hintere Tasche seiner Short. Die war wahrscheinlich extra dafür gemacht. Jeder Boxer hatte irgendeinen Talisman darin, die meisten wahrscheinlich von ihrer Frau oder Geliebten. Damit konnte Adrian nicht dienen. Noch nicht. Dafür hatte er eine tote Mutter.

Er setzte sich auf eins der Fahrräder und trat locker in die Pedale, beobachtete dabei das eifrige Treiben, die Vorbereitungen. Sein Kopf war leer und entschlossen, nur im Bauch tummelten sich die Aufregungsschmetterlinge. Noch tanzten sie nicht.

Zwei der Jungs besetzten die Bar statt Moritz. Der Typ hatte echt den Knall nicht gehört. Warum lief er so gerne an der Kante? Und was wollte er von diesem Wonder? Der könnte sein Vater sein. Vielleicht das. Moritz hatte ja nie einen gehabt. Wir sind schon echt zwei Knallchargen, dachte Adrian und musste grinsen. Vaterlose Aussortierte. Aber wenn man es anders haben will, dann muss man sich selbst drum kümmern. Er jedenfalls würde alles geben, wollte nicht im Jammertal sitzen bleiben. Er fühlte sich wie ein Star. Die anderen Jungs hielten respektvoll Abstand, ließen ihn in Ruhe, um Gottes willen nicht den Fokus stören.

Springseil, Beinarbeit. Der Schwachpunkt seines Gegners. Wenn man den schon kannte, sollte man nicht den gleichen haben. Links, rechts, links, rechts, das Seil pfiff an seinen Ohren vorbei, und erst da fiel ihm auf, dass auch keine Musik lief, wie üblich. Die Stimmung war gespannt, wie so ein Flirren überall, jeder wusste: es war sein siebter, sein entscheidender Kampf.

Liegestützen und Slalom durch die Sandsäcke. Drei Herren trafen ein und wurden von Nick begrüßt und zu ihrem Tisch gebracht. Sie machten ernste Gesichter, sortierten Blätter, klemmten sie auf Bretter, spitzten Stifte, schoben alles von hier nach da. Die Punktrichter. Gewonnene Runde zehn, verlorene neun, und wenn man zu Boden gegangen war, dann weitere Abzüge. Dadurch konnte genau errechnet werden, wer der Sieger war. Wenn nicht einer schon vorher k.o. ging. Aber das hatte Adrian nicht vor. Auch der Ringrichter traf jetzt ein. Begleitet von Nick begutachtete er den Ring, ließ sich Adrians Gewicht sagen, sie unterhielten sich angeregt und freundlich. Dann gab Nick ihm ein Zeichen, zeigte Richtung Uhr. Halb, oje, er hatte die Zeit ganz vergessen. Schnappte sich sein Handtuch, holte sich noch das ein oder andere Mutnicken aus der Community ab, verschwand im Büro und schloss die Tür. Kein Laut drang durch sie, das geschäftige Treiben, das Flirren, Gespräche und Fluppen des Ventilators, alles weg. Ganz still. Adrian trocknete sich ab, atmete laut ein und aus, klopfte mit einem Bleistift gegen ein leeres Glas. Er setzte sich auf den Stuhl, nur einen Moment, nicht auskühlen, nur noch mal sitzen, eine kleine Sekunde. Drehte ihn hin und her, quietschte.

Nach und nach würden jetzt die Zuschauer eintrudeln. Fans des Boxsports, vielleicht auch der ein oder andere Scout aus den Verbänden, die Community von Ed von Schleck, Schmiedejungs. Und seine Familie.

»Meine Familie!«, sagte er laut in die Stille. Es hörte sich plötzlich gar nicht mehr so schal an, er konnte es locker aussprechen, ohne allzu große Schmerzen zu empfinden. »Meine Familie!«

Moritz würde sicher da sein. Er hatte sich noch nie irgendeine von Adrians Aufführungen entgehen lassen, nicht mal die Superpleite mit dem Scout. Allerdings war er da vielleicht noch vom Adriansyndrom beseelt gewesen. Jetzt hatte ihn ein Wunder aus dem Gleichgewicht gebracht. Er würde kommen. Auch wenn er wusste, dass er einen auf den Deckel kriegen würde von Nick. Wenn das einem egal war, dann Moritz. Der brachte es fertig und tauchte nach drei unentschuldigten Wochen wieder auf, tat so, als wäre nie was gewesen, und staunte, wenn man ihn fragte, wo er denn wohl gesteckt hatte. Wahrscheinlich wusste er es selbst nicht.

Ja, und Meret. Adrian verbot sich sofort an sie zu denken. Sie durfte sich jetzt nicht in den Fokus schieben. Er schaute auf die Uhr. Viertel vor. Hektisch sprang er auf, tänzelte auf der Stelle und wickelte sich dabei die Bandagen um die Hände. Am Anfang hatte er dafür gefühlt Stunden gebraucht, mittlerweile aber ging das wie im Schlaf.

Ob sie schon da saßen? Der aufgeregte Jonas wahrscheinlich nicht eine Sekunde, hüpfte von hier nach da, wollte alles sehen und nur nichts verpassen. Thorsten nervös, um den Erfolg des Adoptivsohnes flehend, Doro wahrscheinlich bunt fröhlich und schon mit ihrer Sitznachbarin, eventuell Meret, ins Gespräch vertieft. Adrian hatte es vor Augen, als könnte er durch die Wand direkt in die Halle sehen.

Er schlüpfte in Nicks Mantel, band ihn nicht zu, das würde er mit den Handschuhen an den Händen nicht mehr aufkriegen, Kapuze auf den Kopf und tief ins Gesicht.

In einer Ecke neben dem Spind fand er einen alten, halbblinden Spiegel. Darin zu sehen: ein Boxer. Cool. Gesicht ohne Gefühle. Unbesiegbar. Er zog die Handschuhe an. Schaute auf die Uhr. Gleich war es so weit. Die Schmetterlinge fingen an zu tanzen. Adrian stellte sich vor die Bürotür, tänzelte leicht, ein paar Drehhüpfer, schlug die Handschuhe aneinander. Und dachte an Ed von Schleck. Dieser miese Typ, dieser Wicht, der sich einbildete, ihn besiegen zu können. Auch bei ihm ging es um den siebten Kampf, auch er würde alles geben und wusste noch nicht, dass Adrian ihn zertreten würde wie eine Laus. Wenn einer schon keine Beinarbeit draufhatte! Adrian suchte seine Wut. Machte den Gegner in jeder Hinsicht schlecht in seinem Kopf, stellte sich vor, er wäre Jakobus, der scheiß Jakobus. Er geriet ins Schwitzen, in seinen Ohren rauschte das eigene Blut, er wollte nicht da raus, er wollte nicht gesehen werden, er war nicht wütend, da konnte er sich noch so viel Zeug einreden. Ohne seine Wut ging es nicht, warum war er nicht wütend, warum nicht, wenn er es einmal brauchte?

»Herzlich willkommen im Boxwerk, herzlich willkommen zum siebten und entscheidenden Kampf unserer beiden Kontrahenten. Einer von ihnen wird nach diesem Kampf zur deutschen Meisterschaft nominiert werden, für beide geht es also um alles. Sie werden sich nichts schenken, das kann ich Ihnen versprechen.«

Die Zuschauer grölten und jubelten. Adrian stand ganz still an der Tür, den Kopf gesenkt, versuchte die Stimmen seiner persönlichen Zuschauer herauszuhören.

Jonas' schrilles Quieken, wenn er aufgeregt war, Merets Siegergeheule, das sie wie aus dem Nichts anstimmen konnte. Aber es war nichts davon zu identifizieren.

»Bitte begrüßen Sie mit mir frisch aus der Schmiede heute bei uns: Eäääd vooooon Schleääääääck!« Johlen, Pfeifen, Applaus und Anfeuerungsrufe der Schmiedeeisernen.

Adrian schloss die Augen. Alles kam ihm auf einmal total unwirklich vor, er war wie in einem Tunnel, wo man nicht nach rechts oder links durchbrennen konnte. Er musste geradeaus.

»Und auf der Gegenseite, unser Supertalent aus dem Boxwerk, hart trainiert und mit einer gehörigen Portion Wut und Siegeswillen im Bauch, hier kommt: Aaaaaaadriaaaaaan!«

Er öffnete die Tür und ging los. Vorbei an den Zuschauern, die ihn frenetisch feierten, ohne zu schauen, den Blick grimmig auf den Boden geheftet, zum Ring, zu seiner Ecke. Mithilfe von Nick kletterte er hoch, und erst da hob er den Kopf, zog die Kapuze runter und riss die Arme hoch, Fäuste in die Luft. Schräg gegenüber stand Ed. Wie beschrieben ein bulliger Typ mit kurzer Stirn und Beißerfresse. Adrian schaute weg, scannte die Zuschauerreihen. Es war voll im Boxwerk, kein Platz mehr für niemanden, nur in der dritten Reihe stand seine Trainingstasche, lag seine Jacke. Adrian wurde schlecht. Verzweifelt suchte er die Reihen ab, aber er kannte niemanden außer seiner Community, von den Leuten, die ihm wichtig waren, den wenigen, war niemand gekommen. Er konnte es gar nicht glauben.

»Adi, hey, Adi, hörst du mich?«, brüllte Nick von unten. Natürlich wusste er, was seinen Schüler bewegte, und was das für ihn bedeutete. »Mundschutz rein, los!« Er reichte ihm den an und Adrian stülpte ihn mechanisch über seine Zähne. »Hey Junge, hör zu! Deine Familie ist ein Arschloch und Meret auch, miese, fette Arschlöcher, denen musst du es zeigen.«

Klar, er versuchte seine Enttäuschung in Wut umzuwandeln, das Dilemma auszunutzen. Nick hatte Angst, er wusste, was Adrian das bedeutet hatte.

Der Ringrichter rief die beiden Kämpfer zu sich, plädierte auf einen fairen Kampf, kontrollierte die Handschuhe. Adrian schaute den Gegner nicht an, keine Lust auf den üblichen Stare Down. Und als sie die Handschuhe aufeinanderschlagen sollten, um zu versichern, dass sie respektvoll kämpfen würden, tat er es auch nicht, drehte sich um und ging zurück in seine Ecke.

Nick redete von unten unentwegt auf ihn ein, Adrian verstand kein Wort. Nichts drang noch zu ihm vor.

Er trank aus der angebotenen Wasserflasche, hielt die Handschuhe hin, damit Nick sie noch mal fester ziehen konnte, er machte, was von ihm verlangt wurde. Dann wurde es still, die Spannung vor dem Gong zur ersten Runde. Adrians Atem ging schnell. Er hätte Lust gehabt zu heulen. Stattdessen streckte er noch einmal die Fäuste in die Luft, legte den Kopf in den Nacken und brüllte.

Gong.

Er ging auf ihn los. Zum Teufel mit der Strategie, er würde ihn jetzt platt machen und dann wäre es vorbei. Verpasste ihm einen Schlag, vergaß seine Deckung und fing sich eine Doublette vom Feinsten ab, ging in die Knie. Was? Das konnte doch nicht sein? Kaum hatte es angefangen, war er schon am Boden. Wie durch Watte hörte er die Zuschauer schreien, sah das Gesicht des Ringrichters vor sich, konnte nicht verstehen, was er sagte, hörte das Brüllen von Nick als stete Geräuschunterlage. Aber warum sprach er in fremden Zungen? Er rappelte sich hoch. Wenn er den Schleck nicht auch auf die Bretter legen konnte, würde diese Runde schon mal an ihn gehen. Niederschlag bedeutet Abzug. Adrian fand sein Gleichgewicht, der Schädel dröhnte und das Gesicht des Gegners war verschwommen. Grinste er hämisch? Oder lief ihm nur Spucke aus dem Mund? Erneuter Angriff, Schleck wich aus, Doppeldeckung, kein Durchkommen.

Was hatten sie ihm denn da für einen Scheiß erzählt? Von wegen Angriffsboxer, brachial, schlechte Beinarbeit. Der Typ tänzelte vor ihm her wie ein junger Gott, wartete, defensiv, ließ ihn ins Leere laufen. Adrian drängte ihn immer weiter in die Seile, konnte aber keinen Schlag platzieren, musste aus seiner Deckung. Was würde eigentlich passieren, wenn er sich genauso mäuschenhaft verhalten würde wie der? Dann würden sie beide voreinander im Ring herumtrippeln, sich schützen und demnächst eine Bewerbung bei *Let's dance* einreichen. Adrian versuchte einen Haken und bekam direkt den Counterpunch. Er sah Sterne, hörte den Gong und stolperte zurück in seine Ecke.

Nick ging sofort auf ihn los. »Bist du verrückt geworden? Warum machst du nicht, was ich dir sage? Der hat dich die ganze Runde locker dominiert.«

»Es piept.«

»Was?«

»In meinem Ohr, ich hör dich nicht.«

Nick goss ihm Wasser über den Kopf und legte ihm dann ein Kühlpack an den Hals.

»Wie ist die Strategie, Adi, wie ist die Strategie?«

Sie hatten nur eine Minute Zeit, eine Minute war viel zu wenig.

Adrian spuckte aus und sah nur am Rande, dass die Spucke rot war. »Der macht alles anders, als du gesagt hast.«

»Weil du alles anders machst, du Idiot. Also, lass ihn kommen jetzt, dreh die Sache um!«

Adrian nickte, schob sich den Mundschutz wieder rein und stand auf. Sein Blick war etwas klarer, das Piepen wurde leiser und die Stimmen und Anfeuerungsversuche aus dem Publikum drangen zu ihm vor.

»Adi, go for it, du machst das!« Kollektives Boxwerkgeheule. Auf den Plätzen, die er reserviert hatte, saßen mittlerweile andere Leute. Ihm wurde schlecht, aber er konnte ja nicht in den Ring kotzen.

Gong.

Wieso hieß es eigentlich Ring, wenn er doch eckig war? Adrian versuchte, sich nicht in diesen Gedanken zu verlieren, aber es war doch nun wirklich eine wichtige Frage. Warum hatte er sich die noch nie gestellt? Plötzlich stand Schleck ganz nah vor ihm, brüllte. Adrian schützte Kopf und Oberkörper mit den Armen, versuchte auszuweichen, an ihm vorbeizutänzeln, sich zu befreien. Aber der war zu breit und zu bereit. Also Clinch und zurückschieben. Der Ringrichter zog sie auseinander, clinchen ohne Schlagbewegung wurde nicht gerne lange gesehen. Immerhin war Adrian aus seiner Ecke. Und hatte die Strategie eingehalten. Aber das nutzte nicht viel. Schleck versuchte, einen weiteren Schlag zu platzieren, Adrian konnte ausweichen, aber nicht kontern. Der Typ war so schnell, er kam sich vor wie in Zeitlupe. Wenn er zum Schlag ausholte, erschien es ihm, als würde ein Gummiband seinen Arm zurückhalten, als müsste er doppelt so viel Kraft aufwenden als sonst. Er tänzelte weiter, Doppeldeckung, wich seinen Angriffen aus. Schleck wurde wütend, verließ seine Komfortzone und Adrian traf ihn mit voller Wucht am Kopf. Jetzt war es an Schleck in die Knie zu gehen.

»Adi, Adi, got for it, yeah!«

Adrian stand vor ihm, schaute ihm zu, wie er versuchte, wieder hochzukommen, wie er noch einmal strauchelte und der Ringrichter zu ihm ging, um nachzusehen, ob er ihn auszählen sollte. Er tat ihm plötzlich leid. Das hatte er gar nicht gewollt. Was hatte Schleck ihm eigentlich getan? Einige andere fielen ihm ein, die er gerne niedergedroschen hätte, genau fünf, aber der arme Schleck? Es gelang ihm, sich wieder aufzurappeln, er taumelte auf Adrian zu, und vielleicht hätte er ihn umarmt und getröstet, aber da erklang der Gong. Also gingen beide in ihre Ecken und ließen sich pampern.

Diesmal nahm Adrian den Mundschutz selbst raus und goss sich das Wasser nicht über den Kopf, sondern in den Mund.

»Das war gut. Sehr gut, Adi. So ist die Strategie. Und da kann er nicht mit umgehen, hast du es gemerkt?«

Adi nickte. »Warum heißt es Ring, wenn das Ding doch eckig ist?«

»Was? Adi, lass das, mach weiter so, du bist gut, das kann gelingen!«

Adrian kicherte. »Du weißt es wohl nicht.«

»Hey, jetzt nicht durchdrehen! Ganz ruhig, behalte den Fokus.«

»Vielleicht wegen dem Gong. Weil der ringt, also klingelt, oder?«

Nick packte ihn an den Schultern, schüttelte ihn und schaute ihm tief in die Augen. »Reiß dich zusammen! Versau's jetzt nicht!«

Gong.

Also genauso wie in Runde zwei. Deckung, tänzeln, abwarten. Der Schleck war wütend, das war deutlich zu sehen. Auch wenn Adrians eines Auge gerade zuschwoll. Er konnte sich gar nicht erinnern, hatte er ihn am Kopf getroffen? Spürte keinen Schmerz oder allen, so wirklich konnte er das nicht sagen, aber es war ja auch nicht das, worauf er achten sollte. Wegducken, Schlägen ausweichen, Angriff aushalten und dann im richtigen Moment kontern.

Sein Gegner wurde immer aggressiver, es ging ihm gepflegt auf die Nerven, dass Adrian einen auf defensiv machte. »Jetzt mach schon, du kleiner Arschkeks!«, nuschelte er aus seinem geschützten Mund, spuckte und wusste nicht, dass er jetzt genau das falsche Wort gesagt hatte. Arschkeks war nur Jonas. Der Sonnenschein, der es vorgezogen hatte, doch lieber nicht zum entscheidenden Kampf seines sogenannten Bruders zu kommen. Arschkeks sollte da sitzen und zu ihm halten, tat es aber einfach nicht. Adrian ging auf seinen Gegner los, brüllte und drosch auf ihn. Der Ringrichter trennte die beiden, aber kaum war er weg, stürmte Adrian wieder mit aller Macht auf Schleck zu. Er traf ihn, ja, aber er vergaß, dass der auch Fäuste hatte und eine Ausbildung. Den Blick, wann es Zeit war, die Sache zu beenden. Zeit für den Lucky Punch.

Und der saß. Ein Pfeifen, ein Knacken, als würde irgendwas zerbrechen, dann wurde es dunkel.

12. KAPITEL

Als es wieder hell wurde, lag Adrian im Büro auf einer Pritsche, jemand, den er nicht kannte, beugte sich über ihn. Er hatte ein Stethoskop um.

»Der Sieger des heutigen Abends heißt: Ed von Schleck. Wir gratulieren!« Jubel, Applaus, Pfiffe.

»Wie fühlst du dich?«

Adrian wollte es ihm sagen, aber es kam nur ein Stöhnen aus seinem Mund.

»Kann ich mir vorstellen. Aber ich kann dich beruhigen, alles halb so wild, außer die Nase. Aber die kriegen wir auch wieder hin. Ich hab dir ein Provisorium zum Schutz angelegt, die müsstest du dann morgen im Krankenhaus anschauen lassen. Damit sie wieder richtig zusammenwächst.«

Adrian versuchte sich aufzurichten, aber sein Kopf machte ihm einen Strich durch die Rechnung. Als würde Ed von Schleck persönlich mit einem Presslufthammer darinsitzen.

»Bleib noch ein bisschen liegen, bis die Medikamente wirken! Nick wird gleich bei dir sein, wenn die Show da unten vorbei ist.«

Adrian stöhnte wieder. Den wollte er gar nicht sehen. All die Vorwürfe, er schämte sich so sehr. Sagte einer »Arschkeks« und schon war es aus mit ihm. Anfänger! Wozu hatte er eigentlich all die Monate trainiert? Der Mann, der offensichtlich Arzt war, packte seine Tasche zusammen, verabschiedete sich von ihm und wünschte ihm gute Besserung. Allerdings. Das konnte er gebrauchen. Kaum war er draußen, schaffte er es mühsam sich aufzusetzen und sah sein Gesicht im halbblinden Spiegel gegenüber. Trotz des überdimensionalen Nasenschutzes, den der

Doktor ihm aufgesetzt hatte oder auch wegen ihm sah er die Visage eines Monsters. Ein Auge zugeschwollen, über dem anderen ein getackerter Cut, mehrere Farben bildeten sich langsam aus, blau, grün, gelb, Blutspuren dazwischen. Eine perfekt gelungene Abreibung.

Von draußen hörte er Stühle rücken, Bänke umfallen, Gläser klappern. Die Zuschauer gingen nach Hause. Sicher waren sie nicht ganz zufrieden, ein Drei-Runden-Kampf ist nicht gerade besonders spannend, aber die Schmiedeleute nahmen wenigstens einen Helden mit, den sie zur Meisterschaft schicken konnten. Seine Community ging leer aus, und wehmütig dachte er an den Respekt, den sie ihm noch vor dem Kampf erwiesen hatten. Er blieb einfach sitzen, versuchte, den Schmerz auszuhalten, anzunehmen.

Nick brachte einen Powerdrink mit, seine Trainingstasche, die Jacke und den Kampfmantel.

»Hey, da bist du ja wieder.« Er reichte ihm den Drink und schaute ihn an. »Nicht schlecht.« Pfiff durch die Zähne.

Adrian versuchte, die Energie in sich aufzunehmen, konnte aber nur kleine Schlucke trinken. Anscheinend war sein Mund auch nicht in Bestform, alles lief daneben.

Nick zog sich einen Stuhl heran und setzte sich vor ihn. »Das ist gründlich schiefgegangen.«

Adrian nickte. »Es tut mir leid«, presste er unter Mühen hervor, aber Nick unterbrach ihn sofort, nicht reden, nicht entschuldigen.

»Als sie alle nicht da waren, wusste ich, dass es schiefgehen würde. Du kannst nichts dafür, Adi, das kann man dann eben nicht aushalten. Einer, wenigstens einer. Oder Eine.« Er lächelte traurig. »Wie soll es einem da gelingen, sich zu kontrollieren. Da muss man schon sehr geübt sein.«

Seine Worte, der Drink und wahrscheinlich die einsetzende Wirkung der Medikamente halfen ihm, der Schmerz wurde ein bisschen stumpfer, nicht mehr ganz so schrill. Nick bückte sich zu einem kleinen Kühlschrank hinter der Pritsche, zog ein Kühlpack raus und reichte es ihm.

»Mach das auf den Mund!« Er schaute ihm eine Weile zu, dann klatschte er auf seine Oberschenkel und stand auf. »Wir gehen es wieder an. Das ist kein Problem, Adi, wir starten einen zweiten Versuch.« Er zog Adrians Handy aus der hinteren Hosentasche und gab es ihm.

»Ich lass dich mal allein. Vielleicht haben sie es ja wenigstens für nötig befunden, sich eine ordentliche Ausrede einfallen zu lassen.« Er ging, drehte sich aber noch einmal um, bevor er die Tür hinter sich zuzog.

»Früher gab es noch keinen Ring, also keinen Aufbau. Die Boxer schlugen sich auf dem Boden und die Zuschauer standen im Kreis drum herum. Deswegen Ring. Obwohl eckig.«

Adrian starrte das Handy an. Wollte er es wirklich wissen? Sie waren nicht da gewesen, war das nicht Aussage genug? Aber irgendwann würde er es sowieso wieder in Betrieb nehmen müssen, dann würde er es sehen. Lieber jetzt, da eh schon alles wehtat.

Von Moritz nichts, hatte er aber auch nicht anders erwartet. Der war wahrscheinlich im Wonderland und erst übermorgen würde ihm wieder einfallen, dass er ja zu diesem Kampf hatte gehen wollen. Allerdings ohne zu wissen, dass übermorgen war.

Aber auch Meret hatte nicht geschrieben. War es so, wie Nick es gesagt hatte? Nicht mal nötig, sich eine Ausrede auszudenken? Wusste sie denn nicht, wie wichtig ihm das war? Oder wusste sie es und verhielt sich gerade deswegen so, damit er aufhörte, sie wichtig zu finden? Was so ein Kuss alles ausmachte, veränderte. Da musste man ja jedes Mal ordentlich drüber nachdenken, bevor man das riskierte.

Doro hatte dreimal angerufen und schließlich eine Nachricht auf der Mailbox hinterlassen. »Du Adi, ich erreich dich nicht ... wahrscheinlich bist du schon in den Vorbereitungen ... Jonas hatte einen Unfall mit dem Fahrrad ... von der Straße abgekommen und einfach ungebremst einen Hang runter ... nicht schlimm, also, ein Bein ist gebrochen, aber doch schlimm, du weißt ja, wegen dem Internat und so, keine Ahnung, wie das jetzt wird. Er liegt im Marienhospital, Station zwei, Zimmer 202, falls du ihn besuchen willst. Er musste operiert werden, der Arme!«

Adriangefühl. Wie aus dem Nichts, direkt zu hundert Prozent.

Kein »Viel Glück«, kein »Es tut mir so leid.«. Nicht mal: »Wir können nicht kommen.«. War ja wohl klar, wenn Jonas einen Unfall hatte.

Er hatte es mal wieder geschafft, der Sonnenschein. Für Adrian gab es nicht viele große oder wichtige Tage. Aber wenn, dann kam Jonas und nahm sie ihm. Musste nur mit dem Finger schnippen, schon drehten sich die Schweinwerfer und er stand im Licht. Niemand sonst.

Adrian hatte die Nase gebrochen und das Gesicht eines Monsters, er hatte die Niederlage seines Lebens eingesteckt und warum? Wegen diesem kleinen Arschloch. Bestimmt hatte er auch noch einen Asthmaanfall bekommen vor lauter Aufregung. Keine Luft mehr für Joniponi, ach, der Arme, da müssen alle um ihn herumtanzen, damit er wieder atmen kann.

Adrian pfefferte sein Handy in die nächste Ecke. Er war so wütend und so durchdrungen von der adrianischen Verlorenheit, dass er aufstehen konnte, ohne zu zucken. Was sollte er hier noch rumliegen? Er wurde nicht mehr gebraucht, durch Versagen aussortiert. Da konnte Nick reden, was er wollte. Wenn er ein zweites Mal zum siebten Kampf antreten würde, würde er niemanden einladen, denn dann konnte auch nicht keiner kommen. Aber so blöd kann man ja nicht sein. Beim zweiten Mal, nach dem ersten vergeigten, war der Respekt flöten, war man die arme Wurst, die es verzweifelt noch mal versuchte. Und bis zum zweiten Mal würde die ganze Community ihm sein Beileid ausdrücken, mitleidig auf die Schulter klopfen, immer auch mit ein bisschen Schadenfreude: das große Talent, der Liebling vom Boss, aß auch nur kleine Brötchen.

Er ließ alles stehen und liegen, zog sich nur den bunten Kampfmantel über, Kapuze hoch, und verließ das Büro und die Halle. Solange es Jonas gab, würde er niemals gewinnen!

»Adi, warte mal, kannst du denn schon ... warte doch mal!«

Nein.

Er stromerte durch die nächtliche Stadt. Mit einem kaputten Körper, eiskalter Wut in einer Blase, die ihn von den wenigen Menschen trennte, die noch unterwegs waren. Und die erschreckten sich eh vor dem Monster.

Ging nicht zum blauen Haus, interessierte ihn nicht mehr. Sie würden es schön gemütlich dort haben, die beiden mit dem Verräterhund.

Ging nicht zu Moritz ins Souterrain. Er war drüber, er brauchte keinen Trost, kein Gespräch, niemanden, der eh nicht verstand, was in ihm tobte.

Er dachte, er hätte kein Ziel, aber dann stand er plötzlich vor dem Marienhospital und das war wohl nicht zufällig so.

Das Neonlicht stach in seinem funktionierenden Auge, die Rezeption war nicht besetzt. Konnte man also einfach so reinspazieren, wann man wollte. Schilder wiesen ihm den Weg durch den langen, kalten Gang zum Aufzug, es roch nach Desinfektionsmittel, aber auch irgendwie faulig, nach Menschen, deren Körper sich auflöste. Hier passte er gut hin, zumindest konnte er sich nicht vorstellen, dass der Herr Doktor ihn geduscht hatte.

Er drückte den riesigen Aufzugsknopf und wartete. Hörte hinter sich jemanden vorbeischlurfen, drehte sich nur einmal kurz um, als der stehen blieb und wohl darüber nachdachte, was das für eine merkwürdige Gestalt war in diesem bunten Mantel, dann aber beschloss weiterzuschlurfen.

Der Aufzug war verspiegelt, Adrian konnte sich von allen Seiten sehen. Wie ein richtiger Boxer sah er jedenfalls aus.

Plötzlich hörte er den Song von Vangelis, der gespielt wurde, wenn Henry Maske Richtung Ring geschritten war. Er schloss die Augen und genoss das triumphale Gefühl, das er sich immerhin vorstellen konnte.

Als er sie wieder öffnet, lehnt seine Mutter ihm gegenüber an der Aufzugswand und verdeckt dadurch sein Spiegelbild. Die Lederjacke schlottert an ihrem dünnen Körper, das Gesicht blass und ernst.

Adrian starrt sie an und hat den Geschmack von Blut im Mund, als wären alte Wunden wieder aufgerissen.

»Mama?«

Sie verzieht das Gesicht, als hätte sie einen Peitschenhieb bekommen.

»So war's bei mir auch immer.« Sie lacht heiser auf, ihre Stimme wie von jemandem, der eine Zigarette nach der anderen raucht. »Von einer Scheiße in die nächste.«

Adrian bekommt keine Luft mehr, der Nasenschutz drückt

alles zusammen und wiegt auf einmal mindestens hundert Kilo. Er hebt ihn leicht an, aber der Schmerz ist zu groß, es muss so gehen.

»Und dann wieder aufgestanden. Nase gebrochen, Herz gebrochen, Seele zerschreddert, wieder auf die Füße, noch mal versuchen. Sinnloser geht's nicht.« Sie legt den Kopf schief, ihre Augen glitzern böse. »Meinst du, das ist vererbbar?«

Adrian schaut auf die Stockwerkzahl, die angezeigt wird, will wissen, wann er endlich im zweiten ist und wegkann. 443 steht da, verdammt, er ist schon viel zu weit oben. Hektisch drückt er auf die zwei, da sich nichts tut, immer wieder. Der Aufzug fährt weiter nach oben.

»Nicht mal Aufzug fahren können wir.«

»Du musst das nicht so sagen. Wahrscheinlich hast du recht, aber es ist unnötig, Aussichtslosigkeit über mir zu verschütten, das kann ich schon gut allein.«

»Hast du von mir.«

»Warum bist du hier? Denn du bist in Wirklichkeit gar nicht hier, du bist schon sehr lange tot.«

»Als ob ich das nicht wüsste.«

»Also warum?«

»Ich möchte das Foto von mir wiederhaben. Es kann nicht dein Glücksbringer sein oder so was. Ich habe dir nie Glück gebracht und du mir auch nicht. Meine Eltern hat es daran erinnert, dass es mich einmal gab, für dich ist das unerheblich.«

Adrian kramt in der Hosentasche, zieht es heraus und wirft es ihr vor die Füße. Seine Mutter versucht sich zu bücken, aber sie scheint an der Aufzugswand festzukleben, kann nicht, ruckelt und reißt und gibt dabei keinen einzigen Ton von sich.

Er weiß, dass sie nicht da ist. Dass er nur vom Erdgeschoss in den zweiten Stock fährt. Und er weiß nicht, ob er sie jemals wieder sehen wird, so wie er sie zuvor nie gesehen hat. Sie klebt fest. Jetzt ist sein Moment.

»Warum hast du mich geboren, wenn du mich doch nicht haben wolltest?«

»Sie haben mich gezwungen. Meine Eltern. Abtreibung kommt für die nicht infrage. Was für ein Fehler. Jetzt siehst du, was dabei rausgekommen ist. Du hilfst mir nicht mal. Du lässt mich einfach hier kleben!«

»Wie konnten sie dich zwingen? Es war doch deine Entscheidung! Was haben sie dir angedroht, was stand für dich auf dem Spiel? Du warst süchtig und kaputt, was hätten sie dir noch antun können?«

Seine Mutter krümmt sich vor Schmerz, windet sich, will weg, kann aber nicht.

»Nichts. Das hatten sie schon mein ganzes Leben erledigt. Aber da warst du, auf einmal, das war so ein unglaubliches Gefühl. Mein Körper kann einen anderen Körper hervorbringen. Es war eine gute Zeit, als ich mit dir schwanger war. Sie haben auf mich aufgepasst. Weißt du, wie schön es ist, wenn jemand auf einen aufpasst? Ja, du weißt das, du hast Leute gefunden, die das gemacht haben.«

»Eine kleine Weile. Dann kam Jonas. Da haben sie auf ihn aufgepasst«

»Ich hab dich geboren und ich hab dich gesehen. Ich hab dir einen Namen gegeben. Einen richtigen Namen, nicht Adrian. Adrian, das Weichei, der Loser. Du hattest den Namen eines wirklichen Helden.«

Adrian schnaubt. »Voll der Held. In deiner Welt vielleicht.«

Seine Mutter schaut ihn an. Ihre Augen sind zerbrochen, ihr Blick entfernt sich. »Sid. Du wirst einen Fehler machen.«

»Dafür bin ich bekannt.«

»Gleich werden wir im zweiten Stock ankommen.«

»Ja. Das werden wir.«

Der Aufzug stoppte, die Tür ging auf. Oben stand eine zwei. Alles war wieder normal. Und seine Mutter verschwunden.

Adrian stieg aus und ging den Schildern nach. Eine Schwester lief hektisch über den Gang, die Lampe über einem Zimmer blinkte, sie verschwand darin. Sonst niemand zu sehen.

Adrian ging den Flur entlang. 202. Die Tür stand einen Spalt offen. Typisch Jonas. Immer am Puls, alles mitkriegen, bloß nicht allein in der Stille liegen. Könnte ja was passieren, wo Joni mit will. Wo er was versauen kann. Der Sonnenscheinengel.

Adrian starrte die Tür an und wusste auf einmal nicht mehr, warum er eigentlich hier war. Oder doch? Ja, genau, er wollte den Übeltäter zu Kleinholz schlagen. Er wollte ihm sagen, dass er sein persönliches Übel war. Er nahm den Nasenschutz ab und stopfte ihn in die Tasche des bunten Mantels.

Jonas sollte es sehen, ihn sehen, ihn erkennen.

Langsam ging er auf das Zimmer zu, schob die Tür auf und trat ein in die Sonnenscheinwelt.

Der Mond schien durch die großen Fenster und tauchte das Zimmer in ein bizarres Licht. So silbern blass. Jonas lag in einem blütenweißen Bett, das Bein eingegipst, die rote Mütze auf dem Kopf. Wie eine Statue.

Sein Atem ging ruhig, er schlief tief und fest. Auf dem Nachttisch stand Arschie, mehrere Getränke, Blumen. Der Junge war gut versorgt, seine Eltern hatten sich um ihn gekümmert. Es sollte ihm an nichts mangeln. Neben dem Bett ein Stuhl, in den sich Adrian leise fallen ließ. Sicher hatte Doro bis vor Kurzem daringesessen. Gesessen und vergessen.

Wie leicht kann man einen Sohn vergessen, der nicht der

eigene ist? Wie leicht kann man einen Sohn hassen, den man nicht wollte?

Seine Mütter waren Versagerinnen. So wie er. Und der Junge mit der roten Mütze schuld. Adrian stellte sich vor, wie er mit dem Fahrrad losgefahren war, heute, an Adrians großem Tag. Wohin auch immer, warum auch immer. Er sah ihn vor sich, den Sonnenschein, der in den letzten Tagen gar keiner mehr gewesen war. Der sich gezwungen fühlte, Druck hatte, das alles nicht wollte, was Thorsten, sein Vater unbedingt vorantrieb. Er war losgefahren, mit dem Gefühl, irgendwie verhindern zu müssen, dass er in dieses Internat kam, was überhaupt nicht zu ihm passte. Zu Adrian, ja, zu dem schon. Also mal vielleicht ein bisschen den geraden Weg verlassen, sich in Gefahr bringen, das Elend aufhalten. Er hatte es geäußert und Hilfe erwartet, aber nicht bekommen. Dann eben so.

Adrian beugte sich vor. »Du hast dich da absichtlich runtergestürzt. Du hast gewusst, wie viel mir dieser Tag bedeutet hat«, flüsterte er. »Du bist kein Sonnenschein, du bist die Pest!«

Jonas rührte sich nicht, atmete ganz ruhig.

Adrian lehnte sich zurück. Er hatte ihn aufwecken und anschreien wollen. Jetzt fehlte ihm die Kraft dazu. Er sah keinen Sinn. Es würde einfach immer so bleiben.

»Solange du atmest, kann ich nicht leben.«

Als er klein war, bevor der kam, hatte er eine Bedeutung. Er konnte sich kaum erinnern, aber das Gefühl war da. Seit vierzehn Jahren kämpfte er gegen Windmühlen. Schaut mal, was ich für ein toller Typ bin! Guckt, ihr habt es richtig gemacht! Ein Adoptivkind kann auch was wert sein. Mensch ist Mensch. Oder? Und nur, weil der Kleine aus euch entstanden ist, macht es ihn doch nicht besser. Schaut doch mal, wie er da liegt und unschuldig tut! Das war Absicht.

Adrian hätte gewinnen können, ein bisschen Support, aber dieser Mensch hatte dafür gesorgt, dass niemand in sein Scheinwerferlicht trat. Sonnenschein ist trügerisch und nicht unbedingt glücksversprechend.

Und jetzt? Sollte das immer so weitergehen?

»Wenn du jetzt schon im Krankenhaus bist, dann könntest du doch auch sterben und nicht mehr so megafriedlich vor dich hin schlafen. Als du den Berg runtergefahren bist, ich meine, da hätte doch auch was Schlimmeres passieren können, wie konntest du es darauf ankommen lassen?«

»Weil mir nie was Schlimmes passiert. Ich bin ein Glückskind. Darauf kann ich mich verlassen! Es passiert immer genau das, was ich will, und du bist raus!« In Adrians Kopf lachte Jonas an dieser Stelle.

Lachte ihn aus. Wie naiv kann man sein?

Schnappte sich ein Kissen und drückte es ihm aufs Gesicht.

»Du musst weg, du musst weg sein!«

Jonas war wohl aufgewacht, sein Körper hatte gemerkt, dass Luft fehlte. Aber hey, das kannte er doch schon. Er wedelte mit den Armen, zappelte mit den Beinen, aber die Kante war unerbittlich, einmal in seinem Leben.

Dann Stille.

PROTOKOLL

»Na ja, ich kam da rein und alles war gut, dachte ich. Aber der Junge hatte die Augen offen und antwortete nicht. Da sind wir ja dann schon auch geschult. Ich hab noch Wiederbelebungsversuche gemacht, aber das war zu spät. Das müssen Sie sich mal vorstellen, so ein Kind ... Aufgefallen? Weiß nicht ... Also er hatte seine Mütze nicht mehr an, das habe ich kurz gedacht, wo ist die Mütze? Aber jetzt mal ehrlich, man stirbt doch nicht an so einem Beinbruch! Und klar, dann hab ich Alarm geschlagen, kann da ja nicht allein handeln, irgendwie halt alles komisch, nicht normal. Deswegen sind Sie ja auch hier, klar, aber jetzt unter uns, wer würde denn so einem Sonnenschein was Böses wollen?

Ach so, da ist noch so ein Foto, das hat vielleicht gar nichts damit zu tun, aber für Sie ist ja sicher alles wichtig und Sie können das besser beurteilen? Das hat der Chef gefunden, als er mit dem Aufzug raufkam. Keine Ahnung, wer das ist.

Waren Sie schon bei den Eltern? Wissen die das schon?

Nein, ich hab nichts weiter gehört ... ach nee, die alte Schickedanz aus der Onkologie, stimmt, ja, die faselt immer von einem Kapuzenmann, aber das ist wahrscheinlich ihre Fantasie, Kapuzenmänner gibt es ja immer und überall, ich meine, Männer, die eine Bedrohung sind. Ich kann Sie zu ihr bringen, aber wie gesagt, fortgeschrittene Demenz.

Ich dachte, vielleicht Embolie bei dem Kleinen oder so was. Na, wach bin ich jedenfalls jetzt, können Sie sich ja vorstellen. Eins sage ich Ihnen, ich hab schon viele tote Menschen gesehen und weggeschafft, aber der Kleine, also, das war schon eine Nummer, das hat mir richtig leidgetan ... Nein, sonst ist mir nichts aufgefallen.«

Simone Theill, Krankenschwester

13. KAPITEL

Moritz wachte auf, weil es klingelte. Hartnäckig klingelte. Wer sollte das sein? Und warum ging Lisbeth nicht an die Tür? Was war überhaupt für ein Tag? Durfte man an dem Tag, der heute war, so früh klingeln?

Er lag auf dem Sofa, alle Klamotten an, auf dem Tisch das reine Chaos und das Fenster geschlossen. Wahrscheinlich keine gute Luft, aber wenn man sich selbst darin aufhielt und Mitverursacher war, merkte man das nicht so. Er rappelte sich mühsam hoch und versuchte, sich zu orientieren. Es war auf jeden Fall heute und nach dem Licht zu schließen, das spärlich, aber doch durch das Fenster fiel, Tag.

Es klingelte wieder, und endlich hörte er Lisbeths schwerfällige Schritte oben. Sie war knalldicht gewesen gestern, nach dem Riesenkrach mit Wonder war Moritz hochgegangen, um sich irgendwas zwischen die Zähne zu schieben. Da lag sie einträchtig neben mehreren leeren Flaschen Wein und schnarchte leise.

Wonder, dieses Arschloch. Langsam drängten sich die Ereignisse in Moritz' betäubten Kopf nach vorne und ans Licht.

Es hatte sich irgendwie abgezeichnet, Wonder war schon die ganz Zeit sehr gereizt, konnte ihm aber auch nicht erklären, warum, zumindest nicht so, dass er es verstand.

»Bei der Grammzahl so viel Kohle, labert der echt was von Inflation, als ob, Weed unterliegt doch nicht den normalen kapitalistischen Gesetzen.«

Jedenfalls war ihnen aus dem verschwommenen Grund der

Stoff ausgegangen und das machte die Laune nicht besser. Überhaupt hatte Moritz festgestellt, dass er Wonder nüchtern kaum ertragen konnte. Also immer schön zuknallen. Eine Zeit lang war das ausreichend gewesen, Weed, Sex, pennen und wieder von vorne, aber langsam wurde es schal, und das ging ihnen anscheinend beiden so.

Er wusste gar nicht mehr, wie es angefangen hatte, irgendein Minischeiß, wie: Wer darf sich den letzten Krümel Weed zwischen die Zähne schieben oder wer steht auf und holt was zu trinken?

Sie konnten sich nicht einigen und fingen an, sich gegenseitig zu beschimpfen.

»Du gehst mir echt auf den Sack, irgendwann wirst du einfach verfaulen.«

»Keine Ahnung, was ich hier überhaupt mache, ich hab da echt 'ne satte Null davon, muss noch den Stoff ranschleppen, um ihn dann zu teilen und miesen Sex zu haben.«

»Dann verpiss dich doch, wird schon lange höchste Zeit.«

Immer so weiter. Dann mit Schuhen, Bongs und Feuerzeugen nacheinander werfen, brüllend den ganzen Zorn auf den anderen prasseln lassen, Fenster auf, raus mit dir, hau ab, ich will dich nie wieder sehen. Und er war wirklich gegangen.

Moritz hörte eine Männerstimme von oben, dazwischen Lisbeth, höher, leiser. Er fegte mit dem Fuß den ganzen Kram vom Tisch, schlurfte zum Fenster und öffnete es vorsichtig, schaute raus. Wonder lag nicht in den Rabatten oder im Hauseingang. Er war wirklich gegangen, die Luft war rein, im doppelten Sinn. Atmen. Moritz hatte Lust, gesund zu werden, einen anderen Weg zu beschreiten. Wenn er so weitermachte, würde er mindestens so enden wie Lisbeth, wobei die immerhin noch einen Job gelernt hatte und zwar nicht viel, aber doch Geld verdiente.

Adrian hatte schon recht mit dieser Gensache.

»Moritz?« Lisbeths Stimme klang brüchig und aufgeregt. Irgendwas war wohl passiert, und er sollte hochkommen und daran teilhaben.

»Moment!«, brüllte er, schlappte in sein Kellerbad und schaute sich im Spiegel an. Das Grauen hat einen Namen: Moritz Becker! Schüttete sich Wasser ins Gesicht, fuhr mit den nassen Fingern durch die Haare, zog alle Klamotten aus, wusch sich unter den Armen und zerrte schon lange frisch gewaschenes, zerknittertes Zeug aus dem Schrank. Hawaihemd, sehr passend.

Adrian hatte auch recht gehabt mit Wonder. Klar, irgendwie arschig rübergebracht, aber die Wahrheit. Und der Witz war: Moritz hatte es auch schon gewusst, aber nicht wahrhaben wollen. Moment mal, Adrian hatte doch jetzt demnächst seinen Kampf.

Moritz suchte sein Handy, das er mit all dem anderen Zeug vom Tisch gefegt hatte, schnitt sich an einer Aschenbecherscherbe und fand es schließlich unter jeder Menge Kippen, schaltete es ein. Drei Anrufe von Nick, keine Nachricht von Adrian.

Und es war Montag, elf Uhr morgens.

»Fuck!« Moritz raufte sich die feuchten Haare. Er hatte Adrians Kampf verpasst. Und wer war schuld? Er hatte seinen besten Freund seit allen Tagen hängen lassen, um sich mit einem kaputten Freak Zeug an den Kopf zu werfen. Oh Gott, er war wirklich der schlechteste Mensch unter der Sonne. Sofort wollte er Adrian anschreiben, wusste dann aber nicht, was er sagen sollte. Das würde der ihm eh nie verzeihen, er war raus.

»Hey Bro. Hast du gewonnen?« Oben pingte ein Handy.

»Moritz, kommst du jetzt bitte mal!« Lisbeths Stimme deutlich schriller als das erste Mal.

»Bin gleich da.«

Er stellte sich Adrian vor, wie er in den Ring stieg und die Menge absuchte, aber seinen Freund Moritz nicht fand. Wie er dachte, dass der sauer war, weil er so über Wonder hergezogen hatte, und wie ihn der Gedanke daran vielleicht aus der Bahn warf, seine Konzentration störte. Oder bildete er sich zu viel ein? Möglicherweise war es Adrian ganz egal gewesen. Er litt unter Meret, dem ganzen Adoptionsscheiß und Gelüge, es war wohl nicht so wichtig, ob sein abgerockter Freund den Arsch ins Boxwerk bewegte oder nicht. Oh Mann, und Dienst hatte er auch gehabt.

»Beim Kampf brauche ich dich unbedingt, Moritz«, hatte Nick gesagt. »Da muss ich mich echt auf dich verlassen können. Wenn da 200 Leute kommen, sind wir am Arsch.«

»Kannst du, kannst du.«

Von wegen. Man konnte sich eben nicht auf ihn verlassen. Moritz suchte seinen zweiten Strumpf, während er auf Antwort von Adrian wartete.

»Moritz! Die Polizei ist hier. Die wollen mit dir sprechen!«

Sofort brach ihm der kalte Schweiß aus. Warum waren die hier? Hatte Wonder ihn verpfiffen, so: *Da müssen Sie unbedingt mal hingehen, da liegt jede Menge Stoff rum und der Typ ist eh schon vorbestraft. Hat eine Villa zu Kleinholz geschlagen, also nehmen Sie mal lieber Ihre Waffen mit.*

Hektisch schob er den ganzen Müll, die Reste und Scherben unter das Sofa, schaute sich um, versuchte, sämtliche Spuren des nächtlichen Chaos zu beseitigen. Nee, die konnten ihm nicht wirklich was anhängen. Und wenn, da konnte sich Wonder auf was gefasst machen, immerhin war Moritz nur Konsument, er aber ein handfester Dealer.

Genau, das hatte er die ganze Zeit gemerkt, Wonder hatte

nicht besonders viel auf dem Kasten, er war strunzblöd, so blöd, dass er sich selbst bei der Polizei anzeigte, ohne es zu merken.

Der andere Strumpf war weg und die Sockenschublade leer.

Moritz schlüpfte barfuß in seine durchgetretenen Sneaker und kontrollierte das Handy. Keine Antwort von Adrian. Ja, klar, sauer. Ein merkwürdiges Gefühl beschlich ihn. Wenn Adrian gewonnen hatte, dann würde er nicht sauer sein, sondern so beflügelt, dass er alle Missetaten für immer verzeihen würde, das war mal sicher. Denn dann ginge die Karriere los, die er sich so gewünscht hatte. Konnte es also sein, dass er nicht gewonnen hatte? Und wenn das so war, war es Moritz' Schuld oder zumindest Mitschuld? Wenn Adrian verloren hatte, wäre er jetzt in diesem Moment komplett am Boden, kaputt, zerstört.

Wieder nicht geschafft, wieder aussortiert, wie er immer sagte, dann brauchte er seinen Freund.

»Hey Bro, antworte bitte!« Ping von oben.

Moritz strich sich noch einmal durch die Haare und wollte gerade hochgehen, da öffnete sich die Tür und Lisbeth kam gefolgt von einer Polizistin und einem Polizisten herein. Ihr Gesicht angespannt, die Augen, als hätte sie geweint, komisch aufgelöst und das nicht nur wegen des vielen Alkohols.

»War gerade schon auf dem Weg.«

»Jetzt sind wir ja da«, sagte die Polizistin. Sie warteten nicht, bis er sie reinbat oder ein Erfrischungsgetränk anbot, stellten sich mitten in den Raum und schauten sich um.

Moritz kaute nervös auf seiner Unterlippe. Er musste das gestern schon sehr ausführlich getan haben, sie tat weh.

»Du bist Moritz?« Die Polizistin war anscheinend die Wortführerin, und man erkannte sie auch nur deswegen als solche, weil sie eine Pistole trug, ansonsten normale Klamotten, während der Typ schön Uniform und so.

»Offensichtlich.«

Sie holte ein Handy hervor und hielt es ihm hin. »Warum soll sich dein Freund unbedingt melden?«

Hä? Wieso hatte die Adrians Handy? Was sollte das und ging es hier vielleicht gar nicht um Wonder und die Drogen? Hatte Adrian Mist gebaut? Verdammt, er hatte deutlich zu wenig Infos.

»Also, wegen dem Kampf gestern.«

»Du warst nicht dort?«

»Nein, nein«, mischte sich Lisbeth hektisch ein, »er war die ganze Zeit zu Hause. Und was sollte er bitte schön für einen Grund haben, Jonas umzubringen?«

Was? Lisbeth schaute ihn eindringlich an, als wollte sie ihm etwas sagen oder sich mit ihm verschwören, aber Moritz' Schnellcheckerfunktion war komplett außer Kraft gesetzt. Welcher Jonas? Er kannte nur einen, den kleinen Sonnenschein. Jemand hatte ihn umgebracht?

»Das ist es auch nicht, was wir vermuten«, beruhigte die Polizistin Lisbeth und zog ein Foto aus ihrer Tasche. »Kennst du dieses Bild? Weißt du, wer diese Frau ist? Gehört es deinem Freund?«

Moritz starrte auf das Bild von Adrians Mutter. »Keine Ahnung. Kenn ich nicht.«

Die Polizistin schaute ihn prüfend an.

»Wollen Sie sich nicht setzen?« Lisbeth versuchte Normalität in die Sache zu bringen, und tatsächlich setzten sich alle, außer Moritz. Das kam für ihn nun wirklich nicht infrage, er würde durchdrehen.

»Jonas ist tot?«, fragte er seine Mutter und die nickte leicht. Moritz schnappte nach Luft, plötzlich schien alles wie zugeschnürt. Was war passiert? Warum?

Die Polizistin legte das Foto auf den leer gefegten Tisch und tippte darauf. »Also, du kennst dieses Bild nicht? Es wäre wirklich gut, wenn du uns helfen könntest. Adrian Bellmer ist verschwunden und wir gehen davon aus, dass er gestern Nacht seinen Bruder mit einem Kissen erstickt hat.«

Moritz schossen die Tränen in die Augen. »Aber ... aber nein, das kann nicht sein, das würde er niemals machen, es ist doch sein ... Bruder.«

Die Polizistin nickte, und der Polizist reichte ihm ein Taschentuch, nachdem er gefühlt stundenlang versucht hatte, es aus der Packung zu fummeln. Moritz drehte sich alles und jetzt setzte er sich doch hin, einfach auf den Boden, schlang die Arme um seine Beine und wippte leicht.

»Adrian hat gestern seinen Kampf verloren. Wir wissen noch nicht, was sein Bruder damit zu tun hatte, aber wir haben zumindest gehört, dass er gelegentlich zu Kurzschlussreaktionen neigt.«

»Ist er denn nicht zu Hause?«, schluchzte Moritz. »Bestimmt vermisst er sein Handy, warum haben Sie sein Handy, wo haben Sie das gefunden?«

»Er ist nicht zu Hause, nicht bei seiner Lehrerin und nicht im Boxclub«, sagte der Polizist mit warmer, tiefer Stimme. Es war deutlich zu merken, dass ihm der Junge leidtat. »Das Handy hat er gestern nach dem Kampf im Boxwerk vergessen.«

Vergessen bestimmt nicht. Adrian hatte verloren, das einzige Ziel, das er noch hatte nach all den Rückschlägen, nicht erreicht. Dabei war der Sieg doch so sicher gewesen. Selbst Nick hatte keine größeren Bedenken gehabt und alles Vertrauen in Adrian gelegt. In was für ein Loch musste er gefallen sein? Nein, er hatte das Handy nicht vergessen, er brauchte es nicht mehr.

»Wir halten es für wichtig, ihn schnell zu finden. Bevor er

sich noch selbst etwas antut. Wenn das eine Kurzschlussreaktion war, wird er irgendwann aufwachen und dann sicher nicht sehr gut damit zurechtkommen, was er getan hat.«

Moritz wischte sich mit dem Ärmel übers Gesicht, das windige Taschentuch würde für all den Schmerz und das Mitleid, das ihm aus Augen und Nase lief, nicht reichen.

»Aber es ist ja noch nicht hundertprozentig. Sie haben gesagt, Sie vermuten und vielleicht vermuten Sie ganz falsch.«

Die Polizistin nickte nur.

»Sicher war das für ihn schlimm gestern. Aber es kann genauso gut sein, dass er abgehauen ist, einfach weggelaufen vor sich selbst und weil er verloren und Meret mit dem Sportlehrer gevögelt hat, und ... und keine Eltern mehr hatte plötzlich ... und weil sein bester Freund nicht zu dem Kampf gekommen ist, um ihn zu unterstützen.« Heulattacke.

»Und warum warst du nicht dort?«

»Weil ... weil ... ich hab's vergessen.«

»Hattet ihr Streit?«

Moritz schüttelte den Kopf. Ja klar, aber nicht der Rede wert, er wäre auf jeden Fall dahin gegangen, wenn er nicht so zugeknallt gewesen wäre und nur noch Wonder im Kopf gehabt hätte.

Die Polizistin beugte sich vor, um ihrer nächsten Frage Eindringlichkeit zu verleihen. »Angenommen, es war so, wie du es sagst, dann müssen wir deinen Freund finden, um ihn zu entlasten. Hast du eine Ahnung, wo er sich aufhalten könnte? Gibt es einen Ort, wo ihr euch trefft, den sonst keiner kennt vielleicht?«

Moritz verkroch sich in sich selbst. Natürlich gab es so einen Ort und mit ziemlich hoher Wahrscheinlichkeit würde Adrian dort sein. Und der Einzige, der diesen Ort noch kannte, war tot.

Jonas war tot, der Kleine, der Sonnenschein, der mit der Fußballkarriere. Aber die erwartete doch jetzt nicht im Ernst, dass er seinen Freund verpfeifen würde. Niemals!

Moritz schüttelte den Kopf. »Sie sind ja anscheinend schon überall gewesen.«

Die Polizistin stand auf, und ihr Kollege tat es ihr eilig nach und reichte ihm eine Karte.

»Vielleicht fällt dir ja noch was ein. Es wäre schön, wenn du uns helfen würdest, also eigentlich deinem Freund.«

Moritz steckte die Karte in die Hosentasche, die Polizisten nickten Lisbeth und ihm zu. »Vielen Dank, bitte bleiben Sie zu unserer Verfügung.« Dann waren sie weg.

Lisbeth und Moritz schauten sich an. Dann fielen sie sich in die Arme und weinten. Lisbeth zog ihren Sohn auf sein gammeliges Sofa, strich ihm über den Kopf und obwohl sie das schon lange nicht mehr gemacht hatte, konnte sie es noch ganz gut und ihn ein bisschen beruhigen.

Fassungslos schüttelte sie den Kopf. »Ich mag die ja nicht besonders, die Bellmers. Aber das. Das ist so grausam.«

Moritz starrte vor sich hin. Er musste los zum Lager. Aber nicht so. Nicht so aufgelöst. Erst mal beruhigen, versuchen, einen Gedanken an den anderen zu hängen, möglichst in logischer Reihenfolge. Er konnte sich nicht vorstellen, wie es seinem Freund ging, da im dunklen Untergrund, aber er musste gewappnet sein, egal was Adrian getan hatte, er musste jetzt der Stärkere sein und ihm helfen. Wenn er jemandem vertraute, dann ihm.

Er versuchte, ruhig und regelmäßig zu atmen. »Erstickt, haben sie gesagt.«

Lisbeth nickte. »Hatte er nicht sowieso Asthma? Vielleicht ist er ja einfach so erstickt.«

»Aber das hätte doch jemand von denen gemerkt.«

»Er war nicht zu Hause, er war im Krankenhaus.«

»Warum das denn?«

»Fahrradunfall, haben sie gesagt, Beinbruch.«

Und da war er, der Zusammenhang, den die Polizei noch nicht sehen konnte, Moritz aber sofort. Doro und Thorsten waren auch nicht bei Adrians Kampf gewesen und Meret eh nicht, hätte er gleich sagen können, die hatte einen anderen im Kopf und wollte ihm keine Hoffnungen mehr machen. Es war keiner gekommen.

»Kann ja auch eine Embolie gewesen sein«, grübelte Lisbeth laut weiter, »oder halt ein Asthmaanfall, den keiner mitgekriegt hat.«

Nein.

Moritz wurde auf einmal so schlecht, dass er aufsprang und sich ins Waschbecken übergab. Er ließ das Wasser laufen, über seine Hände, über seinen Kopf, schüttete es in sein Gesicht.

Lisbeth stand in der Badtür, die Arme verschränkt, das Gesicht unendlich traurig. »Du weißt, wo er ist.«

Moritz nickte.

»Warum hast du es nicht gesagt?«

»Hey, ich bin doch kein Verräter.«

»Aber du fährst jetzt nicht dahin.«

»Ich muss. Adrian ist mein Freund.« Moritz zeigte ihr das Tattoo. Es kam ihm viele Jahrtausende her vor, dass sie sich das zusammen hatten stechen lassen. Bei Wonder, der auf einmal vollkommen egal war.

Lisbeth hielt ihn am Arm fest. »Das möchte ich nicht. Du gehst da nicht allein hin.«

»Geht nur allein.«

»Moritz, ich weiß nicht, ob du das jetzt richtig einschätzt.

Adrian ist außer sich, vielleicht gefährlich. Und du hast gegen ihn rein körperlich keine Chance.«

»Der tut mir doch nichts.«

»Möglicherweise ist er der Mörder seines Bruders. Er ist zu allem fähig.«

Sie hatte natürlich recht. Moritz war selbst nicht wohl bei dem Gedanken, Adrian jetzt zu begegnen. Aber er fühlte sich schuldig, zumindest mitschuldig. Er hatte ihn im Stich gelassen, zum Unglück beigetragen.

»Mama!« Und das sagte er wahrlich nicht oft. »Es gibt niemanden mehr, der ihm helfen will oder kann. Ich aber schon.«

Lisbeth schluckte und nickte schließlich. »Nimm dein Handy mit, sei bitte erreichbar! Und schreib mir sofort, wenn du mehr weißt oder Hilfe brauchst.« Sie zog ihn an sich, umarmte ihn und drückte ihn fest. »Pass auf dich auf!«

Moritz versuchte ein beruhigendes Lächeln, einen kleinen Witz. »Mach ich doch immer!«

Er lief mit großen Schritten, den Kopf gesenkt, die Hände in den Hosentaschen. Er konnte sich nichts vornehmen, nicht was er sagen oder wie er sein sollte, er hatte noch nie mit einem Mörder gesprochen. Zumindest nicht wissentlich. Er musste sich daran erinnern, dass das Adrian war, sein bester Freund aus Kindertagen. Und er durfte nicht zu viel an Jonas denken, den es jetzt nicht mehr gab. Das war nicht einfach, das wilde Gelände, der alte Ahorn, das Lager, überall waren sie mit ihm zusammen gewesen. Er hatte seine Spuren hinterlassen hier, und das würde viele, viele Regentage lang dauern, bis die verwischt wären. Vor dem Eingang zu ihrer Höhle blieb er stehen und lauschte, aber außer ein paar Vögeln nichts zu hören. Er holte Luft und kletterte hinein.

Adrian lag zusammengekauert wie ein Baby auf dem Boden. Die rote Mütze seines Bruders trug er auf dem Kopf, sonst nur eine kurze Boxerhose und einen schrillbunten Mantel mit Kapuze. Er atmete ruhig und regelmäßig, die Augen geschlossen, schlief wohl. Sein Gesicht sah fürchterlich aus, die Spuren eines aussichtslosen Kampfes. Die Nase gebrochen und schief, ein Auge zugeschwollen, die Lippen blutig. Moritz setzte sich ihm gegenüber an die Wand. Sid.

Er machte kein Geräusch, dennoch schien Adrian seine Anwesenheit zu spüren.

»Bist du da.«

»Zu spät. Das tut mir leid.«

Adrian öffnete sein unversehrtes Auge, leckte sich über die trockenen Lippen und setzte sich stöhnend auf. »Hast du was zu trinken?«

Es war nicht seine Art, er war kein Versorger, aber daran hatte er tatsächlich noch gedacht. Er gab ihm die Wasserflasche, die wie ein Wunder im heimatlichen Kühlschrank gestanden hatte. Adrian trank in kleinen Schlucken.

»Vielleicht musst du zum Arzt?«

Kopfschütteln.

»Kann ich was für dich tun?«

Nein. Adrian zitterte, schlang die Arme um seine Beine, als wollte er sich zusammenhalten.

»Meine Mutter war da. In dem Krankenhaus. Klebte an der Aufzugwand und hat mich mit Verachtung überschüttet. Mit ihr zusammen bin ich immer weiter nach oben gefahren.« Moritz hörte zu. »Ich hab sie schon mal getroffen, im Wald. Da hatten alle Bäume keine Nadeln mehr.« Er kicherte hoch. »Ich denke, jetzt werde ich sie nicht mehr treffen.«

»Und was wirst du dann tun?«

Adrian schaute ihn an, seine Augen flogen nervös herum, die Frage brachte ihn durcheinander.

»Na, das was ich vorhatte. Boxer werden. Man kann den Kampf wiederholen, Nick hat es gesagt. Der Weg ist frei. Alle Luft gehört mir.«

Moritz nickte zögernd. »Aber erst mal bisschen gesund werden, was?«

Adrian befühlte seine Nase, stöhnte wieder vor Schmerz und fischte einen Nasenschutz aus seiner Manteltasche, setzte ihn auf. Jetzt sah er endgültig aus wie das personifizierte Böse, murmelte unzusammenhängend vor sich hin.

»Was meinst du? Ich geh mal kurz zur Apotheke und hol was für dein Gesicht. Und was zu essen. Hast du Hunger?«

»... eine ganze Weile ... muss man ja auch nicht ... allein ... wer kennt schon das Wasser ...?«

Moritz stand auf, legte ihm eine Hand auf den Rücken, spürte den ganzen Körper vibrieren. »Ich bin gleich wieder da, okay? Warte hier auf mich, nicht weggehen, okay?«

Er verließ den Untergrund, schnappte im Licht nach Luft. Alles tat ihm weh, so leid tat es ihm. Er würde zum Supermarkt gehen, war nicht weit, konnte nur hoffen, dass Adrian seine Anweisungen befolgte. Könnte ja gleich für ein paar Tage einkaufen, dann war der erst mal versorgt.

Und kühlende Salbe oder Kühlpacks, vielleicht gab es so was in der Apotheke schon vorgekühlt, sie hatten ja keinen Kühlschrank in ihrem Lager. Als er das Gelände verließ, drehte er sich noch einmal um. Da saß er, sein Freund, da unter der Erde. Wie sollte das denn jetzt weitergehen? Erst mal Essen holen, eins nach dem anderen, Struktur und Kontrolle. Aber das war verdammte Scheiße noch mal überhaupt nicht sein Ding. Zeit es zu lernen, jetzt war die richtige Zeit, wann, wenn nicht jetzt?

Plötzlich stand er vor dem Boxwerk. Da hatte er doch gar nicht hingewollt! Oder doch? Nein, da würde er nicht reingehen, warum auch, das konnte man ja keine Salbe kaufen.

»Was machst du denn hier?« Nick, auf dem Weg zur Arbeit. »Jetzt ist es auch zu spät!«

Moritz starrte ihn an, und fühlte, dass alles, was er vorgehabt hatte, nicht richtig war. Aber was dann?

»Ich ... ja, zu spät ... sorry ... ich ...«

Nick legte ihm eine Hand auf den Rücken und schob ihn durch die Halle in sein Büro. Vorbei an der Bar, wo er noch vor Kurzem der erfolgreiche Thekenclown gewesen war. Schloss die Tür, schob ihm einen Stuhl unter den Hintern, blieb vor ihm stehen und schaute ihn an.

Da brach es aus Moritz heraus, er heulte und stotterte und schluchzte und wusste einfach nicht, was er machen sollte. »Er hat ihn umgebracht. Den Kleinen, seinen Bruder, obwohl er ja nicht mehr sein Bruder war, aber dann doch wieder. Ich weiß genau, dass er ihn geliebt hat, er war immer mit uns unterwegs, jetzt hat er ihn umgebracht, und ... und er sieht fürchterlich aus ... kein Wort hat er darüber gesagt ... er hat seinen Kopf verloren ... faselt irgendwas von seiner Mutter, die schon seit ewigen Zeiten tot ist ... er kann nichts dafür, er wollte das nicht, das weiß ich, so ist er nicht ...« Er schaute zu Nick hoch.

Lautlos liefen dem die Tränen über die Wangen, das sah fremd aus, er war nicht so einer, der weinte. Er zog sein Handy aus der Tasche und wählte eine Nummer. »Er braucht Hilfe, Mo!«

Der vergrub sein Gesicht in den Händen und nickte.

Er zeigt den Polizisten den Weg, blieb aber beim Auto, während sie durch das Gelände zur beschriebenen Stelle liefen. Nick stand neben ihm, Hände in den Taschen, beide stumm.

Nun war dieser Ort entzaubert. Nun hatte er seinen Freund verraten. Nun würde er niemals wieder hier hinkommen.

Die Polizistin und ihr Kollege tauchten auf, Adrian in ihrer Mitte. Die Mütze leuchtete rot, der bunte Mantel hing an seinem spannungslosen Körper. Nick schaute weg, konnte es nicht ertragen.

Adrian leistete keine Gegenwehr. Sie drückten ihn ins Auto, wie im Film, als wäre er ein Verbrecher, der Polizist setzte sich zu ihm nach hinten. Tür zu. Adrian hob den Blick und schaute Moritz an. Dann fuhr das Auto weg und Moritz fing leise an zu singen.

Da sprach der Herr zu Kain: Wo ist dein Bruder Abel?

Er entgegnete: Ich weiß es nicht, bin ich der Hüter meines Bruders?

Der Herr sprach: Was hast du getan? Das Blut deines Bruders schreit zu mir vom Ackerboden. So bist du verflucht, verbannt vom Ackerboden, der seinen Mund aufgesperrt hat, um aus deiner Hand das Blut deines Bruders aufzunehmen. Wenn du den Ackerboden bestellst, wird er dir keinen Ertrag mehr bringen. Rastlos und ruhelos wirst du auf der Erde sein.

Kain antwortete dem Herrn: zu groß ist meine Schuld, als dass ich sie tragen könnte. Du hast mich heute vom Ackerland verjagt und ich muss mich vor deinem Angesicht verbergen; rastlos und ruhelos werde ich auf der Erde sein und wer mich findet, wird mich erschlagen.

Der Herr aber sprach zu ihm: Darum soll jeder, der Kain erschlägt, siebenfacher Rache verfallen. Darauf machte der Herr dem Kain ein Zeichen, damit ihn keiner erschlage, der ihn finde.

Genesis 4

Auf ein Wort noch

Ein Bruder tötet seinen Bruder. Er ist so unter Druck, dass es für ihn keine andere Möglichkeit gibt. Er glaubt, dass ihm dieser Mensch im Weg steht, dass es nur weitergeht für ihn, wenn der weg ist.

Ich weiß nicht, wie es war in diesem Fall, aber es ist passiert.

»16-Jähriger tötet 12-jährigen Bruder, die Polizei rätselt über das Motiv.« So stand es in der Zeitung. Und ich habe versucht, mir das Motiv vorzustellen. Warum passiert so etwas?

Im Fall der alten Geschichte von Kain und Abel geschah der Mord aus Neid und Eifersucht. Möglicherweise ein oft gültiges Motiv. Und Gott hat Kain gezwungen, weiterzuleben. Du hast einen Fehler gemacht, deinen Bruder umgebracht, und jetzt darfst du eben nicht einfach abhauen, sondern musst du die Konsequenzen deines Handelns tragen. Denn nichts, was du tust, ist ohne Folgen und damit musst du zu leben lernen.

Im Alten Testament, aus dem diese Geschichte stammt, gründet Kain noch einen ganzen Staat, er lebt weiter, sein Bruder Abel nicht.

Das kann man als Strafe betrachten, denn wie soll man damit zurechtkommen, einen Menschen umgebracht zu haben?

Kain wird es zwischenzeitlich vergessen, genug zu tun gehabt haben, das Volk, die Frauen und die Kinder zu beherrschen, aber in ihm ist es sicher geblieben. Alles, was er aufgebaut hat, steht auf dem Tod seines Bruders. Er wird sich gefragt haben, wie es anders hätte laufen können, wie es wohl gewesen wäre, wenn sein Bruder noch am Leben wäre und wie es sich anfühlt, ohne Schuld zu sein. Eine Strafe und eine Chance.

Für Adrian aus meiner Geschichte würde ich mir diese Chance auch wünschen, und ich hoffe, es so erzählt zu haben, dass ihr das auch möchtet.

Er hat es getan, er hat seinem Bruder das Leben genommen, wie der Junge aus dem Zeitungsartikel. Er wird dem nicht aus dem Weg gehen können. Er wird lernen zu verstehen, was passiert ist, und mithilfe anderer einen Weg für sich suchen. So funktioniert unser Recht und so wünsche ich es allen Tätern, allen Menschen, die sich nicht unter Kontrolle haben, die Unglaubliches anrichten, weil sie zutiefst verletzt wurden und möglicherweise selbst Opfer waren. Jonas hätte ein Leben vor sich gehabt, aber sein eigener Bruder hat ihm das verwehrt.

Du sollst nicht töten! Das weiß jeder von uns. Denn wir wollen ja auch selbst nicht getötet werden. Und dann passiert es doch.

Wie das sein kann, habe ich versucht mir vorzustellen, ohne den Mörder per se als fehlerhaften Menschen zu verurteilen. Denn wage ich wirklich zu behaupten, dass mir das nicht auch passieren könnte? Oder Dir vielleicht? Niemals?

Mein Schmerz darüber, dass ein junger Mensch sterben und ein anderer töten musste, verteilte sich beim Schreiben über die Zeit gleichmäßig auf beide Seiten.

Jede Gewalttat ist eine zu viel, und diejenigen, die tödlich enden, sind eine entsetzliche Tragödie für alle Beteiligten. Für die Experten, Psychologen, Ärzte, Sozialarbeiter, Richter gilt es sich zu fragen, unter welchen Bedingungen junge Menschen zu Tätern werden, ob man die Tat hätte verhindern können und wie man dem Täter dazu verhelfen kann, wieder in der Gesellschaft Fuß zu fassen. Für uns gilt es, wachsam zu bleiben, und möglichst rechtzeitig zu erkennen, wenn ein Mitmensch in Not gerät und keinen Ausweg mehr sieht. Wir sollten füreinander da sein!

Eure Ruth Stiller

Die Autorin dankt dem Boxwerk München und dem Geschäftsführer Nick Trachte für die freundliche Beratung und Unterstützung!